80 NOTES DE ROUGE

Vina Jackson est le pseudonyme de deux écrivains établis, qui collaborent ici pour la première fois. L'un d'eux est un auteur à succès, l'autre publie ses ouvrages tout en travaillant à la City.

Paru dans Le Livre de Poche :

80 NOTES DE JAUNE
80 NOTES DE BLEU

VINA JACKSON

80 Notes de rouge

Tome 3

TRADUIT DE L'ANGLAIS PAR ANGÉLA MORELLI

MILADY

Titre original :

EIGHTY DAYS RED

Milady est un label des éditions Bragelonne.

ISBN : 978-2-253-09977-2 – 1re publication LGF

1
Courir

Mes pieds battaient le pavé au rythme de mon cœur.

Central Park reposait dans un écrin blanc. Malgré le calme relatif du parc, j'étais consciente de la présence tentaculaire de la ville : elle l'encerclait comme une énorme main dans la paume de laquelle reposait un morceau de campagne et dont les immeubles qui se dressaient vers le ciel étaient autant de doigts gris sale qui faisaient ressortir par contraste la neige d'un blanc immaculé qui avait recouvert l'herbe.

La neige était récente et poudreuse et elle craquait légèrement sous mes pas, amortissant ma course. L'absence de couleur décuplait mes autres sens; je sentais la caresse de l'air sec et glacé sur ma peau, comme si un être surnaturel aux doigts de givre m'avait touchée. Mon souffle formait des volutes de fumée devant mon visage, et ma gorge brûlait.

Je courais tous les jours depuis un mois, depuis que j'avais découvert le roman de Dominik chez *Shakespeare & Compagnie*, en bas de Broadway. Je l'avais lu précipitamment, en profitant des rares instants où j'étais seule chez moi ; je me méfiais du regard inquisiteur de Simón.

Lire la prose de Dominik m'avait procuré un sentiment étrange. L'héroïne me ressemblait beaucoup. Il s'était servi de certaines de nos conversations, qui nourrissaient ses dialogues, avait utilisé les quelques scènes de mon enfance que je lui avais racontées, notamment l'atmosphère étouffante d'une petite ville de province ainsi que mon désir de fuir. Et son héroïne était rousse.

La voix de Dominik était aisément reconnaissable dans son style, dans sa syntaxe particulière, dans ses références littéraires et musicales.

Deux ans s'étaient écoulés depuis notre rupture. Nous avions été confrontés à un terrible malentendu, et j'avais laissé parler mon orgueil, ce que je regrettais amèrement depuis. J'étais retournée dans le loft pour m'expliquer mais il avait déménagé. J'avais regardé sous la porte, et n'avais vu qu'une pièce vide et un tas de courrier. J'étais restée longtemps sans nouvelles de lui.

Jusqu'à ce que je tombe sur son roman alors que j'étais sortie acheter une paire de baskets. Curieuse, je l'avais ouvert et j'avais découvert, stupéfaite, que, malgré notre relation mouvementée et notre amère rupture, il me l'avait dédié : « Pour S. À toi à jamais. »

Cette dédicace me hantait.

Courir était le seul moyen d'évacuer mes sentiments. Tout particulièrement en hiver, quand le sol était tout blanc et que les rues étaient plus calmes. En hiver, Central Park devenait un désert neigeux, le seul endroit où je pouvais fuir la cacophonie de la ville pendant une heure.

C'était aussi la seule façon d'échapper à la présence envahissante de Simón.

Il dirigeait toujours le Gramercy Symphonia, l'orchestre dans lequel nous nous étions rencontrés.

J'avais rejoint la section des cordes trois ans auparavant, en jouant sur le Bailly offert par Dominik. Simón était le chef d'orchestre, et, sous son égide, j'avais fait des progrès immenses. Il m'avait encouragée à me lancer dans une carrière solo, m'avait présentée à un agent, et j'avais fait quelques tournées et enregistré deux disques.

Notre relation avait d'abord été professionnelle, même si nous badinions souvent. Je savais que Simón était amoureux de moi et je n'avais pas fait grand-chose pour le décourager, mais nous n'avions pas couché ensemble avant que je rompe avec Dominik. À ce moment-là, je rentrais de tournée et je n'avais pas d'endroit où aller. J'avais trouvé plus pratique de m'installer chez Simón, qui avait un appartement près du Lincoln Centre et une pièce spéciale pour répéter, que d'aller à l'hôtel.

Puis Dominik avait disparu, et deux nuits chez Simón s'étaient rapidement transformées en deux ans.

Je m'étais laissé entraîner avec joie. Simón était facile à vivre et je l'aimais bien, voire je l'aimais tout court. Nos amis ont accepté notre histoire avec enthousiasme. Il leur paraissait évident de voir ensemble le jeune chef surdoué et sa violoniste en pleine ascension. Après des années de célibat entrecoupées de petits amis que ma famille et mes amis regardaient de travers, j'ai soudain eu l'impression d'avoir trouvé ma place.

Je me sentais acceptée. Normale.

La vie s'est déroulée sans encombre, entre les répétitions et les concerts, les sessions dans les studios d'enregistrement, l'excitation quand mon premier album est sorti, puis le deuxième, les fêtes sympas, les Noëls et les Thanksgiving avec des amis et des connaissances. Nous avons même eu droit à quelques mentions dans des revues spécialisées, où on nous présentait comme le couple célèbre de la scène musicale. Nous avons été photographiés à Carnegie Hall après un concert, main dans la main, mon visage tout contre l'épaule de Simón, nos boucles rousses et brunes mêlées. Je portais une longue robe dos nu noire.

C'était celle que j'avais portée la première fois que j'avais joué *Les Quatre Saisons* de Vivaldi pour Dominik, sur le vieux kiosque à musique dans le parc de Hampstead.

Dominik et moi avions un accord. Il m'achèterait un violon – pour remplacer celui qui avait été détruit dans une bagarre à Tottenham Court Road – en échange d'un concert à Hampstead puis d'un autre récital, plus privé, où j'avais joué pour lui entièrement nue. C'était une requête impudente de la part d'un inconnu, mais elle m'avait excitée d'une manière que je n'avais pas comprise à l'époque. Dominik voyait en moi des choses dont je n'avais pas idée : une lascivité et une libido que je n'avais même pas commencé à explorer, un aspect de moi qui depuis m'avait apporté de manière égale plaisir et douleur.

Dominik avait tenu parole et remplacé mon vieux violon rapiécé par un Bailly, l'instrument qui ne me quittait plus depuis, même s'il m'arrivait d'en utiliser d'autres pour répéter.

Simón voulait m'en acheter un autre. Il préférait les instruments plus modernes, avec un son plus net, et il pensait que j'aurais gagné à jouer d'un violon au timbre plus tranchant. Je le soupçonnais surtout de vouloir se débarrasser de cette trace tangible de la présence de Dominik dans ma vie. J'avais eu de nombreuses propositions de mécènes et de luthiers, et j'aurais pu remplacer le Bailly une bonne dizaine de fois.

Mais le cadeau de Dominik était parfait : aucun instrument n'avait le même son, ni ce poids idéal dans ma main, ni ne se nichait aussi bien sous mon menton. Quand je jouais du Bailly, je pensais inévitablement à Dominik et j'atteignais cet endroit mental qui me permettait de jouer avec brio. Mon cerveau se mettait en veilleuse, et mon corps dominait mon esprit, qui parvenait alors à un état de rêve éveillé dans lequel la musique prenait vie ; je n'avais alors plus besoin de jouer, juste de vivre mon rêve pendant que mon archet courait sur les cordes.

Une femme m'a regardée, surprise. Elle portait une chaude veste dont elle avait rabattu la capuche sur sa tête pour se protéger du froid et elle poussait un landau bleu vif dans lequel était allongé un enfant emmitouflé. Un autre joggeur, qui portait un équipement pour braver le froid, jaune avec des bandes réfléchissantes, m'a lancé un regard complice en me croisant.

Pour Noël, Simón m'avait offert, entre autres, un équipement de course, qui était peut-être le signe qu'il allait arrêter de me bassiner pour que je m'inscrive plutôt à la salle de gym. Il détestait que je coure à Central Park, surtout le matin tôt ou le soir tard. Il me citait les statistiques d'agression des joggeuses dans le parc. Apparemment, on avait plus de risques de se faire agresser quand on était blonde, qu'on portait une queue-de-cheval et qu'on courait vers 6 heures le lundi matin. Je lui avais donc fait remarquer que je n'étais absolument pas concernée, étant rousse et jamais levée avant 6 heures, mais ça ne l'empêchait pas de me houspiller.

Il m'avait acheté une paire de gants extrêmement chauds avec le pantalon de survêtement assorti, le tee-shirt et la veste, accompagnés de la paire de baskets la plus chère disponible dans le commerce, alors même que je venais d'en acheter une.

— Si tu cours sur la glace, tu vas glisser, avait-il commenté.

Je portais les baskets pour lui faire plaisir, mais j'avais remplacé les lacets blancs par des rouges, histoire d'ajouter une touche de couleur. Je mettais aussi les gants, mais, la plupart du temps, je laissais la veste à la maison. Même en plein hiver, je préférais courir juste en tee-shirt, même si le froid était toujours intense au départ. La bise me mordait la peau, mais je me réchauffais rapidement et j'aimais sentir l'air frais et le vent froid, qui m'encourageaient à courir plus vite.

Quand je rentrais, j'étais écarlate, et mes doigts étaient gonflés malgré les gants, comme si j'avais été brûlée par le froid.

Simón me prenait dans ses bras et m'embrassait pour me réchauffer, tout en frictionnant mes bras nus et mes épaules, jusqu'à ce que la peau me fasse mal.

Il était chaleureux dans tous les sens du terme : il avait la peau mate, résultat de son héritage vénézuélien, de grands yeux marron, des cheveux aux boucles épaisses et un corps solidement charpenté. Il mesurait presque un mètre quatre-vingt-dix et il avait progressivement épaissi depuis que nous vivions ensemble. Il n'était pas gros, mais les dîners à deux et les bouteilles de vin partagés devant un DVD l'avaient débarrassé de sa maigreur. Il était un peu plus corpulent, et ces kilos en plus lui conféraient une certaine douceur. Sa poitrine était recouverte d'une masse de poils noirs et épais que j'adorais caresser quand nous étions allongés côte à côte après avoir fait l'amour.

Il avait un physique ouvertement viril et des manières profondément affectueuses. Les deux années que nous avions passées ensemble avaient été aussi reposantes qu'un bain moussant. Notre relation était semblable à un pyjama en pilou et de vieilles chaussettes dans lesquels on se glisse après une longue journée de travail. Rien ne ressemble à la compagnie d'un homme qui vous aime absolument et sans réserve. Simón prenait soin de moi, me protégeait et m'apaisait.

Je m'ennuyais.

J'avais réussi à réprimer l'insatisfaction permanente que me procurait notre relation par une armada d'occupations. Travailler comme une folle. Jouer du violon comme si chaque concert devait être le dernier. Courir le marathon de New York. Courir, courir, courir. Courir pour m'échapper, mais finir par rentrer à la maison.

Jusqu'à ce que je lise le roman de Dominik.

Depuis, j'entendais sa voix dans ma tête en permanence.

Les mots de son roman en premier lieu, comme si, au lieu de le lire, j'avais écouté un livre audio.

Puis les souvenirs m'avaient submergée comme une vague.

Le sexe avait été important dans notre relation, mais il n'avait rien à voir avec les rapports fréquents et tendres que j'avais avec Simón.

Les désirs de Dominik étaient plus sombres que la moyenne et ils avaient illuminé ma vie. Avec lui, j'avais pris un infini plaisir à réaliser des fantasmes que je ne savais même pas abriter en mon sein. Il m'avait demandé de faire pour lui des choses que personne avant lui n'avait même jamais évoquées. Ce n'était pas parce que j'aimais le risque mais parce qu'il insistait que je lui permettais d'utiliser mon corps pour son propre plaisir, et que je me soumettais, dans cet étrange jeu qui était plus mental que physique et dans lequel nous étions deux complices, même si vu de l'extérieur on aurait dit que je le laissais faire de moi ce qu'il voulait.

Sexuellement, Simón était exactement à l'opposé de Dominik. Il aimait que je le domine, et je passais mes soirées à le chevaucher en essayant désespérément de ne pas laisser mon esprit s'égarer vers le travail et les courses, ou à contempler le mur d'un blanc immaculé derrière la tête de lit.

Mon téléphone a vibré dans la poche de mon pantalon, et, de surprise, j'ai manqué de glisser sur une plaque de verglas. Peu de gens avaient mon numéro, et je recevais peu d'appels. Seuls Simón et Susan, mon agent, me téléphonaient parfois, et Simón savait que j'étais sortie courir ; il n'avait aucune raison de m'appeler, sauf pour me demander de rapporter quelque chose pour le petit déjeuner, comme les beignets pleins de sucre qu'il adorait tremper dans son café et qu'on trouvait dans la pâtisserie au coin de Lexington et de la 56e.

J'ai ôté rapidement un de mes gants. Mes doigts étaient tellement gelés que j'avais du mal à tenir le portable. C'était un numéro néo-zélandais, mais je ne l'avais pas programmé dans mon répertoire.

J'ai décroché, inquiète. Je n'avais pas souvent ma famille au téléphone. Nous n'aimions pas beaucoup ce moyen de communication et nous préférions nous envoyer des mails ou utiliser Skype. Sans compter que là-bas il était tard.

— Allô ?

— Salut, Sum, ça roule ?

— Fran ?

— Ne me dis pas que tu ne reconnais pas ma voix, petite sœur ?

— Bien sûr que si. C'est juste que je ne m'attendais pas à ton coup de fil. Il est quelle heure chez toi ?

— Je n'arrive pas à dormir. Je réfléchissais.

— Dangereuse habitude.

— J'ai envie de venir te rendre visite.

— À New York ?

— Pour être honnête, j'aimerais mieux venir te voir à Londres, mais je ferai avec. J'en ai marre de Te Aroha.

Je n'aurais jamais cru entendre ces paroles dans la bouche de ma sœur. Elle n'avait jamais été à sa place à Te Aroha et n'avait rien d'une provinciale, mais ça ne l'avait pas empêchée d'y passer toute sa vie, c'est-à-dire une trentaine d'années. Elle travaillait à la banque depuis qu'elle avait quitté le lycée. Presque douze ans à occuper le même emploi. Elle avait commencé au guichet, avait ensuite été nommée chef d'équipe puis conseillère financière, sans autre formation que celle offerte en interne. J'étais la seule de la famille à être allée à l'université, même si j'avais laissé tomber à la fin de la première année.

Je me la représentais facilement. On était samedi matin à New York, c'était donc le samedi soir tard en Nouvelle-Zélande. Elle devait être assise dans son cottage, vêtue d'un short en jean et d'un tee-shirt coloré et effrangé, du style qu'appréciaient les punks dans les années 1980. Elle gigotait comme à son habitude, la main dans ses courts cheveux blond platine ; peut-être jouait-elle avec une boucle de sa frange. C'était le plein été là-bas, et il devait faire chaud, même si sa vieille baraque était parcourue de courants d'air et qu'à Te Aroha le fond de l'air était toujours frais, comme si la ville tout entière vivait dans l'ombre de la montagne.

— Qu'est-ce qui te prend ? ai-je demandé. Je pensais que tu étais enracinée là-bas pour l'éternité…

— Rien ne dure une éternité.

— C'est vrai, mais c'est quand même surprenant de ta part. Il s'est passé quelque chose ?

— Je ne sais pas si je fais bien de t'en parler. Maman m'a demandé de ne pas le faire.

— Tu en as trop dit ou pas assez. Tu dois me raconter ce qui se passe.

Je marchais rapidement à présent et, sans l'élan que me conférait la course, je glissais à chaque pas et, sans l'effort pour me réchauffer, j'étais frigorifiée. Les doigts que j'avais dégantés pour tenir le téléphone étaient écarlates et me lançaient.

— Fran, je suis en plein milieu de Central Park et la température est négative. Il faut que je me remette à courir, or je ne peux pas courir et parler en même temps. Crache le morceau ou je te rappelle en rentrant.

— M. Van der Vliet est mort.

Elle a dit ça à mi-voix, comme si elle appuyait doucement sur une gâchette.

— Ton prof de violon…, a-t-elle ajouté pour meubler le silence qui était tombé entre nous.

— Je sais qui c'est !

Je me suis immobilisée et j'ai laissé l'air glacé m'enlacer comme une couverture d'acier.

Fran n'a rien dit d'autre.

— C'est arrivé quand ? Comment ? ai-je fini par l'interroger.

— On ne sait pas. On a trouvé son corps au fond de la rivière dans laquelle sa femme s'est noyée.

La femme de M. Van der Vliet est morte le jour où je suis née. Elle traversait le défilé de Karangahake sous la pluie, en rentrant de Tauranga, quand elle avait perdu le contrôle de son véhicule ; elle avait mal calculé un virage et percuté un camion qui arrivait en sens inverse. Le chauffeur s'en était sorti sans même une égratignure, mais la voiture de Mme Van der Vliet avait fait un tonneau et basculé dans la rivière. Elle s'était noyée avant que quiconque ait eu le temps de lui porter secours.

— Quand ? ai-je insisté.

Le mot était coincé dans ma gorge comme un morceau de coton.

— Il y a presque deux mois, a murmuré Fran. On a préféré ne rien te dire, on avait peur que ça ne te peine et que ça n'affecte ton jeu. Maman et papa ne voulaient pas que tu plaques tout pour venir à l'enterrement.

— Je serais venue.

— Je sais. Mais qu'est-ce que ça change ? Ça ne l'aurait pas ressuscité.

Fran, comme tous les Néo-Zélandais de ma connaissance, a l'esprit pragmatique. Mais son imparable logique n'empêchait pas mon cœur d'être pris dans un étau.

M. Van der Vliet aurait eu plus de quatre-vingts ans à présent, et je pense qu'il ne s'était jamais remis de la mort de sa femme. Mais sa présence silencieuse et modeste avait été un repère fixe dans mon enfance. Sa voix, à l'accent hollandais prononcé même s'il avait passé la plus grande majorité de sa vie d'adulte en Nouvelle-Zélande, était douce mais ferme quand il corrigeait la position de mes doigts sur l'archet ou quand il me félicitait.

J'avais appris le métier de violoniste en le regardant jouer : son grand corps douloureusement maigre s'animait follement quand il tenait un violon et en devenait même gracieux. Il jouait comme s'il avait franchi une porte qui ouvrait sur un autre monde, dans lequel il devenait quelqu'un d'autre, un homme débarrassé de toute sa maladresse. J'avais essayé d'imiter la façon dont il semblait vivre la musique et j'avais rapidement compris qu'en fermant les yeux et en laissant mon corps absorber la mélodie je pouvais jouer nettement mieux qu'en me contentant de suivre une partition.

Ce n'était pas lui qui m'avait donné envie de faire du violon, mais les disques de mon père. C'était cependant Hendrik Van der Vliet qui m'avait donné envie de persévérer. Il avait l'air très sévère mais cachait une douceur qui surgissait parfois, et j'avais passé mon enfance et mon adolescence à faire tout ce qui était en mon pouvoir pour mériter ses rares éloges en pratiquant encore et encore, jusqu'à ce que mes doigts soient en sang.

— Summer ? Tu es encore là ? Tu vas bien ?

Ses mots résonnaient comme un écho.

— Je te rappelle, Fran, d'accord ?

J'ai coupé la communication sans attendre de réponse et j'ai rangé mon portable dans la poche de mon pantalon.

J'ai remis mes écouteurs et monté le son. J'écoutais *Fight Like a Girl* d'Emilie Autumn, un morceau que M. Van der Vliet aurait détesté. Il m'avait toujours poussée vers la musique classique et avait été déçu lorsque j'avais abandonné mes études de musicologie pour partir à Londres.

J'imaginais son visage noyé. Était-ce un accident ? Une crise cardiaque, survenue par hasard sur les lieux de la mort de sa femme ? J'en doutais. À ma connaissance, M. Van der Vliet n'avait même jamais attrapé froid, et je n'arrivais pas à imaginer qu'il ait pu être malade. Ce devait être un suicide, même s'il ne me paraissait pas être du genre à sauter du haut d'un pont. Ce n'était pas assez délibéré. Il aurait plutôt choisi de mourir d'une manière assurée, sans jamais perdre le contrôle. Il avait dû marcher tranquillement dans l'eau.

Je pouvais voir la scène se dérouler sous mes yeux comme si j'y étais. Il avait mis son plus beau costume du dimanche. Peut-être celui qu'il portait pour assister au concert que j'avais donné à l'école de Te Aroha deux ans auparavant, lors de ma tournée aux antipodes : une chemise blanche et un costume trois pièces vert sombre qui lui donnait des allures de sauterelle, impression accentuée par ses longs membres maladroitement repliés pour s'encastrer dans les sièges en bois disposés dans le hall. Sa peau était fine comme du parchemin.

Il avait marché dans la rivière et s'était détendu. Il l'avait fait tard dans la nuit ou tôt le matin, avant que l'endroit soit envahi de vacanciers, de promeneurs et d'enfants qui descendaient la rivière sur des pneus géants, jusqu'à Paeroa, où la rivière Ohinemuri se jetait dans la Waihou.

M. Van der Vliet devait être le seul habitant de Nouvelle-Zélande à ne pas savoir nager. Il disait qu'il n'avait jamais voulu apprendre, préférant la terre ferme en toutes circonstances, même quand il faisait chaud. Il était tellement maigre, dénué de graisse qu'il avait certainement coulé comme une pierre.

Quand je suis arrivée chez moi, je pleurais comme une Madeleine. J'étais affectée par la nouvelle de sa mort, mais plus encore par le fait que je n'avais pas pu assister à son enterrement. J'aurais voulu lui dire au revoir et le remercier de tout ce qu'il avait fait pour moi.

Simón était attablé au comptoir de la cuisine, perché sur un tabouret, le journal entre les mains. Ses longues boucles encadraient son visage comme un rideau, et il portait un vieux jean déchiré et un tee-shirt Iron Maiden : il ne perdait pas une occasion de s'habiller simplement. Il détestait son costume de chef d'orchestre et sa veste queue-de-pie. Je trouvais pourtant qu'il était sexy dedans, tel un croisement entre un loup-garou et un vampire, mais lui se sentait entravé comme dans une camisole de force.

Il s'est levé dès que je suis entrée dans la pièce et m'a enlacée.

— Fran a appelé, a-t-il dit. Je suis désolé, ma chérie.

Je me suis appuyée contre lui et j'ai posé la tête sur son épaule. Il avait toujours le même parfum, une eau de Cologne qui sentait un mélange de noix de muscade et de cannelle, et qu'il portait depuis que je le connaissais. C'était une fragrance riche et boisée, que j'associais désormais au confort et à ses bras puissants.

— Je ne savais pas qu'elle avait le numéro de chez nous, ai-je remarqué, maussade.

— Je le lui ai donné à Noël.

Simón était beaucoup plus branché famille que moi. Il se disputait comme chien et chat avec ses frères et sœurs, voire de temps à autre avec ses parents, mais il leur téléphonait au moins une fois par semaine. Ma famille et moi nous entendions bien mais nous pouvions rester six mois sans nous donner de nouvelles.

J'ai levé la tête et je l'ai embrassé. Il avait des lèvres pleines et ne se rasait pas tous les jours. Il a réagi tout de suite et a fermement répondu à mon baiser en m'entraînant vers la chambre, les mains sous mon tee-shirt pour défaire l'agrafe de mon soutien-gorge de sport.

J'avais un réflexe très personnel, qu'il avait rapidement découvert : quand j'étais contrariée – à supposer que ce ne soit pas par lui – je voulais à tout prix baiser. Je savais que c'était une étrange façon de trouver du réconfort et que je ne la partageais qu'avec une infime minorité de femmes. Le sexe m'ancrait dans la vie comme rien d'autre, et c'était la seule chose, avec le violon, qui me permettait d'être en paix avec moi-même.

Il m'a enlevé mon pantalon de survêtement et a glissé un doigt en moi. Une décharge familière de plaisir a parcouru ma colonne vertébrale.

— Je devrais me doucher d'abord, ai-je protesté. Je suis en nage.

— Non. Tu sais que je t'aime comme ça, a-t-il rétorqué en me poussant sur le lit.

C'était vrai, et il me le prouvait souvent. Il m'aimait comme j'étais, quel que soit mon état : il me réveillait souvent par un cunnilingus et me sautait dessus quand je rentrais du sport.

C'était un homme passionné, qui aimait faire l'amour et qui faisait tout pour me satisfaire, mais nos goûts en matière de sexe ne s'accordaient pas. Aucun de nous deux n'aimait commander.

Simón n'était pas un dominateur, et je regrettais ce soupçon de glace présent dans la fermeté de la caresse de Dominik et des hommes de son genre. Je voulais qu'on m'attache au lit et qu'on abuse de moi. Simón avait bien essayé, mais il n'arrivait pas à se faire à l'idée qu'il pourrait me blesser. Même pour plaisanter, il était incapable de frapper ou d'attacher une femme, et il était donc hors de question pour lui de me fesser, même si c'était quelque chose que j'adorais.

C'était un homme bon. Je savais qu'il aimait que je sois sur lui mais qu'il le faisait parce qu'il croyait que ça me plaisait. L'insatisfaction tenace qui était la mienne depuis le début de notre relation était une source permanente de culpabilité, comme une blessure qui ne guérit pas ou une démangeaison que l'on ne peut pas gratter.

J'aurais vraiment voulu être le genre de femme que les choses ordinaires rendent heureuse. Je possédais même plus que des choses ordinaires : je n'avais pas seulement à mes côtés un homme bon, mais un homme merveilleux, nous avions des amis formidables, nous étions en bonne santé, et nos carrières s'annonçaient brillantes. Mais une petite voix me disait que je ne menais pas la vie que j'avais envie de vivre, et pire, qu'elle ne me convenait pas.

Simón voulait se marier et avoir des enfants. Pas moi. C'était notre seul véritable point de discorde, et nous n'avions jamais réussi à le surmonter. J'étais transpercée par un véritable sentiment d'horreur chaque fois que je le voyais regarder les bagues de fiançailles dans une vitrine de joaillier ou sourire à un enfant croisé dans la rue. Tout ce qui le rendrait heureux à jamais était exactement ce qui me terrifiait. Au cœur de la nuit, quand je n'étais pas occupée par le travail, ma vie sociale, ou le jogging dans le froid, j'avais l'impression que quelqu'un avait attaché un poids autour de mon cou ou avait suspendu une auréole si lourde au-dessus de ma tête que je ne pouvais pas la tenir à bout de bras. J'avais parfois la sensation que je risquais de me retrouver écrasée sous le poids de ma propre vie.

Deux semaines s'écoulèrent, pendant lesquelles je rêvai de cascades et de la voix de Dominik.

Je me réveillais en sursaut tous les matins, comme si une force surhumaine m'avait arrachée au sommeil.

Malgré mes craintes et mes inquiétudes, le temps s'écoulait, comme à son habitude. Je courais quotidiennement, répétais, sortais avec d'autres couples, pour la plupart musiciens. J'avais cependant l'impression d'avancer sans but, comme un bateau privé de gouvernail, comme si ma vie était progressivement en train de se dissoudre dans le néant.

Fran continuait à m'appeler à des horaires étranges, de jour comme de nuit. C'était peut-être sa façon de vérifier que j'allais bien. Nous avions toujours été proches, mais, comme nous n'étions démonstratives ni l'une ni l'autre, nos conversations ne duraient jamais plus de quelques minutes. Elle projetait toujours de quitter Te Aroha. Elle avait donné son préavis à son patron et elle attendait son visa pour la Grande-Bretagne.

Par chance, nous avions des ancêtres britanniques. Nos grands-parents paternels étaient ukrainiens, les parents de notre mère anglais. Des deux côtés nous descendions de pionniers, de voyageurs. L'envie de découvrir des endroits inconnus coulait dans nos veines.

— Tu ne viens pas à New York, alors ? lui ai-je demandé un soir.

Elle venait juste de me dire qu'elle avait pris son billet d'avion pour Londres.

— Je pense que j'ai Londres dans les gènes. Mais je peux toujours demander un visa américain.

— Tu peux vivre chez moi, tu n'as pas besoin de trouver un travail. Demande un visa touriste.

— Ne sois pas idiote. Tu sais bien que je ne peux pas ne pas travailler, tout comme toi.

— C'est toi qui vois. Tu viendras quand même me rendre visite ?

— Bien sûr. Tu viendras à Londres aussi ?

— Évidemment.

Plus j'y pensais, plus tout dans cette ville me manquait : le froid, la mélancolie qui se dégageait des vieux immeubles, le dédale des rues qui menaient partout et nulle part, bien différentes des édifices carrés rigidement alignés le long des avenues new-yorkaises.

Depuis que je vivais avec Simón, je n'y avais fait qu'une visite éclair puisque nous travaillions tous les deux. J'étais restée en contact avec Chris, mon meilleur ami, que j'avais rencontré lors de mon premier séjour à Londres. Son groupe, Groucho Nights, commençait tout juste à se faire un nom. Chris et son cousin Ted, qui était le guitariste, avaient rencontré par hasard dans une soirée Viggo Franck, le chanteur des Holy Criminals, et ils avaient sympathisé. Ce dernier leur avait proposé de faire sa première partie lors de son concert à Brixton, ce qui était le genre d'opportunité dont Chris avait rêvé toute sa vie.

Chris et moi nous nous étions rencontrés exactement au même endroit, à un concert des Black Keys. Ne connaissant personne, j'y étais allée seule, et nous nous étions percutés de plein fouet en sautant pour tenter d'attraper le médiator lancé par le chanteur. Gentleman jusqu'au bout des ongles, Chris me l'avait cédé, et pour le remercier je lui avais payé un verre après le concert. Nous avions alors découvert que nous étions tous deux musiciens et tous deux nouvellement arrivés à Londres. Je jouais du violon et lui de l'alto, qu'il venait d'abandonner au profit de la guitare, plus populaire. Par la suite, il m'était arrivé de jouer avec son groupe, quand l'ajout d'un violon se justifiait.

J'ai décidé de lui passer un coup de fil. Il était tard à Londres, mais Chris, avec le métier qu'il avait, devait être encore debout.

Il a décroché d'une voix ensommeillée.

— Ne me dis pas que je te réveille. Et moi qui pensais que tu étais une rock star.

— Summer ?

— La seule et unique. Quoi de neuf ?

Il s'est redressé dans son lit, et j'ai entendu le bruissement des draps.

— On va faire le concert.

— Avec les Holy Criminals ? Génial ! Tu as dû coucher avec Viggo Franck pour ça ?

— Arrête tes âneries.

— Alors, il est comment ?

— Viggo ?

— Qui d'autre ? Ce n'est pas le batteur qui m'intéresse.

— Il te plairait. Toutes les filles lui courent après, même si je ne comprends pas très bien ce qu'elles lui trouvent. Mais c'est bien le problème quand on est un mec bien : on est toujours le pote, jamais le petit ami. Ce sont les salauds qui décrochent le gros lot.

— Simón est un mec bien, ai-je répondu, taquine.

— C'est vrai. Mais est-ce que tu es vraiment heureuse avec lui ? a-t-il demandé, soudain plus sérieux.

J'ai réfléchi avant de répondre. Comment avouer que j'envisageais de quitter l'homme le plus gentil de la terre, justement parce qu'il était trop gentil ?

— Qu'est-ce qui ne va pas, Summer ? Ce n'est pas ton genre d'appeler pour bavarder.

— Je ne sais pas. Je ne suis pas dans mon assiette. Mon prof de violon est mort. M. Van der Vliet. Je ne sais pas si je t'ai parlé de lui.

— Si. Il n'était plus tout jeune, non ? Il a eu une longue vie. Et il était très fier de toi.

— Je me demande s'il ne s'est pas suicidé, ai-je révélé précipitamment.

— Oh non ! Je suis désolé... Comment tu gères ?

— Pas très bien. Je... je ne sais pas vraiment ce que je ressens. J'avais besoin d'entendre le son de ta voix.

— Tu sais que tu pourras toujours compter sur moi.

— Je sais. Bonne chance pour ton concert. C'est pour bientôt ?

— Le mois prochain. Tu vas nous manquer. Quand tu n'es pas là, ce n'est pas la même chose.

— N'importe quoi.

— Si, je te jure. Tu faisais la différence. Si tu n'étais pas partie, on serait peut-être déjà célèbres, qui sait ?

Je suis rentrée tard ce soir-là et j'ai trouvé Simón encore debout, assis sur l'un des tabourets de bar, ses longues jambes croisées au niveau des chevilles. Il m'attendait, penché sur le comptoir, contemplant non pas un journal mais un livre fermé posé devant lui. Le roman de Dominik, ai-je compris en m'approchant, horrifiée.

Il ne s'est pas levé pour m'accueillir, contrairement à son habitude. Il avait l'air profondément épuisé.

— Salut, ai-je dit pour briser la glace.

Il a levé les yeux et m'a souri faiblement. Son regard était chaleureux, mais il ressemblait à un animal blessé qui regarde son maître s'approcher avec un pistolet chargé.

— Salut, ma puce, a-t-il répondu. Viens là.

Il a ouvert grands les bras, et je me suis blottie contre lui. Il s'est mis à pleurer. Je sentais les sanglots qui soulevaient son torse, et ses larmes ont coulé dans mon cou.

— Qu'est-ce qu'il y a ? ai-je demandé gentiment.

— Tu es toujours amoureuse de Dominik.

C'était une affirmation, pas une question.

— Ça fait deux ans qu'on ne s'est pas vus.

— Mais tu ne nies pas. Tu l'aimes toujours.

— Je…

Il a fait un geste vers le livre posé sur le comptoir.

— Ce roman ne parle que de toi. C'est une autre époque et un autre lieu, mais c'est toi.

— Tu l'as lu ?

— J'en ai lu assez. Je suis désolé, je sais que je n'aurais pas dû fouiller dans tes affaires, mais tu n'étais pas toi-même dernièrement, et j'étais inquiet.

— Ce n'est pas grave. J'aurais dû te parler du roman.

J'avais essayé de le jeter. Je savais qu'il y avait un risque pour que Simón mette la main dessus. J'avais confiance en lui, mais il avait une façon particulière de se cramponner à moi, comme s'il savait que je ne lui appartiendrais jamais. Il semblait perpétuellement à la recherche de la preuve que je ne l'aimais pas réellement. C'était pourtant le cas, mais il s'agissait d'un amour qui ressemblait à une profonde affection et n'avait rien de romantique.

Il a saisi mon menton et a replacé une mèche folle derrière mon oreille.

— Ça ne marchera jamais, a-t-il déclaré.

— De quoi tu parles ?

J'ai senti quelque chose enfler douloureusement dans ma poitrine.

— Nous ne sommes pas sur la même longueur d'onde, Summer. Je t'aime, mais tu ne seras jamais heureuse avec moi. Et je passerai le reste de ma vie à courir après quelque chose que tu ne peux pas me donner.

— Ne sois pas ridicule, ai-je protesté, un peu paniquée. Ce n'est qu'un roman, ça ne veut rien dire. On peut en discuter et trouver…

— Je veux des enfants, fonder une famille. Pas toi. Tu connais la vieille comptine : un oiseau et un poisson peuvent s'aimer d'amour tendre, mais comment s'y prendre… ?

J'ai bafouillé. Je cherchais un argument valable à lui opposer, en vain.

— J'ai parlé à Susan, a-t-il poursuivi.

— Tu as annoncé à mon agent que tu me larguais avant de me le dire ?

Je sentais mon visage virer au rouge, la colère prenant le pas sur les larmes qui ne venaient pas. J'ai serré les poings contre son torse. Il a saisi mes poignets et m'a maintenue tout contre lui.

— Bien sûr que non. Je lui ai dit que tu avais besoin de faire une pause. Je vois bien que tu t'ennuies et que tu t'agaces pour un rien. Même les meilleurs musiciens ont besoin de vacances et de changement.

C'était indiscutable. Je jouais les mêmes morceaux depuis des années et je n'avais même jamais changé de robes de concert. J'en avais assez. J'étais blasée et épuisée. Même l'album de ballades sud-américaines que nous venions d'enregistrer ne m'avait pas emballée plus que ça. C'étaient ses origines, pas les miennes, et même si je parvenais à invoquer des images grâce aux histoires que Simón m'avait racontées, ça n'avait rien à voir avec la passion qui m'animait quand je jouais des compositeurs néo-zélandais ou des morceaux de rock en accompagnant le groupe de Chris avec lequel j'improvisais dans les pubs de Camden. Je suppose que c'est le problème quand on gagne de l'argent grâce à sa passion. Petit à petit, la musique était devenue une carrière, un travail. Et ça me fatiguait.

— Tu veux que je parte ?

— Non, je veux que tu restes à mes côtés pour toujours. Mais ce n'est pas possible, a-t-il ajouté, réaliste. Une pause me fera du bien à moi aussi. Je vais passer quinze jours au Venezuela auprès de ma famille. Je pars demain matin. Je te laisse prendre ta propre décision.

Nous avons fait l'amour une première fois cette nuit-là, puis une deuxième quand il m'a réveillée d'un baiser torride à 3 heures du matin. Il m'a baisée avec une sauvagerie dont il n'avait jamais fait preuve jusqu'à ce jour. Nous avons passé les quelques heures qui nous séparaient de son départ dans les bras l'un de l'autre, riant et bavardant comme de vieux amis.

— Si ça pouvait toujours être comme ça, ai-je soupiré quand il s'est extirpé du lit pour se préparer.

— Je pense que nous ne sommes vraiment pas faits l'un pour l'autre, a-t-il répondu. Je ne voulais simplement pas l'admettre. Nous avons des goûts communs, c'est tout.

Je l'ai regardé s'habiller. Il a enfilé son jean usé sans prendre la peine de mettre un caleçon. Quand il a penché la tête pour boucler son ceinturon à tête de mort argentée, son épaisse chevelure brune a dissimulé son visage. Il a enfilé un tee-shirt blanc moulant sur l'épaisse toison qui recouvrait son torse, ce qui a fait jouer ses muscles. Il a mis autour de son cou le pendentif en argent en forme de plume que je lui avais offert au Noël précédent. Il adorait les fringues et les accessoires, et c'était donc l'homme le plus facile à satisfaire quand il me prenait l'envie de lui faire un cadeau.

J'ai noué mes jambes autour de sa taille quand il s'est assis sur le bord du lit pour enfiler ses boots en croco à semelles rouges.

— Tu ne peux pas t'accrocher à moi comme ça indéfiniment, a-t-il fait remarquer. Il faudra bien que je mette mes chaussures…

Il m'a longuement embrassée devant le taxi qui devait l'emmener à l'aéroport, ne me lâchant que lorsque le chauffeur a commencé à donner des signes d'impatience.

— Ne disparais pas de ma vie. Donne-moi de tes nouvelles.

— Promis, ai-je répondu.

Puis je l'ai regardé disparaître de ma vie.

Je suis rentrée dans l'appartement en traînant des pieds et je me suis laissée tomber sur l'un des tabourets de bar. Le roman de Dominik était toujours là. Je l'ai saisi et feuilleté, lisant en diagonale un paragraphe sur l'héroïne rousse et son lot d'amants parisiens. Dominik et moi n'avions pas réussi à vivre ensemble. Nous n'étions pas très assortis d'un point de vue domestique. En revanche, nous étions totalement compatibles sexuellement. Et, même si bâtir une relation sur de telles fondations était une très mauvaise idée, je ne pouvais peut-être tout simplement pas faire autrement. On ne peut pas se fuir éternellement.

« Pour S.
À toi à jamais. »

Je me demandais s'il pensait encore à moi. Étais-je dans son roman parce qu'il était incapable de construire une histoire de toutes pièces et qu'il avait préféré s'inspirer d'une femme réelle pour trouver le ton juste ? Ou était-il obsédé par moi comme je l'étais par lui ?

Oh, Dominik, comment se fait-il que tu puisses bouleverser ma vie à ce point, alors que deux ans et des milliers de kilomètres nous séparent ?

J'ai pleuré, la tête dans les mains. Mes larmes sont tombées sur les pages ouvertes qui ont commencé à gondoler.

Une demi-heure plus tard, j'ai décroché le téléphone.

Et fait retentir une sonnerie, quelque part à Camden Town.

Chris a décroché.

— Putain, Summer, je n'ai pas de nouvelles pendant une éternité, et là tu m'appelles deux fois en une semaine ?

— Je viens à Londres. Je prends le prochain vol.

— Génial ! s'est-il écrié, manifestement enthousiaste. Juste à temps pour le concert. Tu pourrais jouer avec nous.

— Comme avant ?

— Ce sera mieux qu'avant, a-t-il rétorqué. Bien mieux.

2

L'art aisé de la procrastination

— Tu fais quoi aujourd'hui ? demanda Lauralynn.
— Je procrastine, évidemment, rétorqua Dominik.
— Pourquoi ne suis-je pas surprise ?

Elle buvait un verre de lait, debout, tout en préparant ses affaires pour une journée complète de répétition. La veille, elle avait laissé son violoncelle dans le studio de musique, comme elle le faisait souvent. Il était très difficile à trimballer dans le métro londonien, et l'immeuble dans lequel elle répétait avec ses amis musiciens était bien sécurisé.

Ses longues jambes étaient gainées dans de hautes bottes en cuir noir et un jean ultramoulant, dont la taille était dissimulée par un confortable sweat-shirt gris informe. Elle ne ressemblait pas du tout à une experte en musique de chambre.

Dominik ne pouvait pas s'empêcher de la trouver sexy en toutes circonstances. Certaines femmes l'étaient, d'autres pas, et elle appartenait indiscutablement à la première catégorie. Elle faisait tourner les têtes par un simple sourire, et sa préférence affichée pour les femmes augmentait l'excitation qu'elle suscitait en lui.

Lauralynn avait négligemment attaché ses cheveux blonds afin de pouvoir mettre son casque. Après avoir formé un quartet avec le seul rescapé de son ensemble à l'université et deux nouvelles recrues, l'une des premières choses qu'elle avait faites après que Dominik avait accepté de la laisser loger chez lui avait été de s'acheter une nouvelle moto. C'était une élégante Suzuki GSXR 750 noire, d'occasion. Elle avait vendu sa Kawasaki quand elle avait quitté Yale pour la Grande-Bretagne. Dominik présumait qu'elle n'avait pas eu les moyens de la rapatrier. Lauralynn ne semblait pourtant jamais à court d'argent. Dominik ne savait pas où elle le trouvait. Elle avait une attitude particulièrement désinvolte face aux finances. Il était persuadé qu'elle ne pouvait pas gagner autant par les seuls concerts qu'elle donnait de manière irrégulière avec son quartet.

Elle lui envoya un baiser de loin et se précipita vers la porte d'entrée. Il entendit peu après le rugissement du puissant moteur de sa moto, qui décrut comme elle dévalait la colline.

Dominik baissa les yeux vers son assiette. Un toast solitaire y gisait, abandonné.

Il songea aux mois qu'il avait passés en compagnie de Lauralynn. Ils s'étaient rencontrés pour la première fois lorsque Dominik avait organisé un concert très privé dans une crypte souterraine. Summer avait joué entièrement nue, accompagnée par Lauralynn et les musiciens de son quartet, les yeux bandés pour l'occasion. La jeune femme avait ensuite fait de nouveau irruption dans sa vie quand il était à Manhattan, lui ouvrant d'autres horizons sexuels. Elle avait par conséquent tout naturellement frappé à sa porte lorsqu'elle était rentrée à Londres : ils étaient devenus complices de lit, et elle l'avait aidé à chasser le fantôme de Summer.

Et voilà qu'il était de nouveau isolé dans sa grande maison, livré à lui-même.

Il était seul face à l'écran blanc de son ordinateur. Il savait pertinemment, et il n'en était pas fier, qu'il alignerait consciencieusement un millier de mots dans la journée et qu'il les effacerait le soir venu.

Enseigner lui manquait. Il se demandait s'il n'avait pas fait une erreur en démissionnant de l'université quand le roman qu'il avait écrit en s'inspirant de Summer avait connu un succès inattendu.

Il avait signé un contrat pour un deuxième roman, mais il avait déjà plusieurs mois de retard sur le planning qu'il avait punaisé au mur de son bureau.

Il était soumis à l'inévitable pression qui voulait qu'il écrive une histoire aussi romantique que la première, mais il ne pouvait nier qu'il n'avait surtout pas l'ombre d'une idée. Il rejetait tout ce qui lui venait à l'esprit : tout lui paraissait superficiel ou inintéressant. Il avait besoin d'une accroche, d'une histoire, de personnages. Il ne pouvait pas recycler à l'infini les sentiments que Summer lui inspirait toujours. Ça faisait trop mal.

Après sa rupture avec la jeune violoniste et son retour précipité à Londres, il avait rédigé son premier roman avec une incroyable rapidité. Il martelait son clavier, la musique à fond ; un savant mélange du répertoire classique qu'il l'avait si souvent entendue jouer, des *chansons*[1] françaises et des morceaux de jazz américain du début des années 1950 qui formaient l'arrière-plan de l'histoire qu'il écrivait. Il avait la chance de pouvoir écouter à présent les CD que Summer avait enregistrés depuis que sa carrière avait décollé, mais cela ne l'inspirait pas davantage. Il avait même plutôt l'impression qu'ils avaient l'effet contraire : le son pur du Bailly le déprimait, en évoquant inévitablement la couleur de sa peau, la teinte sombre de ses tétons et, profondément enfoui dans le puits de sa mémoire, le goût de son sexe. Cela ne le stimulait plus ; au contraire, ça alimentait sa dépression et son chagrin.

Il avait acheté tous ses CD. Le premier était un enregistrement lumineux des *Quatre Saisons* de Vivaldi, dans lequel il sentait toute sa passion, ses humeurs sauvages et dévergondées mais aussi sa délicate sensibilité. Il avait découvert en lisant un article people qu'elle vivait avec Simón Lobo et n'en avait éprouvé aucune surprise. Il dirigeait l'orchestre sur tous ses disques, et elle travaillait déjà avec lui quand ils vivaient tous deux dans le loft de Manhattan. Elle avait ensuite enregistré les concertos pour violon de Tchaïkovski et de

1. En français dans le texte.

Mendelssohn. Son dernier CD, sur lequel il était tombé le mois précédent dans la vitrine d'un disquaire, était consacré à des improvisations sur des thèmes sud-américains, ce qui ne l'avait guère étonné non plus.

Le boîtier du CD de ce dernier enregistrement était ouvert sur le coin gauche de son bureau, à côté d'une pile de livres pour ses recherches et d'un tas de chemises contenant des notes à présent indéchiffrables même pour lui, tant son écriture y était hâtive. Une photo de Summer s'étalait sur la jaquette. Son visage était pris en gros plan, et on devinait à peine ses épaules nues. Sa chevelure couleur de flamme se détachait violemment contre le fond blanc à peine troublé par la fine bretelle noire de sa robe. Impossible de ne pas reconnaître cette dernière. C'était celle qu'il lui avait achetée au marché de Waverly Place.

Il songea avec une certaine ironie que, dans les boutiques qui vendaient à la fois des livres et des disques, un acheteur anonyme pouvait tout à fait acquérir leurs œuvres respectives, sans savoir qu'ils avaient jadis été liés.

Dominik soupira bruyamment, comme s'il avait un public : il savait que la musique n'adoucirait en rien son humeur.

Il devrait se contenter du silence.

Le curseur de son ordinateur clignotait, moqueur.

Après New York, Lauralynn avait tout mis en œuvre pour remettre Dominik dans le droit chemin. Sans ses encouragements, il n'aurait sans doute jamais terminé son roman et aurait retrouvé sa tranquille routine, faite de cours et d'aventures sans lendemain.

Elle savait qu'elle lui plaisait et elle ne perdait pas une occasion de l'exciter par son attitude décomplexée face à la nudité et au sexe. L'excitation érotique semblait être le moteur permettant à Dominik de jeter des mots sur le papier et d'achever son manuscrit. Cela l'empêchait de s'apitoyer sur son sort et de ressasser inlassablement les souvenirs de sa relation avec Summer, même si le personnage principal était clairement inspiré de la violoniste rousse.

— Tu as besoin de distractions, mon cher Dominik, lui avait-elle affirmé un soir.

La lueur espiègle qui brillait au fond de ses yeux verts était le prélude certain à quelque malice.

— Vraiment ?

Il savait qu'elle voulait bien faire, mais une partie de lui était toujours en deuil, et il trouvait qu'il était trop tôt pour se remettre en selle.

Mais Lauralynn était têtue. Elle le convainquit de s'habiller pour l'occasion et, après avoir rejeté en riant la chemise à motifs trop clairement démodée qu'il avait choisie, elle lui fit enfiler une chemise bleue Tommy Hilfiger au col boutonné. Il détestait ça et ne s'y prêtait que si la soirée était particulièrement habillée. Il doutait que ce fût le cas ce soir-là.

— Tu ne vas pas le regretter, crois-moi, avait-elle promis.

— Y a intérêt.

Lauralynn était une femme organisée, aux goûts pour le moins inhabituels. Il avait lancé un jour en plaisantant qu'elle avait sûrement un répertoire plein de noms qu'elle pouvait appeler pour se distraire quand bon lui semblait, comme un don juan de banlieue. Ce à quoi Lauralynn avait répondu avec un large sourire entendu qu'elle n'avait pas besoin d'un répertoire : tous les numéros étaient soigneusement rangés dans sa mémoire.

— Ils sont organisés en catégories, avait suggéré Dominik. Soumis, esclaves, échangistes, travestis, ceux qui n'aiment que le fouet, ceux qui sont parfois soumis, parfois dominants, sans compter tout ce qui échappe à une âme innocente comme la mienne. Je suis certain qu'ils sont tous très beaux et qu'ils attendent sagement que tu leur fasses signe de venir jouer avec toi.

— Absolument, avait-elle acquiescé avec un sourire triomphant. Il faut bien avoir un peu d'imagination en ces périodes de crise…

— Qu'est-ce qu'il y a au menu ce soir ? avait demandé Dominik pendant qu'ils attendaient le taxi appelé un peu plus tôt.

La soirée n'était pas encore entamée, et, en raison des difficultés de stationnement, Dominik avait préféré laisser la BMW au garage.

— Tu verras bien.

Le parfum de la jeune femme, un délicat mélange de fragrances vertes et citronnées, lui chatouilla les narines. Lauralynn possédait tout un arsenal de parfums, armes qu'elle choisissait en fonction de la proie qu'elle avait en vue. Quand elle chassait les femmes, elle portait des senteurs musquées et sucrées, sombres et agressives. S'il en croyait son choix en cette fin d'après-midi, plus nuancé, la chasse serait différente cette fois-ci.

Elle l'amena dans le bar en sous-sol d'un pub de Cambridge Circus, en centre-ville. Dominik ne fréquentait guère les pubs. Par goût, il ne buvait pas d'alcool, ce qui expliquait en partie son désintérêt pour ce genre d'endroits. Mais il y avait autre chose : les odeurs qui stagnaient dans l'air tiède et lourd le mettaient mal à l'aise.

— Pourquoi avoir choisi cet endroit ? demanda-t-il à Lauralynn en descendant l'escalier en bois.

— C'était plus sécurisant pour eux, répondit-elle.

Il sourit, amusé.

— Qui ça, « eux » ?

— Un couple très sympa. Ils vivent en banlieue, et je me suis dit que, si je leur proposais de se retrouver en boîte ou dans le bar d'un hôtel chic, ça les mettrait mal à l'aise.

— Un couple marié ?

— Super, non ?

Le sous-sol était à moitié plein, et ils repérèrent tout de suite l'homme et la femme, un peu nerveux, attablés dans un coin, devant une bière et un jus d'orange.

— Tu les as dénichés où ? murmura Dominik à l'oreille de Lauralynn.

— Sur Internet, évidemment. Le meilleur endroit pour trouver des gens chouettes.

Il était arrivé à Dominik de faire la même chose, dans une autre vie.

L'homme, la quarantaine, portait un costume gris. Selon toute probabilité, il sortait tout juste du bureau. Sa femme, un peu plus jeune, était une brune au teint pâle. Elle portait la tenue officielle du samedi soir, une petite robe noire juste un peu trop décolletée. Elle leva les yeux et dévisagea Dominik, un mince sourire de satisfaction aux lèvres. Il vit dans son regard qu'elle était soulagée qu'il soit séduisant, comme si elle s'était préparée au pire.

— J'aime beaucoup votre chemise, dit-elle.

— Quel plaisir de faire votre connaissance ! s'exclama Lauralynn en leur tendant la main pour les saluer.

Seul l'homme la lui serra. Dominik imita la violoncelliste. La poignée de main de l'homme était molle et moite. Sa femme se contenta de les regarder en rougissant légèrement. L'homme ne détournait pas les yeux de Lauralynn, qui portait un tee-shirt blanc sous lequel ses tétons dressés attiraient l'attention. Elle avait troqué son éternel jean pour une jupe droite moulante. L'homme avait l'air soulagé. Il avait peut-être craint que son interlocuteur virtuel ne soit un homme se faisant passer pour une femme. Son inquiétude s'était évanouie en voyant que non seulement Lauralynn était femme jusqu'au bout des seins, mais aussi, devina Dominik, semblable à la photo qu'elle lui avait envoyée. Si elle s'était montrée fidèle à elle-même, l'homme avait certainement eu droit à une photo d'elle nue.

Dominik supposa qu'elle s'était contentée de le décrire : à sa connaissance, elle ne possédait aucune photo de lui, nu ou habillé. Elle s'était de toute évidence présentée comme le plat principal, il n'était que la salade d'accompagnement.

— Je suis ravi aussi, répondit l'homme.

Dominik et Lauralynn s'assirent sur la banquette en face du couple.

— Donc vous vous appelez Kevin, et vous c'est Liz ? demanda Lauralynn.

La jeune femme acquiesça. Ce devait être des noms d'emprunt.

Dominik se contenta de sourire. Il espérait qu'il correspondait à la description de Lauralynn.

— Et vous ? s'enquit Kevin. Vous ne m'avez jamais dit vos noms dans vos mails.

— Les noms n'ont aucune importance, déclara Lauralynn avec désinvolture. Vous n'avez qu'à nous appeler Elle et Lui.

— Si vous voulez, dit Kevin. Qu'est-ce que vous voulez boire ?

Dominik, qui ignorait le rôle qu'il était censé tenir dans le jeu que Lauralynn avait organisé avec ce couple, préférait demeurer silencieux. Il avait l'impression que c'étaient des échangistes novices.

Kevin se dirigea vers le bar pour passer la commande.

— Qu'est-ce que vous faites dans la vie, Liz ? s'enquit Lauralynn.

— Je suis secrétaire.

— Intéressant, répondit Lauralynn avec un sourire enjôleur. C'est votre première fois, donc.

La jeune femme acquiesça en regardant Dominik.

— C'est votre idée ou la sienne ? poursuivit Lauralynn.

— Eh bien…, disons que c'est la nôtre, répondit-elle en s'agitant sur son siège.

— Vraiment ? insista Lauralynn.

Liz hocha la tête, mais Dominik ne la crut pas.

Kevin revint avec leurs verres, et un silence inconfortable plana sur la tablée.

Lauralynn apprit plus tard à Dominik que ce genre de situation arrivait souvent. Voir sa femme baisée par un autre homme était un fantasme répandu chez les hommes, que ce soit par penchant voyeuriste ou par désir masochiste. C'était ce que Kevin cherchait sur le forum sur lequel il avait rencontré Lauralynn. La présence de cette dernière était peut-être rassurante, à moins qu'elle ne contribue à l'humilier davantage.

En revanche, Dominik ne savait pas ce que Liz retirerait de l'aventure.

Le couple avait loué une chambre dans un petit hôtel dans Bloomsbury. Ils s'y rendirent tous les quatre après quelques tournées ; Liz avait rapidement opté pour des boissons alcoolisées. Avant d'accepter la rencontre, Lauralynn avait de toute évidence défini à l'avance les règles avec Kevin, et il avait certainement tout expliqué à sa femme.

La paire de menottes qu'il avait rangée dans le tiroir de la table de nuit et qu'il tendit à Lauralynn en entrant dans la pièce était en fourrure. Rose. La jeune femme éclata de rire.

— Où diable avez-vous déniché ça ? Dans un sex-shop de province ?

Il rougit. Il ne s'était pas attendu à être humilié verbalement.

Liz, assise sur le bord du lit, jetait des regards interrogateurs en direction de Dominik tout en évitant soigneusement de regarder son mari à présent inquiet. Elle avait bu un gin tonic de trop, avalé rapidement juste avant de quitter le pub, histoire de se donner du courage, et le rouge lui était monté aux joues.

Lauralynn ôta sa veste en cuir et se tourna vers Kevin, qui n'avait pas bougé d'un pouce.

— Qu'est-ce que tu attends ?

Il la regarda en silence, incertain de la conduite à tenir.

— Déshabille-toi. Tout de suite ! aboya-t-elle.

Son corps était mince et pâle. Lauralynn exigea qu'il garde ses chaussettes noires, qui lui arrivaient à mi-cheville, histoire de pousser le ridicule jusqu'au bout. Elle lui ordonna de s'asseoir sur la seule chaise que contenait la chambre, à laquelle elle le menotta. Elle l'avait placée de telle manière qu'il était face au lit.

Liz était de plus en plus nerveuse. Elle avait serré les jambes, et une fine couche de transpiration s'était formée sur son front. Elle avait compris qu'ils avaient atteint un point de non-retour.

— Elle est toute à toi, D, annonça Lauralynn.

Dominik contempla la jeune femme.

— Viens ici, dit-il gentiment.

Elle se leva. Elle mesurait une bonne tête de moins que lui.

Il prit son menton dans sa main et se pencha pour l'embrasser. Elle avait un goût de gin et le parfum du shampoing qu'elle avait manifestement utilisé un peu plus tôt dans la journée. Elle frissonna faiblement quand leurs lèvres se touchèrent, se raidit un peu puis se laissa aller, apaisée par le contact de la bouche de Dominik.

Du coin de l'œil, il vit que Lauralynn souriait largement. Debout derrière la chaise sur laquelle elle avait menotte Kevin, elle était occupée à lui caresser distraitement les cheveux. Ce dernier était gêné par la manœuvre, la main brutale de Lauralynn l'obligeant à bouger la tête au rythme de ses caresses, et réduisant ainsi son champ de vision.

Sentant que la résistance de Liz fondait sous les assauts répétés de sa langue, Dominik fit glisser ses mains le long de son dos jusqu'à ses fesses, ce qui lui permit de découvrir par la même occasion la douceur de sa peau et sa réceptivité à ses caresses. Leurs lèvres se séparèrent brièvement, et elle soupira profondément avant de fermer les yeux.

De la main gauche, il chercha la fermeture Éclair de sa robe.

— Laisse-moi faire, intervint Lauralynn.

Elle s'approcha d'eux, abandonnant le mari captif, dont les cheveux à présent décoiffés semblaient couronner la consternation, voyeur impuissant attaché à sa chaise.

La robe s'ouvrait dans le dos. Lauralynn se plaça derrière Liz et fit glisser la fermeture Éclair tout en lui mordillant l'oreille, la bouche à quelques centimètres de celle de Dominik.

La jeune épouse frissonna, prise en sandwich.

Le mari les regardait sans ciller, étrangement fasciné. Dans quelle mesure Lauralynn l'avait-elle prévenu du déroulement réel de la soirée ?

— Lève les bras, ordonna Lauralynn.

Liz obtempéra, et la violoncelliste fit glisser la robe au-dessus de sa tête. Le tissu bon marché frôla les visages de Dominik et de Liz.

Il recula un peu. La jeune femme au teint pâle se tenait très droite, rougissante, en sous-vêtements et bas autofixants.

— On veut tout voir, dit Lauralynn.

Liz dégrafa son soutien-gorge et se pencha, mal assurée sur ses hauts talons, pour ôter sa culotte. Elle garda ses bas, et Lauralynn ne lui demanda pas de les enlever.

Dominik la contempla. Elle avait des cuisses lourdes mais un buste fin, des tétons gonflés, une fine bande de poils au-dessus de sa fente, un piercing dans le nombril et une croix en argent autour du cou. Et des yeux gris remplis de questions.

En la voyant nue, Dominik se sentit plus léger. Les corps féminins lui faisaient cet effet et déclenchaient en lui un raz-de-marée de tendresse. Les femmes lui plaisaient depuis fort longtemps, depuis le jour où, à l'école, il avait échangé des cartes de voitures de collection contre d'autres mettant en scène de voluptueuses naturistes, au repos ou en train de jouer. Leurs sexes avaient été soigneusement retouchés, ce qui leur donnait l'air de statues grecques. Il avait alors ressenti une excitation mêlée de respect et d'émerveillement. Ces sentiments ne l'avaient jamais quitté.

Il savait, au plus profond de son cœur et de son sexe, qu'il serait toujours l'esclave de la nudité féminine.

Il fut tiré de sa rêverie par Lauralynn. Cette dernière saisit brusquement les cheveux de Liz et la poussa sur le lit. Elle glissa sa main entre les cuisses de la jeune femme.

— Elle est mouillée, Kevin, annonça-t-elle en regardant le mari assis immobile à quelques pas. C'est bien ce que tu voulais, hein ?

Il ne répondit pas.

Lauralynn jeta un coup d'œil vers son sexe mou.

— Ta femme est sur le point de se faire sauter par un autre, et ça ne te fait même pas bander. Pathétique.

Dominik se sentit gêné. Était-il censé se déshabiller et jouer son rôle, sous les yeux attentifs du mari et de Lauralynn ?

Il se souvint de la fois avec Summer, où il avait inconsciemment invité Victor à se joindre à lui.

Il avait eu tort d'exhiber Summer à cet homme, qui avait trahi sa confiance, séduit la jeune femme après leur rupture et exploité sans vergogne ce que Dominik pensait être du chagrin. Mais ce n'était pas la même chose : en ce jour funeste, il avait éprouvé pour Summer un désir si sauvage qu'il en avait oublié la présence d'un autre homme.

Lauralynn se releva et s'approcha de lui.

— C'est mon cadeau, D, dit-elle en lui caressant tendrement la joue. Sois à la hauteur.

Il commença à déboutonner sa chemise sous les regards des trois autres.

— C'était son idée à lui, n'est-ce pas ? demanda-t-il à Liz.

Elle acquiesça, et il l'attira à lui de telle manière qu'elle ne puisse plus voir son mari ou deviner ses réactions.

Elle avait l'air perdue, et Dominik fut submergé par une vague de désir pour elle.

Il la prit dans ses bras et l'embrassa de nouveau, cette fois-ci lentement, paresseusement, avidement. Il voulait faire de cette cérémonie de la luxure quelque chose de privé, et pour cela il lui fallait bannir les deux autres du cocon dans lequel il les avait enfermés, elle et lui.

Il acheva de se dévêtir. Quand il poussa un peu Liz de manière à la prendre, il vit du coin de l'œil le sourire de Lauralynn. Un encouragement muet de la maîtresse de cérémonie.

Il écarta les jambes de Liz, vérifia du bout de son sexe qu'elle était prête à le recevoir, puis se glissa en elle, centimètre par centimètre, une éternité à la fois. Il voulait faire durer les choses. Il fut enfin en elle. Elle était chaude et étroite. Elle se mit à gémir tout de suite, chaque mouvement de reins faisant naître dans ses poumons un cri de plaisir qui remontait jusqu'à ses lèvres. Il entendit quelqu'un retenir brusquement son souffle derrière lui. Lauralynn ou Kevin ? Peu importait.

Dominik posa ses mains puissantes sur la taille de la jeune femme et la saisit fermement, jusqu'à ce que leurs corps se mettent au même rythme.

Liz était étrangement passive, ce qui n'excitait pas du tout Dominik. Cette passivité était à l'opposé de la soumission et ne suscitait en lui aucune pulsion dominatrice. Elle était d'une douceur inerte, et ses réactions manquaient de passion. Lauralynn, consciente du manque d'étincelles entre eux, s'approcha et caressa la joue tiède de Liz.

— Profite. Laisse-toi aller, lui murmura-t-elle à l'oreille.

Le corps de la jeune femme se détendit brièvement avant de s'arc-bouter, soit grâce aux encouragements de Lauralynn, soit grâce aux mots tendres que Dominik combinait à ses énergiques coups de reins. Elle soupira et laissa enfin le désir la dominer, corps et esprit ; Dominik sentit alors une certaine tension sous la douceur initiale.

Sans plus se soucier de ce qui l'entourait ni de son mari impuissant, Liz s'ouvrit plus largement au sexe de Dominik et l'accueillit avidement en elle, avec une rage étudiée, comme si elle voulait rattraper le plaisir que Kevin lui aurait refusé pendant des siècles.

Lauralynn et Dominik sourirent en constatant son changement d'attitude.

Il fit soudain plus chaud dans la chambre.

Attaché à la chaise, Kevin ne put que regarder en silence sa femme réagir aux caresses de Dominik : ses mouvements devenaient de plus en plus frénétiques comme elle s'empalait sans relâche sur son sexe, son souffle se faisait de plus en plus court. Les vagues de plaisir qui la traversaient et qui la rendaient de plus en plus humide se lisaient sur son visage.

L'ardeur grandissante de la jeune femme excitait Dominik. Il saisit fermement sa taille et lui imposa son rythme. Il sentit sa queue grossir encore en elle, jusqu'à l'emplir tout entière.

Elle poussa un petit cri, qui naquit au fond de sa gorge et mourut sur ses lèvres, et jouit dans un soubresaut. Kevin pâlit. Dominik se demanda si c'était la première fois que sa femme avait un orgasme devant lui.

Quand il se débarrassa du préservatif usagé dans la poubelle de la chambre d'hôtel, Dominik vit que Kevin, toujours menotté à la chaise, avait l'air fort abattu. Était-ce vraiment le spectacle qu'il avait rêvé de voir ? Ou au contraire redouté ? Il se demanda comment le couple surmonterait cette aventure.

Lauralynn, à présent d'un calme olympien, détacha les menottes roses et tendit ses vêtements à Kevin. Liz se leva timidement, presque abasourdie, non pas tant par ce que venait de lui faire Dominik que par la soudaine prise de conscience de ce qu'elle avait fait, elle.

Quand Lauralynn et Dominik quittèrent la chambre pour l'obscurité sordide du petit couloir de l'hôtel aux murs fanés et à la moquette de couleur indéterminée, le couple était en train de se rhabiller en silence.

À l'extérieur, les feuilles des arbres près du British Museum frissonnaient sous la brise légère. Dominik chercha des yeux un taxi libre.

— Ah, Lauralynn, dit-il tandis que cette dernière fermait sa veste en cuir pour se protéger de la fraîcheur de la nuit, un de ces jours, tu vas nous attirer des ennuis.

— Je sais, répondit-elle. Mais elle était supermignonne, non ?

— Tu aurais peut-être dû la sauter toi, alors.

— J'y ai pensé, figure-toi, mais, quand j'ai tout organisé avec son mari, il a bien insisté pour qu'aucune autre femme ne soit impliquée.

— Vraiment ?

— Oui. Tu n'as pas remarqué comme il a failli tomber de sa chaise quand j'ai caressé la chatte de sa femme ? Certains hommes ont de ces préjugés…

— Tu es une sacrée perverse, Lauralynn, constata Dominik.

Un taxi s'arrêta devant eux.

— Je préfère être perverse qu'ennuyeuse, rétorqua-t-elle en riant.

Les petits intermèdes concoctés par Lauralynn avaient beau être agréables, ils ne changeaient rien quand Dominik, face à son ordinateur, cherchait ses mots : il ne pouvait s'empêcher de penser à Summer. Sa mémoire était un disque dur près d'imploser, rempli de sentiments et d'images, incapable de traiter de nouvelles données ou de les redistribuer sereinement.

Elle contenait toutes les femmes qu'il avait connues avant Summer : elles tentaient toutes d'attirer son attention, se disputant une parcelle de tendresse, et il ne pouvait pas les effacer. Elles faisaient partie de lui, et c'était grâce à elles qu'il était devenu l'homme qu'il était.

Chaque fois qu'il tentait d'en coucher une sur le papier, dans l'espoir qu'une espèce d'écriture automatique lui permettrait de se servir de ses traits, de la couleur de ses yeux, de sa façon de bouger ou de parler, pour bâtir une histoire, elle se métamorphosait en une autre, puis encore une autre, et tout semblant d'intrigue lui échappait.

Il abandonna la demi-page aux étoiles multicolores de son écran de veille, se leva et s'éloigna de son bureau.

Un coup d'œil par la fenêtre lui apprit que le ciel était gris mais dégagé : pas de signe de pluie imminente. Une promenade lui permettrait de s'éclaircir les idées.

Le parc était la destination la plus évidente.

La matinée était bien avancée, et les joggeurs se faisaient rares, remplacés par des nounous qui poussaient landaus et poussettes, ou tiraient par la main des enfants bruyants. Des retraités déambulaient sans but près des mares, contemplant les canards qu'ils nourrissaient malgré les pancartes qui interdisaient de le faire. Une fois qu'il eut dépassé la deuxième mare, qui devenait une grande zone de baignade, Dominik emprunta le premier sentier et se laissa porter en rêvassant vers le pont étroit qui reliait cette partie du parc à d'autres endroits plus sauvages et reculés.

C'était ce qu'il adorait à Londres : il y avait un nombre incalculable d'endroits éloignés à peine de quelques minutes de marche des grandes artères, où l'on pouvait se retrouver perdu dans une forêt, le ciel caché par les frondaisons, dans une jungle de verdure naturelle. L'aspect presque clandestin de ces endroits lui plaisait beaucoup et lui donnait le sentiment d'être isolé et seul au cœur de la jungle urbaine. C'étaient des endroits propices aux secrets.

Il changea de direction, cherchant instinctivement le confort d'un chemin de terre sinueux et à peine délimité, dont les épaisses frondaisons dissimulaient le ciel. Une joggeuse arriva en face de lui, et il s'effaça pour la laisser passer. Elle le remercia d'un bref signe de tête. La jeune femme portait des leggings noirs et un étonnant short en satin vert émeraude, complété par un gros sweat-shirt vert bouteille. Ses cheveux blond foncé étaient relevés en une queue-de-cheval qui tressautait au rythme de sa foulée, à la même cadence que ses seins qui bougeaient délicieusement malgré sa brassière à soutien-gorge intégré.

Quand elle le frôla, Dominik entendit une mélodie assourdie s'échapper de ses écouteurs. Elle s'évanouit quand la joggeuse s'éloigna.

Pour une raison inexplicable, il voulait savoir ce qu'elle écoutait. Il avait l'impression que c'était important.

Il s'immobilisa et s'assit sur un tronc renversé. Il s'autorisa à penser à la vision fugitive des seins de la jeune femme et à leur rythme indolent.

Était-ce une infirmière du Royal Free Hospital, non loin de là ? Ou une étudiante ? Une femme au foyer ? Une employée de banque ? Une vendeuse ? Une secrétaire ? Les possibilités étaient infinies. Un millier de fantasmes lui venaient à l'esprit. « Arrête-toi. » « Déshabille-toi. » « Dévoile-toi. » Il avait envie de faire plus que la déshabiller : il voulait découvrir ce qu'elle cachait sous sa peau, dans sa tête. Comme il avait essayé de le faire avec Summer. Tout cela était complètement irrationnel. Il chassa ces pensées de son esprit.

Il haussa les épaules, se leva et reprit sa route. Mais il ne pouvait s'empêcher de penser à Summer. Sa méfiance initiale. La proposition qu'il lui avait faite, suivie par le concert privé qu'elle lui avait donné en ces lieux mêmes. Le feu et la passion qui la consumaient quand elle jouait du violon, emplissant tout le parc de sa musique.

Le kiosque à musique. Il voulait revoir cet endroit où Summer avait joué et dont le souvenir était à jamais gravé dans sa mémoire. Il gardait un vif souvenir du paysage, de la couleur de l'herbe et du ciel ainsi que du visage de la jeune femme perdue dans la mélodie.

Summer sur le kiosque à musique était son chef-d'œuvre perdu.

Dominik poursuivit sa promenade à travers bois et finit par apercevoir de vagues taches de couleur artificielle au loin. Du mouvement. Des silhouettes qui se tenaient derrière le mince rideau d'arbres. Il avança rapidement en prenant garde de ne pas accrocher ses vêtements aux buissons qui bordaient le sentier et finit par émerger dans une clairière. Des enfants couraient en tous sens, et des cyclistes roulaient à vive allure sur les chemins. Le kiosque à musique se dressait un peu plus loin.

Alors qu'il gravissait la petite colline qui menait à la construction de béton et d'acier, quelques gouttes de pluie se mirent à tomber, puis le ciel répandit sa colère. Un groupe hétéroclite de nounous, de mères épuisées et d'enfants échevelés trouva refuge sous le kiosque. Tous regardaient la tempête, indifférents.

Dans un coin, une femme allaitait son enfant, chemisier ouvert. Le bébé était presque entièrement chauve, et son crâne avait une délicate couleur rose. Son visage était tout plissé, dans une parodie de concentration ou de sommeil. Dominik les contempla, complètement fasciné. Il fut incapable de détacher le regard de la jeune mère jusqu'à ce que celle-ci se rende compte qu'il la dévisageait. Il lut tant de colère dans ses yeux qu'il prit la fuite. Il quitta le kiosque et marcha sous la pluie, furieux après lui-même et agacé de voir que son endroit magique était investi par des étrangers.

La veille au soir, Lauralynn n'était pas rentrée seule.

Sa chambre avait beau ne pas être au même étage que celle de Dominik, ce dernier n'avait quasiment pas dormi de la nuit. Il avait été tenu en éveil par les gémissements étouffés des deux femmes, leurs cris perçants, leurs grognements de plaisir ou de douleur, et leurs mots indistincts murmurés ou criés quand elles jouissaient. On aurait dit les notes d'une curieuse symphonie du désir.

Il avait brièvement aperçu l'invitée de Lauralynn en fin de matinée : il descendait prendre son petit déjeuner tandis qu'elle s'apprêtait à partir. Elle était très maigre et portait une tenue gothique. Ses cheveux artificiellement aile de corbeau étaient mal coupés dans un carré court et inégal, et sa tête semblait séparée du reste de son corps par un imposant collier en argent, orné d'un crâne. Une guirlande de tatouages fanés décorait sa jambe droite. Il était ravi de ne pas avoir été invité à se joindre à elles.

Lauralynn, qui ne portait qu'une culotte et une chemise d'homme ouverte, reconduisit son invitée à la porte puis gagna la cuisine. Elle tendit une tasse de café frais à Dominik.

— Une nouvelle conquête ? demanda-t-il en saisissant la tasse.

— Oui. Je l'ai rencontrée au concert hier soir.

— Elle n'a pas vraiment un look classique, remarqua Dominik.

— Non. C'est une fille rock'n roll. Elle traînait avec des mecs avec qui j'ai enregistré. Ils se sont baptisés « Neo Punks ». Ils m'ont invitée à les voir jouer à Camden Town. Elle était là, poursuivit-elle, un sourire coquin aux lèvres, et une chose en entraînant une autre…

— La variété de tes goûts me surprendra toujours.

— J'ai décidé de tout essayer une fois, expliqua la jeune femme. Mais je savais qu'elle ne te plairait pas, c'est pour ça que je ne t'ai pas réveillé.

— Et je t'en serai éternellement reconnaissant…

Il faillit recracher son café. Elle avait oublié de le sucrer.

— Ça va ? demanda-t-elle.

— Qu'est-ce que tu fais aujourd'hui ?

— Je dois être au studio d'enregistrement de Willesden à midi. J'ai été embauchée pour toute la semaine, mais les mecs du groupe n'ont pas l'air de vraiment savoir ce qu'ils veulent. La seule raison pour laquelle ils voulaient un violoncelle, c'est parce que ça fait *Eleanor Rigby* ou un truc du genre, et que c'est ce qu'ils cherchent pour l'album.

Dominik se contenta d'acquiescer, submergé par son flot de paroles.

— C'est de l'argent facilement gagné, poursuivit Lauralynn. Je ne vais pas me plaindre. Je ne fais pas grand-chose d'autre que lire des magazines et je suis payée au tarif syndical. Et toi ? Ton bouquin avance ?

Cela faisait des années que Dominik n'avait pas entendu la chanson des Beatles et il ne se souvenait pas de la présence d'un violoncelle. N'étaient-ce pas plutôt des violons ?

— Pas vraiment, répondit-il, l'esprit ailleurs, soudainement occupé à fredonner en silence *Eleanor Rigby*.

Lauralynn déposa les deux tasses vides dans l'évier et les rinça avant de les mettre dans le lave-vaisselle.

— Si tu as des difficultés avec ton manuscrit, tu pourrais peut-être me le faire lire. Je peux t'aider ?

— Mmmmh, répondit Dominik sans se mouiller.

— J'ai aimé ton roman, ajouta-t-elle. Beaucoup même. Et je ne te dis pas ça parce qu'on est potes, tu sais.

Il n'avait rien à lui montrer. Des scènes inachevées, des listes de personnages secondaires mal définis, des descriptions, des scènes de sexe presque trash, mettant en scène des personnages sans âme auxquels lui-même ne pouvait s'attacher. Un amas de rien. C'était comme si la carte suivie par l'intrigue lui avait été dérobée et que le train de son histoire était coincé à des kilomètres de la gare.

— Hé !

Lauralynn le regardait. Il était debout près d'elle, l'esprit manifestement ailleurs.

— Reviens sur terre.

— Désolé. Je rêvassais.

— Sur ton livre ?

— Peut-être. Oui.

— Tu devrais me raconter l'histoire. Ça t'aiderait.

Dominik refoula son irritation. Lauralynn était musicienne ; c'était une interprète, pas une créatrice. Qu'y connaissait-elle ? Il se dit soudain qu'il n'était pas très sympa avec elle : elle voulait juste l'aider.

— Je n'ai rien à raconter, avoua-t-il. Juste un squelette auquel accrocher les personnages et les lieux. Rien à faire. Tout ce qui me vient en tête est banal et a déjà été écrit des milliers de fois, et mieux en plus. Je suis en panne. Je n'ai même pas d'histoire.

— Tu n'as pas d'histoire ? répéta-t-elle, les yeux soudain écarquillés, comme si elle comprenait enfin l'énormité de la catastrophe.

— Non, soupira-t-il.

Il fut sauvé par la sonnerie de la porte d'entrée. De la fenêtre de la cuisine, il aperçut la camionnette rouge de la poste. C'était certainement un colis de livres commandés dans le cadre de ses recherches pour le moins incohérentes.

— J'y vais.

Il descendit rapidement l'escalier et signa le reçu. Il ne regarda même pas le visage de celui qui lui tendait le petit colis. Un guide de la vie nocturne à Berlin et un roman qui s'y déroulait dans les années 1960 : la semaine précédente, il avait commandé les deux ouvrages d'un simple clic sur une impulsion. Il avait vaguement caressé l'idée d'écrire un roman qui se déroulerait dans la capitale allemande, avant de se rendre compte vingt-quatre heures plus tard que c'était une idée complètement idiote. Il n'avait jamais mis les pieds à Berlin et ne parlait pas un mot d'allemand.

Il posa la boîte en carton sur le sol à côté des baskets boueuses qu'il avait rapidement ôtées et abandonnées là en rentrant du parc la veille.

L'étui du violoncelle de Lauralynn trônait dans un coin de l'entrée, enguirlandé d'étiquettes, souvenirs de voyages, d'hôtels, étrangers et britanniques, de laissez-passer qui permettaient de se rendre dans les coulisses. Elle avait recouvert de ses souvenirs toute la surface disponible.

Il remarqua soudain que l'un des autocollants se détachait. C'était une pub pour le *Grand Hotel Royal e Golf* de Courmayeur. Où était-ce ? En Suisse ou en Italie certainement. Quand Lauralynn y avait-elle séjourné ? C'était une station de ski, et il imaginait mal qu'on y donnât des concerts. Il pourrait lui poser la question.

Sa curiosité piquée, il examina les autres autocollants.

Des idées surgirent de nulle part. Sans queue ni tête. Elles lui tombaient dessus sans prévenir, sans logique ni cohérence.

C'était comme si quelque chose s'était enfin mis en place.

L'instrument avait beaucoup voyagé. Il y avait une histoire derrière chaque étiquette, chaque nom d'hôtel, chaque autocollant et chaque reste de compagnie aérienne.

Il tenait son histoire.

Celle qui lui échappait. Elle était sous son nez, et il n'avait rien vu.

Ça n'avait rien à voir avec les personnages.

Dans son précédent roman, il avait créé une autre version de Summer, imaginaire. Dans ce monde, elle ne jouait pas de violon.

Cette fois-ci, il écrirait une histoire sur son instrument. Celui qu'il lui avait acheté.

Le violon.

Il allait écrire l'histoire du violon.

3

Ce n'est que du rock'n roll

— J'ai toujours su que tu cachais bien ton jeu, a remarqué Fran d'un ton suffisant.

Elle était adossée à la banquette en cuir, la tête pratiquement sur l'épaule de Chris.

Nous rentrions en taxi à l'appartement de Camden Town. J'avais provisoirement emménagé chez Chris, le temps de trouver un logement. Fran partageait ma chambre le temps de décider ce qu'elle voulait faire de sa vie. Par rapport au grand appartement dans lequel je vivais avec Simón à New York, nous étions les uns sur les autres, mais pour l'instant nous nous entendions bien.

Le dimanche matin commençait à peine. Nous rentrions du bal de la Saint-Valentin du jardin des Supplices, où, à l'initiative surprenante de Fran, nous étions allés célébrer nos célibats respectifs.

Elle m'avait aidée à défaire mes valises et avait trouvé ainsi une photo que j'ignorais posséder encore : on m'y voyait avec Charlotte, lors de la première soirée fétichiste à laquelle elle m'avait amenée.

Si Dominik avait été mon premier amant dominateur, c'est à Charlotte que je devais mon initiation à la scène fétichiste. C'est avec elle à mes côtés que j'avais reçu ma première fessée et regardé jouer d'autres amateurs. Nous nous étions perdues de vue après une fête qui avait mal tourné. Elle s'était jetée sur Dominik, ce qui avait déclenché ma jalousie. Je ne lui en voulais plus à présent, mais j'étais sans nouvelles d'elle depuis.

La photo, qui faisait resurgir de bons souvenirs, avait été prise par l'un des photographes du club, et Charlotte, dans un accès de générosité, m'en avait fait faire une copie. Elle portait une robe en latex jaune avec deux éclairs sur les côtés. En réalité, c'était plus une tunique qu'une robe, et le décolleté était si profond qu'on lui voyait la moitié des tétons.

J'étais plus habillée, avec un corset en satin bleu pâle, une culotte en dentelle et un chapeau haut de forme. Nous étions sur le pont de la péniche sur laquelle se déroulait la fête, le rire aux lèvres. L'angle de mon chapeau me donnait un air coquin.

— Ça avait l'air d'être une fête sympa, a commenté Fran en voyant la photo.

— Ce n'était pas grand-chose, ai-je répondu d'un ton égal, en espérant que la conversation s'arrêterait là.

Mais Fran était à la fois fine et entêtée, et elle m'a posé des tonnes de questions.

J'ai fini par lui raconter cette soirée, à l'exception de la fessée que j'avais reçue des mains du Maître du Donjon sous les yeux de Charlotte.

— Je veux y aller, a-t-elle déclaré.

Elle a sorti son iPad, tapoté sur le clavier et accédé à leur site Internet.

— Oh, a-t-elle poursuivi, ils font une fête pour la Saint-Valentin demain soir. Enfin, plutôt une anti-Saint-Valentin. Ça tombe bien, je hais cette connerie de fête.

— Écoute, je ne pense pas que ce soit ton genre.

— Et comment tu sais ça ? a-t-elle rétorqué vivement. On ne s'est quasiment pas vues pendant cinq ans.

Elle a pincé les lèvres et passé la main dans ses cheveux courts : la discussion était close.

Chris écoutait la conversation du seuil de la chambre.

— Si vous y allez, je vous accompagne.

— Tu n'as pas une répétition ? ai-je demandé.

Son concert en tant que première partie des Holy Criminals avait lieu le samedi suivant.

— On a tout le temps de répéter. Pas question que je vous laisse sortir d'ici en sous-vêtements sans garde du corps.

— Comme tu veux, ai-je abdiqué.

Je connaissais bien Fran : si je refusais de l'accompagner, elle irait sans moi. Je pourrais au moins veiller sur eux.

Fran avait passé une partie du lendemain au marché de Portobello afin de trouver des tenues appropriées pour Chris et elle. Elle était revenue les bras chargés de sacs pleins à craquer. Elle s'était ensuite chargée d'habiller un Chris très réticent avec un costume trois pièces vintage. Elle l'avait barbouillé de maquillage de scène : il avait l'air d'un jeune homme assassiné le jour de son mariage et qui serait sorti de sa tombe un siècle plus tard. Elle portait une tenue assortie, une robe de mariée en haillons, et elle avait dressé ses cheveux sur sa tête à grand renfort de gel, ce qui donnait une allure étrangement punk à son look de zombie vintage.

Quand je lui avais proposé de boucler ses cheveux d'une manière plus victorienne, elle avait rétorqué :

— Je déteste les pin-up.

Pour ma part, je portais du latex pour la première fois de ma vie. J'avais commandé au dernier moment un uniforme moulant de marin sur un site Internet qui promettait une livraison express et qui avait tenu sa promesse.

J'étais trop gênée pour demander à quiconque de m'aider à l'enfiler. Je m'étais donc tartinée de lubrifiant afin de pouvoir fermer la veste moulante et le short rayé bleu et blanc. Je me sentais poisseuse, mal à l'aise, et j'avais un peu peur que le fin matériau ne se déchire au cas où je m'accrocherais à quelque chose, me laissant nue sur la piste de danse.

Fran s'est mêlée à la foule avec naturel dès notre arrivée. Elle est passée de pièce en pièce, avide de découvrir tout ce que l'endroit, un ancien cinéma rempli à craquer pour l'occasion, nous réservait.

Elle a lancé un regard désapprobateur à Chris, qui regardait autour de lui, abasourdi.

— Tu auras l'air fin quand tu seras une rock star, si tu trouves ce genre de soirée choquante. Je parie que Viggo Franck a une loge remplie de femmes nues. Et d'hommes aussi, certainement.

— Tu ne vas pas t'y mettre toi aussi, rétorqua Chris. Les femmes qui ont croisé ma route un jour m'ont toutes téléphoné quand elles ont vu les affiches. Elles voulaient un pass pour les coulisses.

— Ce n'est pas mon genre de mec, avoua Fran, mais je pense qu'il plairait beaucoup à Summer. Elle a toujours eu un truc pour les voyous.

J'ai rougi. Viggo Franck était moitié danois, moitié italien, et son groupe, les Holy Criminals, qui connaissait déjà un joli succès en Europe, avait été propulsé quasiment du jour au lendemain sur le devant de la scène en Grande-Bretagne quand le chanteur avait été pris en photo, passablement éméché, à la sortie d'un hôtel de Chelsea, accompagné non pas d'une femme, mais de trois. Dans le lot, il y avait la petite-fille d'un député conservateur et une jeune actrice qui gagnait sa vie en tournant dans des comédies romantiques familiales produites par Disney. Viggo avait immédiatement été élevé au rang de divinité séductrice, alors que les femmes avaient été lynchées en public. Les féministes s'étaient immédiatement emparées de cette différence de traitement, ce qui avait généré encore plus de presse.

Cette soudaine notoriété avait propulsé les Holy Criminals dans le cercle des groupes à succès leur permettant de passer du circuit des pubs à celui des stades. Si l'on en croyait Chris, Viggo était parvenu à rester respecté dans le milieu en donnant régulièrement des coups de pouce à de petits groupes dans la galère.

Chris l'avait rencontré lors d'une fête donnée par Black Hay, un groupe avec lequel nous avions partagé la scène à plusieurs reprises et que le label des Holy Criminals venait de signer.

— Étant donné que j'ai obtenu deux pass pour vous, mesdemoiselles, répondit Chris, nous serons vite fixés.

Fran a crié de joie.

— Je comprends mieux pourquoi tu ne veux pas revenir en Nouvelle-Zélande, Summer. Londres est une ville géniale.

L'un des photographes du club a demandé s'il pouvait nous prendre en photo et avant que j'aie eu le temps de m'éclipser, Fran et Chris ont accepté et ont pris la pose en grimaçant.

Je n'ai eu que le temps de couvrir mon visage avec mon chapeau avant d'être aveuglée par le flash. Depuis que j'étais devenue relativement célèbre et comme mes fans étaient plutôt du genre traditionnel, je faisais très attention à mon image.

— Vous êtes sûre que vous voulez bien que je vous prenne en photo ? a demandé le photographe en remarquant ma réticence.

Il s'est rapproché de moi pour me montrer le cliché. Il se tenait tout près, histoire d'éviter d'ôter l'appareil photo attaché en bandoulière autour de son cou. Son sourire était franc, et ses yeux rieurs, bordés d'eye-liner, étaient assortis à sa chemise en latex d'un rouge si sombre qu'il en paraissait presque noir et à ses bracelets de la même couleur, si larges qu'ils lui arrivaient presque au coude, comme les gantelets d'un gladiateur.

— Oui, c'est bon, ai-je répondu après un coup d'œil sur la photo.

C'était un excellent cliché. Fran et Chris étaient méconnaissables sous le maquillage outrancier, et je ressemblais à n'importe quelle fille dans mon uniforme marin, le visage dissimulé sous mon chapeau à l'exception de mes lèvres peintes et de mes cheveux roux, en partie visibles, qui se détachaient sur la blancheur de la robe de Fran.

— Envoyez-moi un mail si vous changez d'avis, a-t-il ajouté en me tendant une carte de visite noire sur laquelle se détachait son nom, imprimé en blanc avec une police sans fioriture.

Jack Grayson. Son nom me disait vaguement quelque chose.

— Arrête de draguer ! s'est plainte Fran. On veut aller danser !

Jack s'était déjà éloigné, et il prenait d'autres photos, sa haute taille légèrement voûtée, un œil et la moitié de son beau sourire cachés par l'énorme appareil photo.

Nous sommes partis à la recherche de la musique, passant pour ce faire devant le donjon. Fran a jeté un rapide coup d'œil à l'intérieur mais n'a pas semblé particulièrement intéressée.

— Chacun son truc, a-t-elle commenté en haussant les épaules, sans un regard en arrière.

En entendant les gémissements étouffés et le bruit des martinets sur la peau nue, j'ai regretté d'être allée à cette fête avec ma sœur et mon meilleur ami.

Ça faisait bien longtemps que je n'avais pas été attachée ou que je n'avais pas reçu autre chose sur les fesses qu'une gentille tape pendant l'amour, et ça me manquait. J'avais fait l'effort de me couper de toute la scène fétichiste quand j'avais rompu avec Dominik et que j'étais sortie avec Simón. J'avais pensé que ça n'aurait pas été juste pour ce dernier que je continue à expérimenter puisque je ne pouvais pas le faire avec lui. J'avais décidé d'ignorer mes envies : si je les oubliais assez longtemps, peut-être finiraient-elles par disparaître.

Je n'étais manifestement pas parvenue à chasser les effets de ce monde sur mon corps et mon esprit. Les bruits qui me parvenaient des recoins sombres du donjon – sifflement de fouets, claquement sourd d'une main sur des fesses, grognements de soumis poussés à leur extrême – accéléraient mes pensées et faisaient trembler mes mains. J'étais terriblement excitée et je n'étais pas certaine de pouvoir me contrôler toute la soirée.

Je savais que Fran était en sécurité avec Chris, et la solitude ne m'ennuyait pas du tout; je pouvais bien m'éclipser quelque temps pour m'amuser un peu.

— Je vais chercher à boire, ai-je annoncé. Je vous retrouve sur la piste de danse, d'accord?

— Pas de problème! a braillé Fran. On y sera toute la nuit!

Ils ont disparu dans la foule, me laissant seule.

J'ai envisagé un instant de retourner dans le donjon, mais j'ai rapidement repoussé cette idée. Tout l'équipement était déjà utilisé, et je n'étais pas sûre de la résistance de ma tenue au fouet ni de parvenir à m'extirper de mon short sans le déchirer.

J'ai préféré emprunter un escalier qui menait vers une grande pièce sombre et sans nom. Les marches étaient inégales, et, juchée comme je l'étais sur mes hauts talons, j'ai manqué de trébucher plusieurs fois.

Il m'a fallu un moment pour m'accoutumer à l'obscurité. Je me trouvais sur le balcon de l'ancien cinéma qui avait encore ses sièges rabattables. Je me suis glissée dans une rangée et me suis assise, ravie de pouvoir soulager un peu mes pieds malmenés.

Un court-métrage passait en boucle : des images de corps nus, parfois dans des poses extrêmement fétichistes, se succédaient sur l'écran, et semblaient regarder de haut les fêtards.

Au bout d'un moment, une femme s'est glissée dans la rangée devant moi, son partenaire derrière elle. C'était l'une des plus jolies femmes que j'aie jamais croisées, certainement un mannequin ou une actrice. Elle avait un visage ovale, des cheveux blonds coupés court et des yeux d'un bleu si pâle qu'ils tiraient sur le gris. Elle était peu maquillée et portait un uniforme d'infirmière en latex, qui la moulait comme une seconde peau sans la rendre le moins du monde vulgaire. Sa tenue avait certainement été faite sur mesure et non achetée dans le commerce comme la mienne.

Son partenaire portait un jean et une chemise noirs : sa seule concession au fétichisme, en dépit du *dress code* strict, était un loup qui dissimulait ses yeux. Il aurait pu être ridicule, mais sa façon de carrer les épaules, ses cheveux sensuellement décoiffés et la compagnie de la sublime jeune femme suggéraient qu'il se souciait fort peu de l'opinion des autres, plutôt qu'une tendance à s'habiller n'importe comment.

La jeune femme m'a regardée en entrant dans la salle et m'a souri à demi. Il y avait des sièges vides partout, mais elle a choisi de s'asseoir tout près de moi.

J'ai inspiré profondément et j'ai retenu mon souffle. Je me demandais ce qui allait se produire ensuite et pourquoi ils s'étaient installés si près. Ils ont commencé à s'embrasser presque immédiatement. Leurs baisers étaient doux et tendres, et j'ai détourné les yeux, gênée par leur intimité. Ce n'était pas un moment de passion dû à l'ivresse mais une scène qu'ils avaient délibérément choisie de partager avec moi.

Je me suis de nouveau tournée vers eux : il avait baissé la tête, et elle s'était allongée de tout son long sur les sièges, jambes écartées. Elle avait plié l'une d'elles et laissé l'autre reposer sur le sol, ce qui permettait à son partenaire de la caresser facilement sous la robe courte, ce qu'il faisait avec un abandon évident, sans se soucier des éventuels voyeurs.

La tête de l'homme me cachait en partie la vue : je ne voyais qu'elle, qu'il avait enfouie entre ses cuisses, mais grâce à la lueur de l'écran je devinais les jambes nues de la jeune femme, ses mollets gracieux surmontés par des cuisses douces et soyeuses.

Sans avoir conscience de ce que je faisais, je me suis penchée en avant. Que se passerait-il si je la touchais ? Si je me joignais à eux ? Je ne savais pas vraiment ce qu'il m'était permis de faire. Pouvais-je m'avancer et lui caresser le bras ? Leur demander leur permission ? Tandis que je me posais toutes ces questions, j'ai tourné la tête pour la regarder et j'ai vu qu'elle me contemplait. Sur son visage se lisait la plus profonde excitation, mais elle ne semblait pas aussi abandonnée que je l'aurais été à sa place. J'avais l'impression qu'elle se forçait à me regarder.

Son partenaire a accéléré le rythme des caresses de sa langue, et elle a commencé à perdre le contrôle. Elle a saisi ma main, l'a serrée et m'a rapprochée d'elle, suffisamment pour que je sois penchée sur ses lèvres, que je puisse l'embrasser, ou sentir la douceur de sa peau contre la mienne.

Elle a gémi et s'est arc-boutée contre moi en jouissant, puis elle a lâché ma main et s'est immobilisée.

Son partenaire s'est redressé et lui a caressé la joue du bout du doigt. J'ai attendu en silence qu'ils retrouvent leurs esprits, mais j'étais tellement excitée par la situation qu'il m'était difficile de ne pas bouger.

La jeune femme s'est tournée vers moi, un sourire aux lèvres.

— Merci, a-t-elle dit.

— Avec plaisir, ai-je répondu.

Étant donné les circonstances, ma réponse m'a paru un peu idiote : il n'y avait pas de mots pour rendre compte de l'intimité de la rencontre sans paraître stupide ou banal.

L'homme a hoché la tête en silence. Impossible de deviner ce qu'il pensait sous son masque.

Le couple s'est levé et a disparu dans la nuit.

Je suis restée immobile, seule sur mon siège. Je me suis calmée et me suis demandé ce que j'allais bien pouvoir faire ensuite. J'étais encore très excitée, mais je ne voulais pas abandonner Fran et Chris trop longtemps. J'étais en train de prendre une décision quand j'ai entendu Fran monter l'escalier derrière moi.

— Ah, te voilà ! On t'a cherchée partout ! Qu'est-ce que tu fais toute seule ici ?

Elle semblait surprise mais pas méfiante. Je ne pensais pas que ma sœur puisse un seul instant imaginer le genre de scène à laquelle je venais d'assister.

— J'avais besoin de souffler un peu. Il y a du monde partout.

— Viens, tu rates toutes les bonnes chansons !

Je les ai suivis, même si l'image du visage de la jeune femme en train de jouir ne quittait pas mon esprit. Mes fantasmes étaient exacerbés par l'atmosphère ouvertement sexuelle qui régnait et par le nombre important de gens séduisants, tout particulièrement les hommes. Ils étaient pour la plupart sanglés dans des uniformes militaires et avaient tous cette attitude assurée qui me rappelait Dominik.

Quand je me suis glissée dans mon lit au petit matin, les pensées qui ne m'avaient pas quittée se sont faites plus insistantes.

J'imaginais des hommes bottés de cuissardes, cravache en main. Mes fantasmes se sont précisés et sont devenus plus sombres et plus violents : j'étais agenouillée sur un sol de pierre, bâillonnée, les poignets liés dans le dos, pas avec une corde mais avec des menottes en métal reliées par une longue chaîne à un anneau dans le mur. J'étais entièrement nue et intégralement épilée. Quelqu'un m'avait rasé le pubis. J'avais deux anneaux de tétons, qui me pinçaient comme s'ils avaient été posés seulement quelques heures auparavant. La lourde porte s'est ouverte, et j'ai entendu des pas s'approcher lentement, délibérément. Je ne pouvais pas voir de qui il s'agissait, cependant je savais que c'était un homme. Il s'est approché, mais je le voyais mal dans la pénombre; j'apercevais seulement deux jambes dans un pantalon de ville noir au pli impeccable.

J'entendais le bruit d'une ceinture que l'on ôte, suivi de celui d'une braguette.

Dans mon rêve, je voulais désespérément toucher la queue de l'homme, mais elle était hors de portée. J'ai agité mes bras liés et mes mains pour essayer de me libérer, mais en vain. J'ai entrouvert la bouche, affamée : je voulais sentir un sexe franchir le barrage de mes lèvres, caresser ma langue et frapper le fond de ma gorge. J'ai passé la langue sur ma bouche sèche. J'ai essayé de me lever, mais je me suis rendu compte que mes chevilles étaient entravées elles aussi.

— Tu veux quelque chose ? a demandé une voix moqueuse.

Celle de Dominik.

Je me suis réveillée en sursaut. D'une main tremblante, j'ai saisi le verre d'eau posé sur ma table de nuit et j'ai bu une gorgée, en renversant maladroitement de l'eau sur mon tee-shirt. J'avais l'habitude de dormir nue, mais je ne pouvais plus le faire depuis que ma sœur partageait ma chambre. Allongée sur le dos, elle ronflait doucement. Elle avait encore un peu de poudre blanche dans les cheveux et sur le visage, ce qui lui donnait un peu l'aspect d'un cadavre.

Ni Fran ni Chris n'a mentionné cette sortie par la suite. J'ai eu un peu de mal à encaisser ça. Ma première soirée dans un club fétichiste avait bouleversé ma vie : c'était un événement marquant qui séparait celle que j'étais de celle que je suis devenue. Le fait que d'autres puissent considérer que c'était une expérience banale m'irritait vaguement. Si la partie de ma vie que je cachais comme un secret honteux était devenue à ce point commune, que me restait-il ?

Sans les concerts ni la vie sociale débridée qui était la mienne à New York, je me sentais à la dérive. Fran, qui avait toujours été incapable de tenir en place, s'était mise en quête d'un boulot dès son arrivée à Londres. En attendant, elle travaillait comme serveuse. Elle n'était donc jamais là le soir et dormait toute la journée. Quant à Chris, il répétait toute la semaine avec son groupe.

— Pourquoi tu ne viens pas assister à nos sessions ? a-t-il proposé. Les mecs ont demandé de tes nouvelles.

Il m'a donné l'adresse d'un studio non loin de Holloway Road. C'était un endroit chic, avec un vigile et un système d'alarme sophistiqué, empli d'équipement high-tech. La dernière fois que j'étais allée dans un studio loué par les Groucho Nights, c'était un sous-sol humide dont la porte fermait avec un cadenas, dans une allée étroite et malfamée près de Camden Lock. Je savais que l'oncle de Chris leur avait prêté de l'argent pour se lancer, mais je n'avais pas compris que la somme était importante au point de leur permettre de louer ce genre d'endroits.

— Ouah ! me suis-je exclamée en arrivant. Vous en avez fait des efforts pour moi, les gars !

Je me suis approchée de Ted, lui ai fait la bise et passé la main dans les cheveux.

Il m'a repoussée en riant.

— Pas touche à mes cheveux !

— Non, mais vraiment, les gars, vous vous habillez toujours comme ça pour répéter ?

Ted, qui jouait de la guitare, parfois de l'harmonica ou du kazoo, était originaire de Boston. C'était le cousin de Chris, et ils se ressemblaient tellement qu'on les prenait facilement pour des frères. Ils faisaient la même taille et avaient les mêmes yeux marron ainsi que des cheveux châtains bouclés. Ted laissait pousser les siens et les aimait frisés, presque en afro. Il portait un jean ultramoulant rouge et un gilet noir. Chris était assorti mais en miroir : gilet rouge et jean moulant noir.

Les cheveux raides comme des baguettes d'Ella, la batteuse, n'étaient plus blonds mais rouges comme un camion de pompier. C'était le seul changement notable dans son apparence. Elle était de Hull, et c'était le seul membre britannique du groupe. Elle avait de longues jambes, des bras musclés et une silhouette masculine. La dernière fois que je l'avais vue, elle arborait un tatouage de méduse inachevé sur la poitrine. Le dessin était à présent terminé dans des teintes vives de rose et de bleu, et les tentacules couraient comme des sentiers sous le col de son tee-shirt : il était impossible de ne pas regarder ses seins. Elle s'habillait comme un routier, avec des jeans et des chemises d'homme. C'était un look que je trouvais étrangement attirant chez une femme.

— C'est parce que Viggo risque de passer, a expliqué Chris.

— Vraiment ? Il se mélange au commun des mortels ? Ça fait pas très rock star, ça.

— Ça lui permet peut-être de se sentir normal, a répondu Ted. Encore qu'il n'y a pas grand-chose de normal chez lui.

— On est ici chez lui, a rétorqué Chris. Tu croyais quand même pas que j'avais les moyens de louer un endroit pareil ?

Je me suis affalée sur l'un des poufs en cuir disséminés çà et là dans le studio, et ils ont commencé par jouer quelques morceaux assez lents. J'avais apporté mon violon au cas où Chris aurait eu envie que je me joigne à eux en souvenir du bon vieux temps, mais je ne l'avais pas sorti.

Ils achevaient un morceau quand la porte s'est ouverte à la volée. J'ai remarqué que la main de Chris marquait un très léger temps d'arrêt sur sa guitare, mais il n'a pas cessé de jouer pour autant.

— N'arrêtez pas, le morceau est cool.

Viggo transportait, d'une seule main pas très assurée, un plateau couvert de tasses de café. Dans l'autre main, il tenait une paire de lunettes de soleil, même si celui-ci était aux abonnés absents depuis une semaine. Je me suis levée pour lui tenir la porte.

— Oh, merci poupée, a-t-il dit d'une voix rauque. Je te serrerais bien la main, mais je n'en ai plus de libre, je vais donc être obligé de t'embrasser à la place.

Il s'est penché vers moi et a déposé un baiser sur ma joue après avoir caressé mon oreille de ses lèvres, d'une manière à la fois audacieuse et complètement inappropriée pour une première rencontre.

— Viggo Franck, s'est-il présenté. Tout le plaisir est pour moi.

Il a haussé un sourcil, dragueur.

— Summer Zahova, ai-je rétorqué avec un hochement de tête assez sec. Je peux ? ai-je demandé en esquissant un geste vers le plateau.

J'étais assoiffée.

— Bien sûr. Ne les bois pas tous d'un coup.

J'en ai saisi un sans sucre, les mains tremblantes. J'essayais de rester calme, mais je n'étais pas habituée à rencontrer des célébrités. J'en avais croisé quelques-unes dans le monde de la musique classique, mais ils appartenaient à un autre monde et étaient très introvertis. Ce n'était pas vraiment mon genre.

Je n'avais jamais croisé quelqu'un qui ressemblât à Viggo Franck. Il portait un jean noir tellement moulant qu'il devait certainement l'avoir acheté au rayon femme. La taille basse révélait quelques centimètres de peau blanche sous un tee-shirt blanc déchiré. Il était mince, pas vraiment musclé, et avait la peau étrangement pâle pour un homme à moitié italien. Peut-être était-ce là son ascendance danoise qui transparaissait. Ses pommettes étaient hautes et ses lèvres pulpeuses, bien encadrées par une barbe de trois jours. Ses cheveux sombres, presque noirs, étaient raides mais échevelés.

J'ai immédiatement compris pourquoi les femmes lui couraient après. Il dégageait une incroyable énergie sexuelle. Même dissimulé derrière ses lunettes de soleil et habillé sans recherche particulière, il était du genre à attirer les regards dans la rue. Ou du moins le mien. Il s'est adossé contre le mur, un pied derrière lui. Je me suis réinstallée sur mon pouf, en prenant garde de ne pas le dévisager.

Chris et son groupe étaient totalement absorbés dans leur chanson la plus rapide, et ils semblaient avoir oublié jusqu'à notre présence.

J'ai levé les yeux : Viggo me regardait, un demi-sourire aux lèvres. Il s'est dirigé vers moi sans se presser.

— Tu permets ? a-t-il demandé.

Il a fait mine de s'asseoir à mes côtés sur le pouf mou sans me laisser le temps de répondre et sans paraître remarquer le canapé à deux places inoccupé non loin de nous.

— Pas de problème, ai-je répondu d'un ton froid, en totale contradiction avec la chaleur que la présence de son corps près du mien et la vision de son torse avaient répandu en moi.

J'ai sursauté violemment : le pouf s'était enfoncé sous son poids, renversant ma tasse et répandant ainsi du café chaud sur mon bras.

— Merde ! Je suis désolé.

Il a essayé d'essuyer les dégâts avec le bas de son tee-shirt, mais il n'y avait pas assez de tissu. Il l'a alors enlevé pour éponger.

J'ai contemplé son torse. La peau pâle de ses pectoraux était recouverte d'une fine toison brune. ses tétons étaient petits et sombres. Il avait un petit bourrelet, résultat peu flatteur de sa posture sur le pouf. Je mourais d'envie de le toucher, de tester la douceur de sa peau.

— Et voilà, a-t-il commenté, avant de remettre son tee-shirt sans se soucier de la tache de café qui s'y étalait à présent.

Il m'a dévisagée de haut en bas, puis a remarqué mon étui à violon à mes pieds.

— Tu es un nouveau membre du groupe ? a-t-il demandé.

— Non. Je jouais de temps en temps avec eux, mais je ne joue plus que du classique.

— Montre-le-moi. J'aime les instruments de musique.

— Tu veux voir mon violon ? D'accord.

Je me suis penchée, j'ai sorti le Bailly de son étui et je le lui ai tendu.

Il a passé sa main sur le corps de l'instrument, caressé doucement le bois patiné.

— Tu en joues ? ai-je demandé, intriguée par sa réaction.

Son regard, rieur et séducteur un moment plus tôt, était à présent entièrement concentré sur mon violon.

— Non, je ne joue pas de violon, a-t-il répondu sans lever les yeux vers moi. Même si, et je sais que c'est difficile à croire, j'ai appris le piano classique. Où tu l'as acheté ? C'est un instrument magnifique.

J'ai rougi au souvenir de Dominik et du contrat que j'avais accepté pour obtenir le Bailly.

— C'est un cadeau.

— Vraiment ? a-t-il dit, cette fois-ci en me regardant. Ça doit être un ami très proche qui te l'a offert. Est-ce que tu sais où il se l'est procuré ?

— Tu présumes que c'est un homme qui me l'a offert.

— Oui. Où est-ce qu'il l'a acheté ?

— Je ne sais pas vraiment. Chez un vendeur. Il a un certificat d'authenticité. La dernière propriétaire était une certaine Edwina Christiansen, mais je ne sais rien d'elle. Je l'ai cherchée sur le Net une fois, mais sans succès. Tu es collectionneur ? Tu cherches un instrument ?

— Non, non, simple curiosité. J'aime les jolies choses.

Il m'a rendu le violon et a frôlé mes mains plus longtemps que nécessaire.

— Tu ne veux pas jouer un morceau pour moi ?

— Maintenant ?

Chris attaquait les dernières notes de leur morceau de fin pour le concert.

— Oui.

J'aurais évidemment pu décliner, n'ayant apporté le Bailly avec moi que dans l'espoir que Chris me demande de jouer une chanson ou deux avec eux. Mais les Groucho Nights allaient enfin se produire sur une grande scène grâce à Viggo, et je voulais être dans ses petits papiers pour eux.

Il s'est levé et a applaudi de tout son cœur la fin de la chanson.

— C'était top. Maintenant, je voudrais entendre le violon. Vous jouez une chanson de plus ?

Chris, en nage, a souri largement.

— Bien sûr! Viens jouer avec nous, Summer.

Je me suis approchée, le violon à la main.

— Tu n'as qu'à improviser, a conseillé Chris.

Il a entamé une ballade que nous avions l'habitude de jouer ensemble. Ella a délaissé sa batterie au profit des maracas, histoire de ne pas noyer le son de mon violon. Je n'ai pas livré ma meilleure performance, mais le rythme m'est revenu comme si j'avais joué ce morceau la veille.

Je me suis sentie un peu gênée au départ de jouer devant Viggo, surtout que les morceaux de rock n'entraient pas dans mon répertoire. Mais, au bout de quelques minutes, j'avais complètement oublié sa présence, perdue dans la mélodie.

Quand j'ai ouvert les yeux, j'ai vu qu'il me contemplait intensément. Cependant, au lieu de me déshabiller du regard comme le faisait Dominik, il avait concentré toute son attention sur mon violon : il semblait m'admirer comme si j'étais une œuvre d'art.

Le regard étrange de Viggo a hanté mes pensées pendant le chemin du retour.

Chris exultait, indifférent à ma distraction.

— Je vais faire ça tous les jours du reste de ma vie, a-t-il dit quand nous sommes montés dans le taxi. Surtout si tu es là pour nous payer le taxi chaque fois.

J'avais gardé de mon séjour new-yorkais l'habitude de me déplacer en taxi. Je n'avais plus le courage de trimballer mon violon dans le métro.

J'avais mis beaucoup d'argent de côté pendant mes tournées, et mes enregistrements me procuraient régulièrement des droits d'auteur. Susan, mon agent, m'avait envoyé quelques mails un peu secs pour vérifier ce que je faisais, même si j'étais certaine que Simón lui avait dit que j'avais déménagé et que je faisais une pause.

À dire la vérité, je n'avais guère pensé à Simón ou à New York depuis mon départ. J'avais retrouvé très facilement la routine de ma vie de célibataire londonienne, et les deux dernières années m'apparaissaient presque irréelles. Les rares fois où je pensais à lui, Simón me manquait un peu. Mais, avec lui, j'avais apprécié surtout d'avoir quelqu'un dans mon lit et la sécurité apportée par une relation stable. Ce que j'éprouvais surtout maintenant, c'était du soulagement : je me sentais enfin libre.

Je pensais plus souvent à Dominik, et je rêvais de lui. Avait-il quelqu'un dans sa vie ? Une petite amie ? Avait-il mis de côté ses goûts de dominateur pour garder quelqu'un, comme je l'avais fait moi-même ou avait-il trouvé une autre femme à ligoter aux montants de son lit ?

À la fin de cette semaine-là, Fran et moi nous sommes de nouveau retrouvées dans un taxi, en direction de la *Brixton Academy*, cette fois-ci pour le vrai concert. Chris, Ella et Ted étaient partis plusieurs heures auparavant pour tout préparer avec l'équipe technique de Viggo et faire un essai son. Je suivais avec ma sœur.

Chris m'a assuré que nous étions toutes deux invitées à la soirée que Viggo donnait après le concert afin de fêter le début de sa tournée londonienne. Il avait levé les yeux au ciel quand je lui avais demandé ce qui nous valait cet honneur.

— Qu'est-ce que tu crois qu'il a dit quand il a su que ta sœur était à Londres pour quelques semaines ?

— Beurk, ai-je rétorqué. Il peut attendre longtemps.

— Je vous protégerai.

— Tu auras fort à faire avec les trois cents top models qu'il a dû engager comme serveuses.

— Tu sais très bien que les serveuses en Bikini ne m'intéressent pas.

Fran s'est mise à rire, et il lui a lancé un regard complice.

Chris et moi avions beaucoup d'affection pour l'*Academy*, puisque c'était là que nous nous étions rencontrés. Sans la présence du public, c'était un peu sinistre, et l'endroit était plus petit que dans mon souvenir. Difficile de croire que quatre mille personnes ne tarderaient pas à investir les lieux. Le sol, en pente, était couvert de taches et puait la bière, mais la salle avait malgré tout un certain cachet.

Les fans, qui attendaient depuis des heures sur le trottoir, bavardaient tranquillement, bières et cigarettes à la main. Un certain nombre d'entre eux étaient apparemment là pour voir les Groucho Nights, ce qui m'a fait plaisir. Au fil des années, Chris avait su fidéliser ses groupies. Ils nous ont lancé des regards curieux en nous voyant dégainer notre pass devant les corpulents vigiles en uniforme qui se tenaient devant les portes. Je m'étais habillée sans ostentation, avec une minijupe en jean et ma vieille paire de Dr Martens rouge cerise, mais Fran ne passait guère inaperçue : bien déterminée à prouver qu'elle ne plierait pas devant le temps britannique, elle portait le short en jean le plus microscopique de la création. Ses jambes étaient presque bleues de froid.

— Je vais avoir trente ans, avait-elle dit, et il paraît que c'est le début de la décrépitude. Alors autant montrer mes jambes tant que je le peux encore.

À la demande de Viggo, j'avais apporté mon violon avec moi. Il ne m'avait pas expliqué dans quel but, mais je pensais qu'il voulait que j'en joue à la fête qui suivrait le concert. L'idée me mettait un peu mal à l'aise. Il n'y avait que pour Dominik que j'avais consenti à jouer de cette manière, mais j'avais accepté pour rendre service au groupe. C'était aussi une façon de me produire en public : je n'avais aucun concert de prévu. J'ai laissé mon Bailly dans le salon d'attente, qui était vide, mais sous haute surveillance. Les membres des Holy Criminals se trouvaient dans leurs loges, et Chris, Ted et Ella étaient encore en train de régler le son. Nous avons tué le temps au bar, puis, au moment où la première partie était sur le point de commencer, nous avons gagné nos places dans la fosse, juste devant la scène.

Chris a fait son entrée, méconnaissable. Dans la vraie vie, c'était un homme timide, un peu gamin ; un micro à la main, il devenait un autre, endossant l'attitude d'une rock star.

Le groupe a commencé par un de mes morceaux préférés, *Roadhouse Blues*, des riffs sur une mélodie blues. Les voix sexy de Chris et de Ted surfaient sur les notes comme du miel sur le velours du whisky. Ted a sorti sa double basse pour le deuxième morceau, *Fire Woman*, une chanson sur la passion amoureuse avec des accords au rythme plus swing. C'était un morceau qui rendait systématiquement folles toutes les femmes de l'assistance, et ce soir n'a pas fait exception à la règle. Chris tenait le micro d'une seule main, comme s'il dansait avec une femme, la bouche grande ouverte pour tenir les notes les plus hautes.

— Bonsoir, Londres ! a-t-il crié à la foule. Comment ça va ce soir ?

Le public a sauté et hurlé en réponse.

— Est-ce que vous voulez rencontrer notre invitée ?

Il a regardé dans ma direction. Les cris ont redoublé. Peut-être Viggo avait-il accepté de faire une entrée plus tôt que prévu ?

— Qu'est-ce que tu fabriques ? ai-je braillé.

Mais ma voix a été couverte par la foule.

— Ma copine est là, elle a fait tout le chemin depuis New York, a poursuivi Chris. Encouragez-la ! Faites-la monter sur scène !

L'un des roadies a fait son apparition sur scène avec un violon électrique qu'il a branché. Il y a eu un peu de feed-back. J'étais soulagée de voir que ce n'était pas mon Bailly, dont le son n'aurait jamais porté même devant un micro, mais un peu inquiète tout de même : je n'avais pas touché un violon électrique depuis trois ans.

Je suis passée sous la corde qui séparait la scène de la fosse. Les deux vigiles m'ont fait monter, Chris a saisi ma main et m'a tirée vers lui. Je me suis tournée face à la foule. L'énergie sur scène était beaucoup plus intense que celle à laquelle j'étais habituée dans mes concerts classiques. La salle était chaude et vivante, vibrant de bruit et d'électricité.

— Suis le mouvement, a conseillé Chris en entamant une chanson que nous avions l'habitude de jouer ensemble, *Sugarcane.*

C'était une mélodie folk avec un court solo de violon et quelques accords de cordes pour appuyer les paroles. Le son était riche et dense, et je n'avais pas joué ce genre de chose depuis que j'avais quitté Londres.

Je suis restée avec eux pour le morceau suivant et j'ai apprécié le courant de la musique, qui me traversait comme un torrent. Je me suis forcée à les laisser jouer seuls le dernier morceau, beaucoup plus rock, qui s'achevait sur un crescendo de batterie.

Fran m'attendait dans les coulisses quand j'ai quitté la scène. Elle avait fendu la foule, et dégainé son pass et son plus beau sourire aux agents de la sécurité afin de pouvoir me féliciter. Elle ne quittait pas Chris du regard au fur et à mesure que la foule se faisait plus enthousiaste. Le groupe a fini par quitter la scène, sous les derniers feux verts et rouges des projecteurs, qui brillaient sur le parquet poli.

— Il est vachement bon, a commenté Fran.

— Chris ? Oui. Quand il joue, il n'est plus le même.

— Toi non plus.

— Ah bon ?

— Tu es plus assurée. Et vous êtes vraiment dans la musique, comme si vous aviez pris un truc avant…

— On ne se drogue pas. On est des gens ennuyeux. Chris est antidope, il dit qu'il ne veut pas détruire sa créativité en massacrant ses neurones.

— Il n'a pas tort.

Je l'ai laissée dans les coulisses, avec la tâche de veiller sur nos affaires, et je suis allée chercher à boire, profitant du court entracte entre les deux parties. Il y avait peu de concerts de cette envergure en Nouvelle-Zélande, et uniquement dans les grandes villes – Auckland ou Wellington, parfois Christchurch. Ni elle ni moi n'avions vu beaucoup de concerts chez nous. Fran semblait très heureuse d'être là et ne perdait pas une miette du spectacle. Elle a contemplé le plafond étoilé, qui, même après plusieurs concerts, me donnait toujours l'impression d'assister à un show en plein air.

Je suis revenue juste à temps pour voir les projecteurs s'éteindre, à l'exception d'un cercle rouge au centre de la scène. Une cage s'est lentement élevée des profondeurs d'une trappe. Viggo Franck se tenait à l'intérieur, accroupi, les mains agrippées aux barreaux. Il a levé la tête en souriant quand la cage a atteint le niveau du sol : les cris des femmes dans le public ont atteint un tel degré d'intensité que j'en ai presque perdu l'ouïe. De la fumée s'est répandue sur la scène. Quand elle s'est dissipée, la cage avait disparu, et Viggo se tenait debout, jambes écartées, dans le même genre de tenue que celle qu'il portait quand je l'avais rencontré : un jean noir taille basse, des bottes en cuir, un tee-shirt déchiré. Si l'on exceptait sa renommée et cette aura de Casanova qui ne le quittait pas, il ressemblait à n'importe quel type dans n'importe quel pub. Mais définitivement pas le genre qu'on peut présenter à sa famille.

Le concert a duré une heure et demie, et s'est achevé sur le crescendo final d'un morceau de son premier album, *Underground*, une chanson avec un solo de guitare au milieu. Il l'a joué à genoux, tellement renversé en arrière que sa tête touchait ses chevilles. Si l'on en croyait les journaux, il pratiquait le yoga dans une pièce spécialement aménagée en sauna dans son hôtel particulier, et, quand j'ai vu à quel point il était souple, je n'ai pas pu empêcher mes pensées de dériver.

Fran m'a donné un coup de coude dans les côtes alors que nous allions retrouver Chris et son groupe une fois le concert terminé.

— Tu sais que tu ne seras qu'une parmi tant d'autres, hein ?

— Tu as l'air bien sûre que je vais coucher avec lui.

— Évidemment. Je veux juste que tu sois consciente que tu ne seras pas la seule. Tu ne seras même pas la seule aujourd'hui.

— Tu crois que je devrais éviter ?

— Certainement pas ! s'est-elle exclamée avec un grand sourire. Ce n'est pas tous les jours qu'on a la chance de coucher avec une rock star. Fonce. Sois prudente, c'est tout.

— Je ne suis pas idiote…, ai-je répondu, tout en me rappelant que, la première fois que j'avais couché avec Dominik, nous n'avions pas utilisé de préservatif.

Une erreur stupide que je n'avais jamais répétée. Avec personne.

— Celui qui n'est pas couvert ne peut pas sortir, a ajouté Fran.

L'un des techniciens qui traînait près des loges l'a regardée d'un air interrogateur, un sourcil levé. Elle lui a répondu d'un gloussement.

Dans la loge de Viggo, tout était plus calme que ce à quoi je m'attendais. Il était assis sur un tabouret, une bière à la main. Chris et Ted étaient affalés sur un canapé en Skaï noir poussé contre un mur. Les autres membres du groupe de Viggo étaient partis chercher à boire. La pièce elle-même était plutôt austère : sur les murs blancs étaient épinglées des feuilles A4 qui rappelaient qu'il était interdit de fumer, en parfaite contradiction avec les cendriers posés sur la coiffeuse. Ella, penchée sur le miroir, se démaquillait avec des lingettes pour bébé.

Nous avons été accueillies par des applaudissements. Le regard de Viggo s'est attardé sur les jambes de Fran.

— Notre petite star ! a dit Chris. Ils t'ont adorée.

— Ils vous préfèrent. Vous entendez ça ?

Un groupe de fans, pour la plupart des femmes, avaient gagné la sortie des artistes et scandaient « Viggo ! Viggo ! », parfois remplacé par un « Chris ! » occasionnel.

— Chris n'est pas un prénom très sexy, ai-je remarqué, taquine. Tu devrais en changer.

— C'est ce que tout le monde me dit. Mais c'est trop tard maintenant, j'aurais l'air idiot avec un autre prénom.

Viggo a posé sa bière, saisi ma main et m'a attirée entre ses jambes. Je portais une jupe courte et des collants ; je sentais donc son jean contre ma peau. Le contact de son corps m'a électrisée, comme un verre de champagne qui me serait monté directement à la tête, et je me suis retenue pour ne pas me pendre à son cou.

— Alors, poupée, a-t-il susurré, tu as apporté ton violon ? Tu joueras quelque chose pour nous plus tard ?

Dans sa bouche, « plus tard » prenait une connotation interdite aux moins de dix-huit ans.

— Avec plaisir, ai-je répondu, pleine d'assurance, en résistant à l'envie de me lover contre lui.

C'était une chose de se faire draguer par un don juan en privé, mais une autre de flirter avec lui en public. Je ne voulais pas être l'objet des blagues de Chris et de Fran pendant les dix prochaines années.

— Allons-y, a dit Viggo.

Son équipe avait chargé l'intégralité du matériel dans deux camionnettes : toutes les affaires de Chris seraient déposées au studio, où ils pourraient récupérer l'ensemble la semaine suivante. Nous pouvions donc prendre les voitures de Viggo, des berlines anonymes, sombres et aux vitres teintées. La plupart du temps, il conduisait une Buick noire de 1987, mais préférait passer inaperçu après les concerts.

Nous nous sommes arrêtés devant un immeuble fermé par une grille, à Belsize Park. Il était près de 2 heures du matin, et le voisinage était totalement silencieux.

— Il y a des tonnes de célébrités qui habitent dans cette rue, a chuchoté Chris à mon oreille. Et leurs prénoms peu sexy ne les ont pas empêchées de réussir.

— Je comprends ce que tu veux dire, mais je pense que plein de gens ne seraient pas d'accord.

— On ne peut pas plaire à tout le monde, a-t-il conclu en levant les yeux au ciel.

L'intérieur de l'hôtel particulier de Viggo ne correspondait absolument pas à ce que j'imaginais. Ni vivariums remplis de serpents ni aquariums contenant des femmes nues, contrairement à ce que les rumeurs avaient prétendu. L'endroit était très dépouillé, quasiment spartiate, à l'exception de quelques œuvres d'art disposées de manière à être mises en valeur par la lumière. Une sculpture d'un oiseau en plein vol était suspendue au plafond. Un escalier en colimaçon en bois pâle et en métal déroulait ses anneaux au centre de la pièce.

— C'est un Hirst ? a demandé Fran en contemplant un long tableau ovale, dont le fond blanc était couvert de ronds colorés.

— Certainement pas, a répondu Viggo, qui se tenait trop près de ma sœur. Pour qui me prends-tu ?

J'ai regardé le tableau de plus près et j'ai vu de petits « m » peints au centre de chaque rond, comme des bonbons célèbres.

— Malin, ai-je commenté.

— Exact, a répondu Viggo en caressant doucement mes cuisses sous ma jupe.

J'ai frissonné.

— J'aime les choses malignes, a-t-il poursuivi. Montons, le spectacle n'est pas terminé.

Le deuxième étage ressemblait plus à ce que j'attendais. On se serait cru dans un harem, meublé tout de rouge sombre et de violet, avec des lustres en cristal accrochés au plafond, une épaisse moquette dorée et de nombreux canapés en cuir noir aux formes inhabituelles, certainement créés pour faciliter des activités décrites dans le Kama-Sutra. Au centre de la pièce s'élevait une fontaine et au centre de cette fontaine, la statue d'une femme.

Du moins, j'ai cru qu'il s'agissait d'une statue jusqu'à ce qu'elle déploie gracieusement une main et ôte une épingle de ses cheveux blonds qui cascadèrent sur ses épaules. Elle se retourna lentement pour nous faire face, révélant de petits seins et un sexe intégralement épilé.

Ses mouvements étaient subtils et parfaitement exécutés, bien loin de l'effeuilleuse de base. On avait l'impression que l'eau montait à l'assaut de ses jambes, arrêtée par la barrière de sa chair. Un minuscule revolver noir était tatoué à côté de sa chatte.

Un souvenir tentait de se frayer un chemin dans les replis de ma mémoire. Le monde était plein de danseuses, mais je n'en connaissais qu'une qui bougeait de cette façon et qui arborait le même tatouage.

La fille russe, dans le club privé de La Nouvelle-Orléans, où Dominik m'avait amenée. Après le spectacle incroyablement érotique, Dominik m'avait demandé de danser à mon tour. Le souvenir me revenait accompagné d'un sentiment mêlé d'humilité et d'excitation. Je m'étais exécutée, nue à l'exception des bijoux de seins rouge rubis et d'un plug anal.

C'était Luba.

Nos yeux se sont croisés, et elle m'a souri.

4

L'Angélique

La petite boutique à Burlington Arcade où il avait acheté le violon de Summer était fermée, alors qu'on était en plein après-midi. Dominik se pencha sur la porte vitrée et remarqua la pile de courrier qui prenait la poussière sur le sol. Un numéro de téléphone à contacter en cas de besoin était affiché sur un carton scotché à la porte.

Il appela un peu plus tard.

Sans réponse.

Il essaya de nouveau toutes les heures.

Vers 22 heures, il était sur le point de raccrocher après avoir laissé sonner plusieurs minutes quand quelqu'un décrocha enfin.

L'homme avait l'air âgé et parlait à voix basse.

— Je vous téléphone à propos de la boutique à Burlington Arcade, expliqua Dominik.

— Vous devriez contacter l'agence immobilière, répondit l'autre.

— Ce n'est pas pour ça que j'appelle. J'ai été client une fois. J'ai acheté un violon. J'ai des questions à vous poser…

— Nous avons mis la clé sous la porte, et j'ai décidé de prendre ma retraite. Je ne voyais plus l'intérêt de continuer. Je ne pense pas pouvoir vous aider.

— Vous étiez le propriétaire ? demanda Dominik.

La voix de l'homme ne correspondait pas du tout à celle de l'assistant qui lui avait vendu le Bailly.

— Oui.

— Je ne pense pas que nous nous soyons rencontrés. Votre collègue m'a vendu un merveilleux instrument, mais je voudrais en savoir plus sur lui et sur ses précédents propriétaires.

— On ne vous a pas donné un certificat de provenance ? Il aurait dû le faire.

— Si, si, mais les informations que j'ai sont très lacunaires.

— Vous ne pensez tout de même pas que je me souviens de l'histoire détaillée de tous les instruments qui sont passés entre mes mains ?

— Non, bien sûr que non. Mais je me demandais si…

— Pourquoi ?

Dominik hésita un court instant. Comment l'expliquer ? Comment dire qu'il se raccrochait à des fils ténus en espérant que Summer refasse partie de sa vie ? Comment avouer qu'il était devenu un écrivain sans histoires à raconter ?

— C'est difficile à expliquer. La personne pour qui j'ai acheté ce violon est…

— Est-ce que vous parlez du Bailly ? l'interrompit son interlocuteur.

— Oui, admit Dominik surpris.

— Ah…

— Donc…

— Écoutez, il se fait tard. Appelez-moi demain matin, pas trop tôt. On pourra peut-être convenir d'un rendez-vous.

— Avec plaisir. Ce serait merveilleux.

L'ancien propriétaire de la boutique vivait non loin de chez Dominik, dans le nord de Londres, dans un cottage en ruine au bout d'une impasse privée près de Highgate Village. Le jardin devant la maison était mal entretenu : la pelouse était envahie de mauvaises herbes, et les buissons de roses n'avaient pas été taillés depuis des siècles. La sonnette ne fonctionnait pas, et Dominik dut frapper plusieurs fois à la porte avant d'entendre un signe de vie à l'intérieur.

Au moment où l'homme ouvrit la porte et le dévisagea, Dominik le reconnut tout de suite. Sa voix était plus vieille que lui : il n'avait pas encore soixante ans. Dominik l'avait déjà vu deux fois, et chaque souvenir était gravé au fer rouge dans sa mémoire.

Il avait assisté à deux des soirées les plus folles auxquelles Dominik avait participé au cours de ses mois de débauche. C'était plus un voyeur qu'un participant actif. Il profitait toujours une fois de la femme qui se mettait volontairement à leur disposition, puis quittait la scène et se contentait de regarder les autres – et Dominik – en sirotant un verre de vin blanc. La première fois, Dominik avait trouvé ça un peu flippant, mais son attention avait rapidement été détournée par l'action.

L'homme posa ses yeux chassieux sur Dominik : il ne sembla pas le reconnaître. Après tout, dans ce genre de soirées, ce n'étaient pas les visages des autres participants que l'on regardait.

— Nous nous sommes parlé au téléphone. Dominik, se présenta-t-il.

— John LaValle. Entrez.

Il le précéda dans le salon. Un énorme piano à queue trônait au milieu de la pièce, disparaissant littéralement sous les journaux jaunis, les partitions et les livres abîmés.

LaValle lui fit signe de s'asseoir dans un vieux fauteuil en cuir et prit place sur le tabouret du piano, dos à l'instrument. Il lui offrit un verre, que Dominik refusa, et se servit une rasade d'une bouteille de scotch qu'il sortit du placard à alcools.

— Ça me permet de garder la forme, commenta-t-il en désignant le liquide ambré avant d'en boire quelques gorgées.

— Vous n'étiez pas dans la boutique le jour où j'ai acheté le violon, remarqua Dominik.

— Non. Et c'est bien dommage. Mon collègue, qui m'a quitté peu de temps après, pensait se faire un nom et s'attirer mes bonnes grâces. Mais, voyez-vous, je n'avais aucunement l'intention de vendre cet instrument.

— Oh. Pourquoi cela ?

— C'était un violon de collection. Il valait beaucoup plus que ce qu'il vous a coûté, répondit LaValle. Il n'était en ma possession que depuis quelques semaines. Il m'était arrivé par un notaire allemand qui réglait une succession et qui n'avait aucune idée de sa valeur ou de son histoire. J'avais l'intention de le garder pour moi, de le rapporter ici. J'avais l'impression qu'il aurait été plus en sécurité sous mon toit…

— Comment ça, en sécurité ?

— C'est un instrument qui a la fâcheuse habitude de disparaître.

— C'est-à-dire ?

— Mais je sais qu'il n'est plus en votre possession, poursuivit LaValle en ignorant sa question. L'aviez-vous acheté pour quelqu'un ?

— C'était un cadeau, avoua Dominik.

— Pour Summer Zahova. Un cadeau hors de prix.

— Comment savez-vous ça ?

LaValle se leva, se pencha sur le piano et saisit, dans le fouillis, un rouleau de papier qu'il déroula avec ostentation et présenta à Dominik.

C'était l'affiche du premier concert solo de Summer. La photo était coupée sous le menton et au niveau de sa taille. Des boucles auburn semblaient jaillir de nulle part comme des tentacules, et on ne voyait que son buste et son ventre. Ses seins étaient artistement dissimulés par le violon, dont le bois profondément patiné contrastait avec la pâleur de sa peau.

C'était une photo érotique et intrigante, qui avait certainement contribué à attirer beaucoup de monde à ce concert qui s'était joué à guichets fermés. Tout le monde voulait voir le visage de la violoniste.

Dominik se rendit soudain compte qu'il n'avait jamais cherché à obtenir une copie de cette affiche.

— Je vois, dit-il.

— Je suis surpris que personne n'ait remarqué que le violon pris en photo n'était autre que l'Angélique, commenta LaValle. Il est très particulier.

— L'Angélique ? Votre collègue m'avait dit qu'il avait été fabriqué par un luthier français du nom de Bailly. Son nom est gravé dans la caisse de résonance, sous les cordes.

— Parfaitement. Bailly a bien créé cet instrument. Il en a fabriqué un grand nombre. Mais celui-ci a une histoire très particulière. Notre monsieur Bailly était un homme intéressant. Fort intéressant, même. La plupart des fabricants de violons, les luthiers comme vous dites, étaient italiens, mais Bailly est l'un des rares Français à s'être taillé une certaine réputation dans ce domaine délicat.

LaValle but une autre gorgée de whisky avant de reprendre :

— Vu que vous avez offert ce violon à Mlle Zahova, je suppose que vous ne collectionnez pas les instruments anciens. Qu'est-ce que vous cherchez ?

— Je collectionne les livres, et ça m'occupe suffisamment. Je suis juste curieux. J'avais envie d'écrire quelque chose sur les instruments de musique. Un roman, pour être plus précis. Et, comme j'ai un peu fréquenté ce violon, j'ai pensé que c'était un bon point de départ pour mes recherches.

— Très intéressant, acquiesça LaValle.

— J'aimerais en savoir plus. Vous avez aiguisé ma curiosité. Vous avez dit que ce violon avait tendance à disparaître ?

— Plutôt à être volé, rectifia LaValle. Pendant les deux semaines où ce violon est resté en ma possession dans le coffre de la boutique, nous avons été victimes de deux tentatives de cambriolage. Ce qui représente plus qu'en vingt ans de métier. Ça a éveillé mes soupçons. Cependant, personne ne savait qu'il était là. Nous ne lui avons jamais fait de publicité, ni en magasin ni en catalogue. J'ai à peine eu le temps de l'identifier quand il est arrivé d'Allemagne. Celui qui s'est introduit dans la boutique a éteint l'alarme et fracturé quelques vitrines, mais il n'a pas trouvé le coffre dans lequel j'avais rangé l'Angélique. Les cambriolages ont malheureusement augmenté nos cotisations d'assurance, ce qui est l'une des raisons pour lesquelles j'ai mis la clé sous la porte quelques mois plus tard. Vous aviez déjà acheté le violon. J'étais dans ce commerce depuis trop longtemps et je m'ennuyais. Mais je ne veux pas vous noyer sous mes histoires d'impôts et de taux d'intérêt…

— Au contraire. Je suis très intéressé.

— Et je suppose que Mlle Zahova l'a assuré et qu'elle le garde en sécurité entre deux concerts.

— Je suppose. Nous ne nous voyons plus.

— Quel dommage ! Elle semble particulièrement fascinante.

— Oh oui.

— Mais je sais que vous êtes un grand amateur de femmes. C'est quelque chose que nous avons en commun, ajouta-t-il avec un sourire complice.

Il l'avait évidemment reconnu sur-le-champ. Il savait depuis le début.

— Vous saviez… ?

— Qui vous êtes ? Bien sûr. Je n'oublie jamais un visage.

— Pourquoi n'avoir rien dit ?

— Nous avons tous nos secrets et nos péchés, répliqua LaValle avec légèreté. Personne n'a été blessé, et beaucoup de plaisir a été partagé. Laissons aux autres le soin de nous juger.

— Êtes-vous toujours en contact avec les autres ? Avec les femmes ? s'enquit Dominik.

— Non. Nos chemins se sont séparés. Ne le prenez pas mal, mais Mlle Zahova aurait été une parfaite participante à nos soirées. Avez-vous jamais pensé à l'amener ? J'ai toujours pensé que les musiciennes étaient des soumises parfaites. Je ne sais pas l'expliquer, mais…

— Je ne la connaissais pas à l'époque, l'interrompit Dominik. Je l'ai rencontrée plus tard.

— Dommage.

— Racontez-moi l'histoire de l'Angélique, le pressa-t-il pour changer de sujet.

« Né en 1844, Paul Bailly était un homme hanté par le désir de voyager. Il apprit le métier de luthier dans sa petite ville de Mirecourt, puis acheva sa formation à Paris sous l'égide du célèbre Jean-Baptiste Vuillaume et du légendaire Jules Gaillard.

Bailly avait une âme romantique et insatiable. Il connut une vie sentimentale mouvementée et parcourut la France en long et en large avant de se rendre en Angleterre. C'est à Paris qu'il rencontra une jeune Anglaise, Lois Elizabeth Hough, fille au pair dans une riche famille française.

Il la suivit à Londres quand elle rentra chez elle, mais leur relation prit rapidement fin, et il s'établit alors à Leeds. Il se fit embaucher dans une petite fabrique locale d'instruments de musique, cependant aucun violon portant son nom ne sortit jamais de cette entreprise. Il se livrait certainement à de menues tâches sans mettre à profit son talent.

Il revint à Paris dans les années 1880. Ce fut sa période la plus prolifique, celle durant laquelle il créa les violons les plus exquis, ceux qui établirent définitivement sa réputation. C'est à cette époque qu'il rencontra Angélique Spengler, qui avait épousé le célèbre imprésario Hughes Caetano.

Angélique était une femme sublime, mal assortie à son mari violent et mal dégrossi. Ce dernier dirigeait de nombreux théâtres parisiens, et on disait qu'il trempait dans le milieu de la prostitution. On peut supposer qu'il ne dut qu'à ses nombreuses connaissances politiques d'éviter d'avoir affaire à la loi. C'était un homme jaloux et agressif. La rumeur disait qu'il avait acheté Angélique, à peine sortie d'un couvent, pour permettre au père de cette dernière de payer une dette de jeu.

Nul ne sait comment Bailly et Angélique se rencontrèrent. Probablement à un concert. Ce fut un coup de foudre, et ils devinrent rapidement amants. Entre la jalousie de Caetano et sa position sociale, il était évident que cette liaison ne pourrait pas rester secrète bien longtemps. Bailly fut passé à tabac par des tueurs engagés par Caetano. L'histoire raconte qu'ils lui brisèrent le poignet droit et que c'est à compter de ce jour qu'il arrêta de fabriquer des violons. Ce qui est certain, c'est qu'aucun instrument portant sa signature n'a été fabriqué après cette date.

Enragée par l'acte de son mari, Angélique réussit à forcer son coffre et lui vola de l'argent. Bailly et elle fuirent aux États-Unis.

La réaction de Caetano ne se fit pas attendre. Il découvrit rapidement que les deux amants étaient à New York, où il envoya ses hommes de main. Angélique fut enlevée pendant que Bailly était au travail. On n'entendit plus jamais parler de la jeune femme. Certains affirmèrent qu'elle avait été exécutée et son corps jeté dans l'Hudson. D'autres racontèrent une histoire de vengeance et de dégradation dans laquelle la belle jeune femme était vendue comme esclave sexuelle, d'abord à Chinatown, puis plus tard à Tijuana au Mexique. Mais, comme le rappela LaValle, ce genre d'histoire était colporté d'année en année, et il arrivait souvent que la version finale soit fort éloignée de la vérité.

Parce que c'était peut-être une forme de punition dans l'esprit de Caetano, personne ne toucha à un cheveu de Bailly. Il fut laissé seul avec le chagrin terrible d'avoir perdu Angélique et son inquiétude pour elle. Il finit par rentrer en France, mais il ne toucha plus jamais un violon de sa vie. »

— Fascinant, commenta Dominik lorsque LaValle eut terminé son récit. Et le violon qui portait le nom de la jeune femme alors ?

— Ah, c'est là que les choses deviennent vraiment intéressantes…

« Quelques années plus tard, dix ans après le début du XXe siècle, un violon portant la signature de Bailly sans aucune date de fabrication surgit dans une vente aux enchères chez Christie's. Les experts ne surent qu'en penser. On reconnaissait le travail de Bailly, mais le bois était différent de ceux qu'il avait eu l'habitude d'utiliser sur ses autres violons. De plus, les lignes de cet instrument étaient légèrement différentes, elles étaient plus subtiles, plus arrondies – sensuelles même, dit un expert, comme si la façon dont elles avaient été dessinées avait été inspirée par un corps féminin. Pour expliquer ces incongruités, quelqu'un avança la théorie que ce violon avait été fabriqué au moment de la liaison de Bailly avec Angélique et qu'il avait été influencé par son amour pour la jeune femme. Il fut unanimement décidé que cet instrument était le dernier jamais fabriqué par Paul Bailly. Et, faute de preuve, la légende naquit, et le violon fut baptisé l'Angélique.

C'est à ce moment-là que l'histoire prit un tour plus sinistre.

Le collectionneur qui remporta la vente aux enchères fut l'un des premiers officiers britanniques tués dans les tranchées de la Première Guerre mondiale. Cela n'aurait pas eu grand sens si les deux propriétaires suivants – celui qui en hérita puis celui qui l'acheta à la famille du décédé – n'avaient subi le même sort. Mais, après tout, cela pouvait n'être qu'un hasard malheureux dans une période historique pour le moins sanglante. À la fin de la guerre, le violon atterrit au sein d'une famille anglaise qui périt tout entière dans l'incendie de sa maison de campagne. Le violon, lui, était resté en sécurité dans leur résidence londonienne. Mais, quand les héritiers le cherchèrent, ils ne le trouvèrent pas. Il avait été dérobé.

On retrouva la trace de l'Angélique en France. Pour ajouter aux étranges coïncidences, il appartint à un politicien parisien qui mourut dans les bras de sa maîtresse quelques semaines après avoir acheté l'instrument. Histoire de se consoler de la mort de son bienfaiteur, la jeune femme mit la main sur le violon et d'autres babioles trouvées dans la collection de son amant, avant de déclarer la mort de celui-ci à la police. Le violon disparut de la circulation pendant dix ans puis il refit surface en Allemagne, entre les mains d'un officier de haut rang qui fit partie du complot contre

Hitler et qui finit au bout d'une corde. Ses possessions furent saisies par l'État et le violon remis à un musée non loin de Hambourg, qui fut par la suite pillé par l'armée russe.

Il réapparut plus tard, à l'époque plus calme des années 1950. Il appartint aux Christiansen, une famille en vue de Hanovre, dont aucun des membres ne connut une fin étrange sur trois générations. Le violon fut transmis de père en fils, jusqu'à ce qu'il finisse entre les mains d'Edwina Christiansen. »

Le nom de sa dernière propriétaire, tel que stipulé sur le certificat, se souvint Dominik.

« Edwina était l'enfant terrible de sa famille, et une femme d'une beauté extraordinaire. Dans les années 1960, elle était tombée sous la coupe d'un homme plus âgé, un Américain qu'elle avait rencontré à San Francisco. Leur relation n'était ni conventionnelle ni respectable. Pour résumer – "Vous pourriez peut-être vous en servir pour votre roman", avait suggéré LaValle – la jeune femme était devenue sa pute. »

— Et le violon ? demanda Dominik.

— Il était resté en Allemagne pendant qu'Edwina était aux États-Unis. C'était un héritage de son père, mais elle n'en jouait pas. Ce n'était pas une musicienne.

— Qu'est-il arrivé à Edwina ?

« Elle avait fini par assassiner son amant américain. Les circonstances étaient glauques, et Edwina, au procès, refusa avec entêtement de répondre aux questions. Elle fut condamnée à la prison à vie. L'affaire avait fait la une des journaux pendant quelques semaines, à cause de l'histoire sordide déterrée par l'accusation ainsi que de la beauté spectaculaire et de la tristesse de l'accusée.

Désavouée par une famille prude et seule en terre étrangère, Edwina n'avait jamais eu aucune chance de s'en sortir.

Elle mourut en prison une dizaine d'années plus tard. En Allemagne, sa famille, embarrassée par le scandale, jeta un voile pudique sur l'histoire, et ses affaires furent confiées à un garde-meuble, le Bailly y compris. Quelques dizaines d'années après sa mort, l'immeuble dans lequel étaient stockées ses possessions fut démoli – le site devait être réaménagé – et c'est alors que de lointains parents engagèrent un avocat pour en disposer du mieux possible. »

— C'est comme ça que le Bailly est arrivé chez moi, termina LaValle. Il figurait dans un catalogue avec pour seule mention « Bailly » sans rien d'autre, et l'avocat n'avait aucune idée de son prix ou de son histoire.

— Vous avez compris qu'il s'agissait de l'Angélique dès que vous l'avez vu ? s'enquit Dominik.

— Non. J'avais acheté de nombreux instruments en même temps, et j'avais des acquéreurs en vue pour tous, alors je n'ai guère prêté attention au Bailly. Quand j'ai pris le temps de l'examiner, j'ai compris que c'était le violon célèbre pour son histoire étrange. Je ne crois pas aux malédictions. J'envisageais de le garder pour moi et de ne pas le mettre en vente, mais, avant que j'aie pu le faire, mon idiot d'assistant qui se croyait si malin vous l'a vendu.

— L'Angélique.

— Oui. Puis-je vous demander s'il a porté malchance à Mlle Zahova ? demanda LaValle en souriant.

Dominik réfléchit avant de répondre.

— Elle est devenue très célèbre depuis. Mais peut-être a-t-il affecté les gens autour d'elle…

LaValle le regarda bien en face.

— J'espère que vous n'êtes pas superstitieux. Ce ne sont que des coïncidences. Mais il faut reconnaître que ces histoires idiotes donnent à l'instrument une réputation intéressante. Et les beaux objets attirent les voleurs. Si elle voulait le vendre, je pense qu'elle en tirerait cinq ou six fois le prix que vous l'avez payé.

— Je ne pense pas que ce soit une question d'argent, monsieur LaValle, répondit Dominik en se levant. Mais cette histoire m'a fasciné. Merci de m'avoir consacré du temps.

— J'espère avoir satisfait votre curiosité.

— Absolument. Vous m'avez donné beaucoup d'idées. La réalité peut dépasser la fiction, n'est-ce pas ?

— Certainement, acquiesça son interlocuteur. Cela vous donne-t-il suffisamment de matière pour votre roman ?

— Un début, plutôt.

À l'extérieur, la pluie tambourinait sur les toits de Highgate, mais Dominik avait besoin d'air frais pour digérer tout ce qu'il avait appris et réfléchir à ce qu'il devait faire. Devait-il prévenir Summer à propos du violon ? Il était bien conscient que débarquer à l'improviste avec des histoires idiotes de malédictions, de voleurs et d'amants maudits ne changerait pas l'attitude de la jeune femme à son égard et ne la jetterait pas dans ses bras.

Dans ses rêves, tout se mélangea.

La nuit de Dominik, sous l'influence d'une forte migraine qui s'était déclenchée sans prévenir, de l'histoire racontée par LaValle et des souvenirs de Summer, se transforma en un maelström compliqué d'émotions et d'images irrationnelles.

Summer était Angélique. Elle portait des vêtements d'une autre époque qu'il ne lui avait jamais vus, dans le style d'*Autant en emporte le vent* et des films de Merchant Ivory : une robe blanche à crinoline, serrée à la taille, avec un bustier qui comprimait ses seins et les faisait paraître plus volumineux. Dans sa superbe tenue, elle marchait rapidement sur la pelouse fraîchement coupée du parc de Hampstead. Dans son sommeil, Dominik pouvait sentir l'odeur de l'herbe. Le rêve sauta directement à la clairière du kiosque à musique vide, sous un ciel bleu azur. La robe blanche de Summer formait une tache sur les marches qu'elle gravissait. Spectateur invisible, il se tenait à une centaine de mètres, incapable de bouger.

Un étui à violon noir était posé à côté d'un tabouret de piano recouvert de velours au milieu du kiosque. Summer/Angélique courut vers le violon, mais, de derrière un rideau de ténèbres, deux hommes lui coupèrent la route. Ils étaient tout de noir vêtus. L'un avait une moustache, l'autre une cicatrice. C'étaient des méchants d'opérette qui n'étaient pas à l'abri d'un cliché.

Summer hurla, mais Dominik, prisonnier de sa bulle de silence, tenta en vain de la rejoindre. Il ne pouvait pas la protéger.

L'un des hommes la gifla, et l'autre déchira violemment le tissu de son bustier, exposant ses seins, fiers et fragiles, dont les tétons sombres jaillirent du corset. La matinée était froide : de son lointain poste d'observation, Dominik pouvait voir la chair de poule se répandre sur la peau de la jeune femme.

L'un des hommes saisit l'étui à violon et tendit le Bailly à Summer. Elle porta lentement l'instrument à son épaule en pleurant, se redressa et ajusta le violon. Quand elle commença à jouer, l'homme à la moustache mexicaine dégaina un couteau aiguisé de nulle part et fendit la robe, laissant Summer nue à l'exception de ses bas blancs attachés à des porte-jarretelles de la même couleur qui encerclaient sa taille.

Elle joua sous le regard de ses ravisseurs.

Même si le rêve était silencieux, Dominik imagina la musique naissant sous ses doigts et dans le bois orangé du violon, coulant comme des ruisseaux de pluie, dansant, vivante, formant de minuscules nuages qui finirent par se regrouper en halo au-dessus du kiosque, un arc-en-ciel de sons qui se répandit comme une couverture sur le parc puis sur toute la ville.

Dans son rêve, en voyant Summer nue à l'exception de ses bas et des porte-jarretelles, avec ses poils roux qui embrasaient son sexe dans le pâle paysage de son corps, perdue les yeux fermés dans le silence de sa musique, Dominik se mit à bander. Il passa la main sur son entrejambe pour vérifier son excitation. Comme s'ils n'attendaient que ce signal, les deux hommes près de Summer défirent leur braguette et s'approchèrent de la jeune femme, une lueur mauvaise dans le regard.

Dominik voulait se précipiter vers elle pour la sauver, mais la scène disparut brutalement et il se réveilla dans son lit. Le col de son tee-shirt était trempé de sueur.

C'était un rêve. Ou un cauchemar. Dominik but une gorgée d'eau dans le verre qu'il gardait sur la table de nuit. Il était 3 heures du matin, et, dans l'obscurité de sa chambre, l'image de Summer, pourchassée par des hommes, seule et violentée, son précieux violon brisé à ses pieds, le hantait.

Dominik et Lauralynn prenaient un café, assis à la table de la cuisine.

— Tu vas bien ? demanda la jeune femme.

— Oui. Pourquoi est-ce que je n'irais pas bien ?

— J'ai cru que tu avais de la compagnie hier soir. Tu as fait pas mal de bruit.

— Ah bon ?

— Je jurerais que je t'ai entendu crier. Ça m'a réveillée. Je me suis retenue pour ne pas venir voir ce qui t'arrivait.

— J'étais seul. J'ai dû faire un cauchemar.

— Tu as vraiment fait beaucoup de bruit…

— Désolé.

— Et tu n'as pas bonne mine ce matin.

— J'ai mal dormi. Et j'ai encore la migraine.

— Pauvre de toi, répondit Lauralynn, faussement compatissante.

— Merci pour la sympathie.

— De rien.

Elle acheva sa tasse, la remplit de nouveau, puis regagna la chambre qu'elle occupait, laissant Dominik seul, en proie à des réminiscences et à un terrible pressentiment.

Il avait laissé entendre à LaValle qu'il n'était pas superstitieux, mais ce qui restait du cauchemar dans les recoins sombres de son esprit et les images qui avaient surgi quand il s'était réveillé l'inquiétaient. Il se faisait du souci pour Summer et le violon. Les malédictions n'existaient que dans les romans, pas dans la vraie vie…

Mais si quelque chose arrivait à Summer ? Il savait qu'il se sentirait responsable et qu'il ne s'en remettrait jamais.

Devait-il la prévenir ?

La contacter tant de temps après ? Perturber sa vie ?

Il entendit le téléphone de Lauralynn sonner au loin. C'était une mélodie disco qui n'avait rien à voir avec ce qu'elle jouait sur son violoncelle. Il ne se rappelait pas si elle travaillait aujourd'hui ou si elle comptait traîner à la maison. Il aurait bien aimé avoir de la compagnie.

Il gagna son bureau au dernier étage, histoire de jeter un coup d'œil aux notes qu'il avait prises la veille en rentrant de son rendez-vous avec LaValle. Il ne pourrait pas utiliser l'histoire d'Angélique et du Bailly telle quelle dans son roman. Il lui faudrait broder, faire des recherches historiques et rajouter d'intéressants personnages secondaires. Mais il y avait là le squelette d'une histoire. Il aimait la recherche et il était conscient qu'il aurait fort à faire étant donné la longue durée sur laquelle s'étalait l'histoire. C'était un défi à sa hauteur.

Il faudrait qu'il fasse attention à ne pas créer un personnage qui ressemble à Elena, l'alter ego évident de Summer dans son précédent roman.

Même s'il mourait d'envie de recommencer.

Se servir de Summer n'était pas seulement une forme d'exorcisme ; cela lui permettait aussi de la garder vivante dans sa mémoire. Son ardeur, ses traits, sa peau, son odeur, autant de souvenirs qu'il ne voulait pas perdre. Même si tout était teinté de douleur.

Il soupira, parcourut ses feuillets et rapprocha son ordinateur portable. Il créa un nouveau dossier et, les mains au-dessus du clavier, chercha un titre.

Une demi-heure plus tard, il tapait toujours, hermétique au reste du monde, quand il finit par entendre frapper à la porte de son bureau. Elle était ouverte, mais Lauralynn était bien élevée.

— Dominik ?

— Oui ?

Il leva les yeux brusquement.

— Je ne voulais pas te déranger, mais il s'est passé quelque chose.

— Quoi ? demanda-t-il en reculant sa chaise.

— J'ai reçu un appel. C'est mon frère…

— Le soldat ?

Dominik sentit son estomac se nouer. Après les histoires de la veille, rien ne l'aurait surpris. Mais Lauralynn et sa famille n'avaient rien à voir avec le violon. Il fallait arrêter de voir des coïncidences partout.

— Oui. Il est blessé. Ce n'est pas trop grave. Il se peut qu'il perde un doigt, mais ils ont sauvé sa main. Une bombe sur la route en Afghanistan.

— Je suis désolé, dit-il en se levant.

Il se dirigea vers la jeune femme.

— C'est une de mes tantes qui a téléphoné. Elle est avec lui à l'hôpital des vétérans, où il a été rapatrié. C'est en Virginie. J'ai pu lui parler un peu, elle était à côté de lui. Il a le moral.

— Tant mieux.

— Oui. Je pense que je vais rentrer aux États-Unis pour quelque temps, poursuivit Lauralynn en entrant dans la pièce. C'est ma seule famille.

— Je comprends très bien. Est-ce que je peux faire quelque chose ?

— Non, pas vraiment. J'ai réussi à réserver un vol pour demain. Je n'ai pas pris de retour. Je vais peut-être rester quelques semaines.

— Tu seras toujours la bienvenue ici. Personne ne prendra ta place dans la chambre d'amis, je te le promets, dit-il avec un faible sourire.

— Je prends l'avion très tôt à Heathrow. Tu pourras m'y amener ?

— Bien sûr. C'est le moins que je puisse faire.

— Merci. Tu es un ami sur qui je peux compter. Je trouverai un moyen de te le rendre. Et je ne parle pas d'argent, évidemment…, ajouta-t-elle, les yeux brillants de malice évidente.

— Je n'en attends pas moins de toi.

Elle se pencha et l'embrassa sur la joue.

— Je vais annuler mes séances d'enregistrement et voir si les gars peuvent se débrouiller sans moi. On n'a pas de concert prévu avant un certain temps, ça ne devrait pas poser de problème.

— On attendra tous ton retour, promit Dominik en se demandant ce que ça lui ferait de se retrouver de nouveau seul.

Il n'avait aucune envie de le découvrir.

5

Un couteau amer

J'ai eu l'impression que mon secret était exposé à la vue de tous. Viggo, Fran, Chris. Et peut-être le découvriraient-ils effectivement si Luba décidait de le dévoiler. Mais elle a détourné le regard et repris sa danse. Elle est redevenue lentement immobile jusqu'à ce que le projecteur s'éteigne et que la fontaine soit de nouveau plongée dans l'obscurité et elle avec.

— Ouah, s'est exclamée Fran. Je ne suis peut-être pas aussi hétéro que ce que je croyais. C'était très excitant.

J'attendais que Viggo dise quelque chose, qu'il me demande de jouer un morceau, mais il nous tournait le dos, occupé à élaborer des cocktails compliqués sur un bar qui occupait presque un mur entier.

— Chris, ai-je demandé, tu as vu mon violon ? Les techniciens l'ont apporté ?

— Ouais, je pense que j'ai vu l'un des roadies le mettre dans un van. Et ils manipulent les instruments comme des bébés. Il doit être avec le reste de l'équipement au studio. Ne te fais pas de souci.

— Je me sens bizarre quand il n'est pas avec moi. Nue. C'est comme si j'avais mis des chaussures sans chaussettes.

— Juste au moment où j'allais te dire d'arrêter le mélodrame, tu gâches tout avec cette comparaison, m'a taquinée Chris.

— Et dire que je ne l'ai même pas fait exprès.

Je me sentais un peu esseulée sans mon Bailly. Le violon électrique avait un son moins net, ce n'était pas la même chose. Le rendu était presque métallique, sans chaleur. Je devrais peut-être appeler Susan et lui dire de m'organiser des concerts à Londres. Je ne pouvais pas me cacher éternellement.

— On voulait te demander d'en jouer au concert, c'est pour ça qu'on t'avait dit de l'apporter ce soir. Mais ce n'était pas une bonne idée. Le son se serait perdu au milieu des autres instruments. C'est pour ça qu'on a sorti le violon électrique. Tu as été géniale. Tu devrais jouer avec nous plus souvent.

— Pourquoi pas ? Ça m'occuperait.

J'ai jeté un coup d'œil vers Fran. Allongée sur une méridienne aux pieds en forme de griffes et dont l'accoudoir était une gueule de panthère, elle était en grande conversation avec le batteur des Holy Criminals, Dagur, qui s'était assis en face d'elle. Il n'avait pas autant de succès auprès de la gent féminine que Viggo, mais son intensité silencieuse et son regard pénétrant semblaient avoir captivé ma sœur.

Chris a soupiré. J'avais remarqué l'intérêt qu'il portait à Fran et la façon dont ça avait immédiatement fonctionné entre eux. Je n'étais pas certaine de ce que je ressentais en imaginant ma sœur et mon meilleur ami ensemble.

— Ne pleure pas, ai-je dit. Il te reste Luba.

— Luba ? a-t-il répété, perplexe.

— La danseuse, ai-je explicité sans me démonter, tout en comprenant immédiatement mon erreur.

— Comment connais-tu son nom ?

J'ai joué la nonchalance tout en me giflant mentalement pour cette gaffe.

Luba a choisi ce moment pour faire son apparition, comme par magie.

— Nous nous sommes brièvement rencontrées à New York, a-t-elle expliqué à Chris, d'une voix aussi apaisante et douce qu'une berceuse, à l'accent ronronnant. J'ai assisté à un de ses concerts. Je suis très flattée que vous vous souveniez de moi, a-t-elle poursuivi en se tournant dans ma direction avec un sourire chaleureux. Surtout avec un costume aussi différent.

Elle avait enfilé une robe fluide et noire, si légère qu'elle aurait aussi bien pu rester nue. Elle était étrangement plus sexy ainsi vêtue, le tissu mettant subtilement en valeur les courbes de ses seins et de ses hanches. Elle était extraordinairement gracieuse, à la manière d'un cygne plus que d'une femme. Elle s'est assise à mes côtés sur le canapé et a croisé les chevilles. Ses cheveux étaient si blonds qu'ils en étaient quasiment blancs et ses yeux si bleus qu'ils paraissaient gris. Ses sourcils, pâles et déliés, disparaissaient presque dans son visage quasi surnaturel. Et pourtant elle était réellement séduisante.

— Je m'appelle Luba, a-t-elle dit à Chris, en se penchant sur moi pour lui serrer la main.

— Chris.

— Oh, je suis désolée, j'ai oublié de vous présenter, me suis-je excusée.

Le bras de Luba a frôlé le mien quand elle a repris sa place.

Les femmes comme Luba ne m'excitent pas de la même façon que les hommes. Mes goûts, de manière générale, me portent vers la testostérone. J'aime les hommes, leur haute taille, leurs poils et leurs muscles. Si j'avais eu envie d'essayer les femmes, j'aurais certainement choisi une lesbienne un peu masculine. Lauralynn, la grande blonde qui jouait du violoncelle le jour où j'avais donné mon premier concert particulier à Dominik, nue dans la crypte, avait été une exception. Nous avions failli vivre quelque chose ensemble, en tout cas c'était ce que je croyais. C'était une dominatrice, et les dominateurs, hommes ou femmes, m'excitaient toujours.

Luba n'avait pas l'air d'en être une, mais il y avait en elle quelque chose qui faisait frissonner ma peau et battre mon cœur plus vite. J'avais chaud et j'étais étourdie.

Chris ne semblait pas ressentir la même chose. Un peu ennuyé, il s'est levé et s'est dirigé vers le bar, où Viggo concoctait toujours de flamboyantes mixtures.

Luba s'est penchée vers moi et a soulevé une mèche de mes cheveux afin de pouvoir murmurer à mon oreille.

— Votre secret est en sécurité avec moi.

— Merci. J'apprécie.

— Je vous demande quelque chose en échange, cependant.

— Oui ?

— Je veux que vous m'expliquiez ce que vous faisiez dans ce cabaret. Et que vous me parliez de l'homme qui vous accompagnait.

Elle faisait allusion à la villa de La Nouvelle-Orléans, où j'avais dansé nue pour Dominik aux premières heures du Nouvel An, après la performance professionnelle de Luba.

— Dominik ?

— Si tel est son nom.

Elle m'a souri, dévoilant une rangée de dents blanches. Deux de ses incisives étaient légèrement pointues, comme une paire de petits crocs. J'ai eu envie de les sentir mordre ma peau.

— C'est lui qui vous a demandé de danser pour lui ? a-t-elle poursuivi.

— Oui. Mais le terme est mal choisi : il m'a plutôt ordonné de le faire.

Je me suis agitée sur le canapé, me demandant comment détourner la conversation. Le sujet me gênait, mais je ne voulais pas m'éloigner de Luba.

Viggo s'est matérialisé entre nous, un mojito dans chaque main.

— Je vois que tu as fait la connaissance de mon jouet, m'a-t-il dit en me tendant un cocktail.

Il s'était donné du mal, décorant le bord du verre avec du sucre de canne et une tranche de citron vert. Le verre contenait tellement de glaçons qu'ils ne pouvaient tinter. Il était d'une froideur qui le rendait difficile à tenir. J'ai immédiatement pensé à Dominik, qui détestait qu'on ajoute des glaçons dans son Coca.

Luba a poussé un étrange grognement et a blotti son visage contre la jambe de Viggo.

Elle dégageait une énergie bizarrement animale, qui exsudait de sa façon de marcher et de parler. Ses mouvements rappelaient tantôt ceux d'un oiseau, tantôt ceux d'un félin.

— Tu as vu mon Bailly ? ai-je demandé soudain.

Penser à Dominik m'avait immédiatement ramenée au violon.

— Ton violon ?

J'ai acquiescé.

— Je pense que les roadies s'en sont occupés, a-t-il répliqué en grattant le menton de Luba comme si c'était celui d'un chat.

Cette dernière souriait de plaisir, les yeux fermés.

— Il doit être dans mon studio, ne te bile pas pour ça. Avec le reste du matos. Je peux t'en prêter un si tu veux jouer quelque chose. J'ai plein d'instruments dans le sous-sol.

— Non, non, c'est juste que ça me fait bizarre de ne pas l'avoir avec moi. Je ne laisse jamais personne le trimballer, même à mes propres concerts. Je ne sais pas pourquoi, mais je n'aime pas le perdre de vue.

— C'est mignon, a répondu Viggo. Luba ?

Elle a feulé en réponse.

— Tu veux bien aller demander à Eric si le violon de Summer est bien avec le reste des instruments ?

Elle a acquiescé, s'est détachée de la jambe du rockeur et est partie à la recherche du chef des roadies, qui avait eu la tâche de déplacer le matériel.

— Merci, ai-je dit.

Je me sentais un peu idiote et paranoïaque sans raison.

— Ne me remercie pas, a-t-il répondu en se penchant vers moi. Je voulais juste me débarrasser d'elle.

Il a caressé doucement ma nuque puis a glissé ses mains dans mes cheveux, qu'il a fermement empoignés. Il m'a attirée vers lui. Ses lèvres avaient un goût de citron sucré ; il avait dû goûter ses mojitos. Il a fait courir lentement une main sous ma jupe, à la recherche de la taille de mon collant. Mon corps a immédiatement répondu, traversé par un plaisir brûlant qui m'a inondée de désir, tandis que sa main montait plus haut.

J'ai reculé.

— Pas devant ma sœur, ai-je protesté.

Cette dernière avait l'air aux anges, prise en sandwich entre Chris et Dagur, qui se mettaient tous les deux en quatre pour attirer son attention. Fran était une grande fille, et je savais que Chris veillerait sur elle comme une poule sur ses poussins, si je venais à m'absenter. Ella et Ted étaient dans les vapes, étalés sur un tapis en fausse fourrure. Ils contemplaient le plafond, décoré d'étoiles scintillantes et de planètes formant un Système solaire miniature.

— Quel dommage, a-t-il murmuré à mon oreille. Et moi qui espérais que tu sois une coquine.

Il s'est levé d'un bond et m'a saisie par la main afin que je me lève aussi. Nous avons quitté la pièce et gravi un autre escalier. Celui-ci menait à sa chambre, qui faisait tout l'étage à elle toute seule. Le lit était large comme quatre et la pièce entièrement blanche, du sol au plafond y compris les meubles et les tableaux au mur, qui n'étaient que des toiles vierges. C'était comme entrer dans un rêve.

Le jean et les cheveux sombres de Viggo tranchaient bizarrement sur la blancheur environnante. Son corps se détachait nettement devant les meubles.

Il s'est tourné vers moi, a saisi mon menton puis m'a tiré les cheveux jusqu'à ce que je gémisse.

— Tu aimes ça, pas vrai ? a-t-il demandé en tirant jusqu'à ce que la peau de mon crâne frémisse agréablement.

— Oui, ai-je chuchoté.

— Bien, a-t-il répondu en me poussant contre le mur, la main de nouveau sous ma jupe. Les bas sont bien plus pratiques, a-t-il commenté.

— Il fait trop froid, ai-je protesté.

— Pas quand je suis avec toi. Ne bouge pas.

Il a reculé de quelques pas, a ouvert le tiroir de la table de nuit et y a pris un petit objet. *Un préservatif*, ai-je pensé.

Il est ensuite revenu vers moi et s'est penché. Ses lèvres ont caressé mon oreille. Il a soupiré profondément. Son souffle était doux comme une plume sur ma peau.

— N'aie pas peur, d'accord ? Je ne vais pas te faire de mal.

Un accès d'inquiétude m'a tordu le ventre, puis je me suis détendue.

Il a ouvert la main, dans laquelle se trouvait un petit couteau en ivoire. Il a fait jaillir la lame d'un mouvement du poignet. Elle a brillé joliment dans la lumière de la lampe.

La peur est montée en moi, et je me suis préparée à crier ou à courir.

— Chut, a-t-il murmuré en faisant courir son doigt sur mes lèvres.

Mon cœur battait à tout rompre, mais je me sentais paralysée contre le mur, prisonnière de mon propre désir. Je voulais savoir ce qui allait se produire. J'étais peut-être folle de lui faire confiance, mais je ne pouvais pas m'en empêcher. Il était excentrique, un peu voyou, mais pas dangereux.

Il s'est accroupi et a fait glisser la pointe de la lame le long de mes jambes, de mes chevilles jusqu'à l'entrejambe de mes collants. Il a ensuite fait un trou avec le couteau, sans toucher ma peau. Une petite voix dans ma tête se demandait ce que ça ferait s'il appuyait plus fort, s'il faisait une marque, une égratignure, s'il faisait couler le sang. J'ai brièvement imaginé deux longues coupures sur la peau pâle de mes cuisses, comme deux bandes rouges qui me lanceraient pendant des jours, me procurant douleur et endorphines.

Une autre voix avait beau être horrifiée par les images qui me traversaient, j'étais trempée de désir.

Viggo a introduit un doigt dans le trou afin de l'élargir, puis il a saisi les deux côtés de la déchirure et a tiré violemment, dévoilant ma culotte et le haut de mes cuisses. J'ai tressailli. Il a baissé mon boxer en dentelle et a fait courir la lame du couteau sur mes lèvres mouillées.

C'était comme un baiser métallique, froid et solide. Mon cœur battait si vite que j'ai cru que j'allais m'évanouir, en proie à la terreur et au désir. J'avais l'impression d'être sur des montagnes russes ; j'éprouvais un mélange d'effroi, d'excitation et d'adrénaline, qui me donnait l'impression de sentir mon cœur battre au bout de mes doigts.

J'ai entendu un léger chuintement quand il a rabattu la lame dans le manche, puis senti le froid de ce dernier quand il l'a mis en moi. J'ai frissonné et gémi doucement, mais le couteau était trop petit pour faire autre chose que m'exciter. Il me fallait plus.

J'ai mis les mains dans ses cheveux et l'ai dirigé vers mon sexe.

— Lèche-moi, ai-je ordonné.

Il s'est exécuté. Le couteau est tombé sur le sol avec un, bruit métallique, et Viggo a lentement caressé mon clitoris avec sa langue. C'était la première fois que je demandais quelque chose à un homme de mon propre chef, sans qu'on me fasse supplier. Le frisson de la découverte m'a procuré plus de plaisir que la langue de Viggo.

Il avait choisi un rythme régulier, mais sa langue me menait lentement et calmement vers l'orgasme. C'était presque insupportable. Il a remarqué que mon désir augmentait, et il a reculé, joueur. Il voulait me faire attendre.

Je l'ai attiré à moi et l'ai embrassé. Profondément. Lentement. Ses lèvres étaient incroyablement douces, ce qui formait un contraste agréable avec sa barbe. Sa langue a rencontré la mienne avec douceur. Viggo savait embrasser sans en rajouter. J'ai mordillé sa lèvre inférieure.

— Oh, a-t-il dit en reculant un peu. Je t'aime bien, toi. Viens te coucher.

Il m'a attrapée par la main et m'a conduite vers le lit. Il s'est assis sur le bord et s'est tourné vers moi. Il m'a caressé les épaules et les bras, puis a pris mes jambes en tenaille entre les siennes.

— Déshabille-toi.

— Tu ne veux pas couper mes vêtements plutôt ? l'ai-je taquiné.

— Le jean est plus difficile à trancher que le nylon.

Mais la lueur dans ses yeux suggérait qu'il était prêt à essayer. Je n'avais aucune envie de le laisser faire, pour la simple et bonne raison que j'avais besoin de mes fringues pour rentrer chez moi.

J'ai commencé à me dévêtir rapidement.

— Non, a-t-il dit. Va lentement. Je veux te regarder.

Ses yeux brillaient de la même manière que le jour où il m'avait regardée jouer du Bailly.

En réponse à ses ordres mon cœur a commencé à battre la chamade. Mes mains tremblaient tellement que j'ai eu du mal à défaire le bouton de ma jupe en jean.

J'étais ravie d'avoir mis des sous-vêtements assortis, un boxer et un soutien-gorge bleu pâle, assez jolis pour faire de l'effet mais pas suffisamment osés pour lui faire croire que je m'étais habillée en espérant me faire sauter.

J'ai déboutonné mon chemisier lentement. Je me sentais un peu idiote et embarrassée à l'idée de m'effeuiller, mais ma confiance en moi a augmenté en voyant l'intensité avec laquelle il me contemplait.

Il a retenu son souffle quand j'ai dégrafé mon soutien-gorge puis quand, seins nus, j'ai glissé mes pouces dans mon collant afin de l'enlever.

— Garde les collants, a-t-il ordonné. Et les bottes. C'est sexy.

Je portais mes Dr Martens rouge cerise. Il n'y avait pas de miroir dans la chambre de Viggo, même si je soupçonnais la présence d'une salle de bains dans laquelle il y en aurait plusieurs, voire un dressing non loin. Je ne pouvais donc pas me voir, mais je supposais que je ressemblais à une fille des Suicide Girls, entièrement nue à l'exception de collants déchirés et d'une paire de Doc rouges.

Je me suis agenouillée devant lui afin de déboutonner son jean et de le lui enlever. Il ne portait pas de sous-vêtements, ai-je découvert quand j'ai réussi à repousser son jean moulant à mi-cuisse.

Sa queue a jailli, bien dure. Elle était longue et mince comme lui, parfaitement droite, comme taillée dans le marbre. Il s'était épilé : la base de son sexe était entièrement lisse. J'ai été un brin déçue ; j'aime les hommes poilus. J'aime caresser leurs poils quand je les suce ou les sentir quand je glisse la main sous leur ceinture. Les poils sont la promesse de secrets cachés.

J'ai abandonné l'idée de parvenir à lui ôter son jean.

— Comment tu fais pour enfiler ce truc ? ai-je demandé en riant.

Il a sauté sur le lit, toujours entravé.

— Je saute dedans et je tire. C'est un talent.

Il a saisi mes poignets, m'a attirée vers lui et a mis la main fermement sur ma taille, me signifiant par là qu'il voulait que je me retourne.

— À genoux, a-t-il ordonné.

J'avais tellement envie de lui que j'étais à quatre pattes avant même qu'il ait fini sa phrase.

Il a reculé, et j'ai senti sa langue humide contre ma cheville, un peu comme du papier de verre. Il m'a léchée plus haut, lentement et brutalement.

— Chut, a-t-il dit tandis que je m'agitais un peu sous le chatouillement. Détends-toi.

Je me suis concentrée pour faire le vide dans mon esprit. J'ai repoussé toutes les distractions et me suis focalisée sur les sensations qu'il faisait naître en moi. Ses mouvements étaient fermes et profonds. Sa bouche a voyagé le long de mon mollet, s'est arrêtée dans le creux de mon genou, puis a poursuivi son chemin le long de ma cuisse, où il a certainement remarqué la moiteur qui coulait sur ma peau. Mon souffle s'est fait plus court quand il est arrivé près de ma chatte. Je voulais désespérément qu'il s'arrête là, mais, au lieu de faire ce à quoi je m'attendais, il est monté un peu plus haut et a léché mon anus.

Dominik avait fait ça une fois, à La Nouvelle-Orléans, juste après que j'avais dansé pour lui sur scène. Je me souvenais de l'embarras qui avait été le mien sous cette exploration intime. J'avais tenté de me dérober, et il m'avait immobilisée en plaçant sa main au creux de mes reins.

J'ai chassé Dominik de mes pensées. Il ne faisait plus partie de ma vie depuis longtemps, et Viggo était bien là, un homme sensuel doté d'une bouche ardente, une rock star de surcroît. J'étais certainement une conquête parmi des centaines d'autres, mais je m'en fichais complètement. Au moins était-il grandement expérimenté.

Je me suis tortillée et j'ai écarté les jambes afin de lui fournir un meilleur accès.

— Brave petite, a-t-il commenté. J'en déduis que tu aimes te faire enculer.

Je me suis rappelé la taille de son sexe, long et mince, parfait pour la sodomie.

— Oui. Si tu n'y vas pas trop fort tout de suite.

— Je serai doux, je te le promets. Mais je préfère garder ça pour plus tard.

Il s'est de nouveau penché vers le tiroir de la table de nuit, d'où il a sorti une boîte de préservatifs, un tube de lubrifiant et le plus gros sex-toy que j'aie jamais vu. Il était long d'une trentaine de centimètres, blanc avec un anneau bleu autour de l'espèce de balle qui en couronnait le haut, et relié à une prise et à un adaptateur.

— Seigneur ! me suis-je exclamée. C'est quoi ce truc ?

— Tu n'en as jamais vu ? a-t-il demandé en souriant d'un air lubrique. Tu vas adorer. C'est une baguette magique Hitachi.

— Pas question que ce truc rentre en moi, ai-je protesté, l'inquiétude tempérant mon excitation.

— Ne t'inquiète pas, poupée. Ça ne va pas dedans.

Il a quitté le lit, a branché le sex-toy dans une rallonge, qu'il a elle-même fixée dans une prise, puis il l'a mis en marche. Il faisait un bruit à mi-chemin entre une tondeuse à gazon et un mixer électrique, et la boule vibrait tellement qu'elle en tremblait.

— Détends-toi, a-t-il dit en riant de mon anxiété.

Il a repris sa position derrière moi et a effleuré doucement mes lèvres avec le haut de la baguette. Une vague de plaisir m'a secouée comme un éclair. J'étais déjà au bord de l'orgasme, ce qui prenait en général même aux plus doués de mes amants une bonne demi-heure de préliminaires. J'ai crié et sursauté.

— Tu vas bien ? a-t-il demandé en gloussant.

Je me suis retournée pour le regarder. Il était toujours entravé par son jean, baissé à mi-cuisse et il bandait, même s'il n'avait pour l'instant rien fait pour m'en faire profiter. Il était échevelé, avec quelques boucles sur le front. Il avait une expression carnassière, gaie et malicieuse. J'avais du mal à croire qu'il ait pu être si féroce quelques minutes auparavant quand il avait troué mon collant avec son couteau.

— Oui, c'est juste que j'ai failli jouir. Ça ne m'arrive jamais si vite.

— Chérie, ce n'est pas comme s'il y avait un moratoire sur les orgasmes. Tu as le droit d'en avoir plusieurs.

— Ça ne m'est jamais arrivé. En une seule baise, je veux dire.

— Eh bien, tes autres amants devraient avoir honte.

— Je n'ai pas d'autres amants.

— Une fille comme toi ? J'ai peine à le croire.

Je n'ai pas eu le temps de répliquer : il a rallumé la baguette et l'a pressée contre moi. Doucement d'abord, jusqu'à ce que je me détende, puis il a augmenté l'intensité régulièrement. J'ai d'abord ressenti une chaleur incroyable comme si toutes mes terminaisons nerveuses étaient devenues radioactives, puis j'ai été consumée par un orgasme. C'était comme si une boule d'énergie m'avait traversée des orteils aux cheveux. Je n'avais jamais eu d'orgasme aussi intense de ma vie.

J'avais perdu l'usage de la parole. Je me suis effondrée sur le lit, baignée dans une douce chaleur, la peau consciente du moindre souffle d'air ou du plus petit mouvement dans la chambre.

— Tu as droit à une minute de repos, a annoncé Viggo, puis je recommence.

Je suis restée allongée en silence avant de pouvoir enfin reprendre mes esprits.

— Tu te prends pour qui, mon coach sportif ?

— Si c'est ce qu'il te faut. J'ai l'impression que tu as des entraînements en retard.

Il a commencé à me caresser gentiment les fesses, en faisant courir ses ongles sur ma peau.

Viggo ne m'avait pas menti. Une minute plus tard, qui m'a paru ne durer que quelques secondes, le vrombissement de la baguette a de nouveau rempli la pièce si fort que j'ai eu peur que le bruit n'interrompe la fête à l'étage en dessous.

Il a pressé la tête du vibro sur mon sexe, et en quelques secondes j'ai joui de nouveau, cette fois-ci tellement violemment que cela en a été presque douloureux. J'ai fait un bond, et je me suis presque ouvert la tête contre le mur dans ma tentative pour m'échapper.

— Ne bouge pas. Sinon je vais être obligé de t'attacher.

Son ton était amusé, mais avec une trace de sérieux.

— Je ne plaisante pas, ai-je supplié. Je n'en peux plus.

— Si. Tiens-toi à la tête de lit.

J'ai serré les dents et me suis agrippée aux barreaux en métal blanc. Il ne m'a pas attachée, mais j'ai obéi, sous la puissance de son ordre et de mon terrible orgueil qui me poussait à ne jamais céder. J'ai joui encore et encore.

Quand il m'a enfin laissée tranquille, mon corps était secoué de spasmes, et mon sexe était enflé. J'étais en nage, et mes cheveux me collaient au visage. J'étais épuisée. Dehors, le ciel s'éclaircissait. Viggo n'avait pas de volets dans sa chambre blanche : je suppose qu'il devait aimer la lumière. Un soleil écarlate se levait. Il devait être environ 7 heures du matin, ce qui voulait dire que nous avions passé cinq heures ensemble. Nous n'avions pas dormi du tout. En temps normal, Fran aurait été debout – elle avait toujours été une lève-tôt –, mais, depuis qu'elle travaillait dans un bar, elle vivait davantage la nuit. Les autres membres du groupe étaient de vrais oiseaux de nuit ; ils dormaient le jour, comme les chauves-souris. Il nous restait donc quelques heures avant que les autres s'inquiètent.

Viggo était étendu à mes côtés. Il caressait doucement la ligne de ma mâchoire, de l'oreille à la nuque. Il s'est attardé sur ma gorge et a pressé un peu le bout de ses doigts sur ma peau, comme s'il voulait mesurer mon rythme cardiaque. J'ai frissonné involontairement. Il a continué ses caresses par mes seins et mes tétons. Sa main était si légère qu'elle touchait à peine ma peau, mais j'étais dans un tel état que le moindre frôlement me faisait sursauter.

Il s'est arrêté à mon nombril, qui était l'endroit le plus bas qu'il pouvait atteindre sans bouger. Il s'est blotti contre mon dos et m'a attirée à lui.

Son sexe, toujours dur, s'est pressé contre mes reins. J'ai essayé de me tourner pour lui faire face.

— Je suis désolée, me suis-je excusée. Je devrais vraiment faire quelque chose pour te soulager.

— On aura bien le temps plus tard, a-t-il répliqué. C'était juste un échauffement.

Sa voix s'est transformée en soupir, et j'ai senti sa queue s'amollir progressivement contre moi. Quelques minutes plus tard, il dormait.

Je l'ai rejoint au pays des songes peu de temps après, non sans avoir aperçu du coin de l'œil le couteau de poche abandonné sur le sol non loin de la porte. La lame était rangée, et le fin trait de métal sur l'arrière du manche brillait à la lumière du jour. Il avait l'air inoffensif, presque joli. Mais mes dernières pensées alors que je me laissais entraîner par le sommeil étaient inquiétantes, et je me suis réveillée quelques heures plus tard avec le sentiment pesant que quelque chose n'allait pas.

Mon téléphone vibrait dans la poche de ma jupe en jean, jetée sur mon chemisier et mes collants déchirés, que j'avais enlevés, ainsi que mes chaussures, juste avant de m'endormir.

Fran et Chris m'avaient envoyé des textos.

« Tu es debout ? On fait des pancakes. » Chris.

« Réveille-toi, espèce de marie-couche-toi-là ! » Fran.

J'ai souri en les lisant.

Je me suis glissée hors du lit et j'ai ouvert plusieurs portes jusqu'à ce que je trouve enfin la salle de bains. Viggo dormait toujours à poings fermés, chaussures aux pieds et jean moulant à mi-cuisse. Ses cheveux bruns étaient emmêlés et étalés dans tous les sens comme un halo sombre.

Je me suis douchée puis j'ai remis mes vêtements de la veille, collants non inclus. J'ai ensuite cherché le chemin de la cuisine, me laissant guider par l'odeur du beurre en train de fondre.

Dagur était penché sur une poêle dans laquelle il versait adroitement de larges ronds de pâte, qu'il laissait brunir de chaque côté avant de rajouter le pancake ainsi obtenu sur une pile déjà haute. Il était torse nu et ne portait pour tout vêtement qu'un jean dont les trous sous les fesses suggéraient, quand il se penchait en avant, qu'il ne portait pas de caleçon. Une tête de cheval sublime, presque féminine, était tatouée dans son dos. C'était un dessin très délicat, qui formait un contraste saisissant avec sa musculature puissante. Il était très bien bâti. Je ne l'avais pas remarqué la veille. Pas étonnant que ma sœur le trouve fascinant.

Fran s'agitait comme un lutin autour de lui. Elle a ouvert toutes les portes et tous les tiroirs des placards, ne s'arrêtant que lorsqu'elle a eu mis la main sur les assiettes, les couverts, le sirop d'érable et tout ce qui pouvait trouver sa place sur la table du petit déjeuner.

Chris, Ella et Ted étaient installés sur les tabourets, fourchette en main, prêts à passer à l'attaque.

Ils avaient tous l'air en bien meilleure forme que moi.

— Bonjour! Vous avez trouvé des lits? ai-je demandé avec une gaieté un peu forcée.

— Certains plus que d'autres, a répondu Ted avec un regard entendu en direction de Fran, qui affichait une mine réjouie et n'avait pas l'air le moins du monde contrite.

Chris se tenait voûté, dans l'attitude de l'homme qui a perdu la bataille.

Je ne voulais pas savoir ce que ma sœur avait fabriqué, tant qu'elle était satisfaite, mais je ne souhaitais pas non plus voir souffrir mon meilleur ami.

Je me suis approchée de lui, j'ai passé mon bras autour de ses épaules et je l'ai brièvement serré contre moi.

— Qu'est-ce que tu fais aujourd'hui? lui ai-je demandé, histoire de détourner son attention de ma sœur, qui flirtait avec le séduisant batteur.

— Je vais au studio. Il faut que je récupère notre matos et que je m'habitue au retour à la vie normale. J'espère que les critiques du concert seront bonnes. Et qu'on citera au moins notre nom.

— Évidemment qu'on va parler de vous. Vous avez été géniaux. Le public vous a adorés.

— Merci, Summer, a-t-il répondu en passant un bras autour de ma taille. On a un gros concert à Brighton la semaine prochaine. Tu veux venir?

— Bien sûr. J'adore cette ville.

Je n'y avais passé qu'un week-end. Peut-être que deux jours à la plage étaient tout ce qu'il me fallait pour me sortir de ma torpeur créative.

— Quelqu'un a vu Luba ? La danseuse ? ai-je demandé à la fin du petit déjeuner.

Je voulais savoir si elle avait trouvé Eric, le roadie qui avait supervisé le déplacement du matériel.

— Pas aujourd'hui, a répondu Dagur. Je pensais qu'elle avait passé la nuit avec toi.

J'ai rougi en comprenant que sa remarque était sérieuse. Il avait remarqué l'effet qu'elle me faisait.

— Non. Je ne l'ai pas vue depuis hier soir.

— Je vais m'occuper de ton violon, a promis Chris, qui avait deviné que je m'inquiétais.

Viggo n'avait toujours pas fait son apparition quand le groupe est parti chercher le matériel. Fran a filé prendre son service au bar. J'ai failli partir avec Chris, mais une vague inquiétude m'en a dissuadée. J'ai dit aux autres que je ne voulais pas partir sans dire au revoir à Viggo. Chris et Fran m'ont regardée étrangement.

— Ce n'est pas ton genre de verser dans la sentimentalité, a fait remarquer ma sœur. Tu es amoureuse ?

J'ai bien évidemment protesté avec vigueur, mais, à dire la vérité, Viggo me plaisait bien. Il avait de l'humour et une certaine malice que je trouvais très attirants, sans parler de sa capacité et de son désir de me faire jouir. S'ajoutait à ça une touche d'arrogance qui le rendait imprévisible, ce que j'appréciais beaucoup.

Je me suis installée dans son grand salon vide. Téléphone en main, j'ai lu mes mails et surfé sur

Internet en attendant qu'il se réveille ou que Luba apparaisse.

J'avais deux mails de Susan qui s'interrogeait sur ce que je faisais. Elle me demandait sans équivoque de la contacter rapidement afin que nous décidions de la suite à donner à ma carrière. Un mail de Simón qui me tenait amicalement au courant de sa vie. Il avait décidé de rester plus longtemps que prévu au Venezuela, et l'orchestre avait embauché un autre chef pour assurer l'intérim. J'ai ressenti une bouffée de nostalgie pour lui et pour la vie que nous avions partagée à New York. Nous n'étions pas faits l'un pour l'autre, ce qui ne m'empêchait pas de l'aimer. Son affection me manquait, de même que sa compagnie et la compréhension instinctive qu'il avait des contraintes liées à ma carrière de musicienne classique.

Nous étions assortis de tant de façons que je me demandais parfois si les choses n'auraient pas pu fonctionner entre nous si nous nous étions donné plus de peine. Mais il avait pris la décision à ma place, ce qui, d'une certaine manière, me soulageait. Je n'avais pas eu à choisir, ni à admettre que l'entente sexuelle était plus importante pour moi dans une relation que tout le reste.

Le sexe traditionnel était sympa et me soulageait momentanément, mais sur le long terme je ne voulais pas faire ma vie avec quelqu'un qui se refusait à me faire ce dont j'avais absolument besoin. Des choses sombres, dangereuses et qui me faisaient mal. Toutes ces choses que Dominik avait tant aimées.

La pensée récurrente de Dominik me mettait mal à l'aise. J'ai commencé à m'agiter, arpentant la pièce en laissant mes mains courir sur les murs et les meubles, éprouvant leur texture rugueuse sous mes doigts. J'ai fait défiler dans ma mémoire le film de la danse de Luba : malgré les nombreux orgasmes de la nuit, et mon sexe gonflé et douloureux, j'ai senti monter de nouveau l'excitation. Et mon violon me manquait terriblement. Je voulais le sentir entre mes mains et transcender mes émotions désordonnées en jouant une mélodie.

Viggo m'avait dit qu'il avait des instruments dans le sous-sol. N'ayant jamais été du genre à fureter, je ne me sentais pas vraiment le droit de m'aventurer dans sa maison sans sa permission. Mais je ne fouillerais pas, me suis-je dit, je me contenterais d'emprunter quelque chose qu'il m'avait proposé douze heures auparavant.

Après quelques minutes de recherche, j'ai trouvé la porte qui menait au sous-sol et j'ai emprunté l'escalier en colimaçon, un peu anxieuse. On aurait pu croire que Viggo aurait fait installer un ascenseur, mais je n'en avais pas vu l'ombre d'un. Il y avait deux étages sous l'entrée, le salon et la cuisine où nous avions pris le petit déjeuner. Le premier sous-sol était étonnamment lumineux et aéré. Il devait y avoir un système de ventilation, peut-être pour préserver les œuvres d'art accrochées aux murs. La pièce ressemblait à une galerie d'art, avec quelques tableaux artistiquement disposés et deux sculptures d'art moderne au milieu, qui ressemblaient plus à des installations.

Je n'y connaissais pas grand-chose en art, et j'étais donc incapable de déterminer si ces œuvres étaient des pièces authentiques ou des imitations, ou d'évaluer leur prix. Certaines avaient tout de la blague, à l'image du sens de l'humour de Viggo. Un ventilateur maintenait une balle en l'air ; cette dernière avait l'air de flotter, sans attaches. L'installation était située de telle manière qu'on n'avait qu'une envie, tenter d'attraper la balle, mais une règle très fermement implantée en moi m'interdisait de toucher une œuvre d'art. Je me suis contentée de regarder en m'approchant le plus possible.

Le sous-sol suivant était une pièce beaucoup plus sombre au centre de laquelle trônait une piscine, qui avait tout du ruisseau. L'eau ne sentait pas le chlore et n'était pas contenue dans un rectangle de béton. Elle coulait en courbes, entourée de rochers et de fougères. Il y avait même une cascade.

Les rumeurs à propos des aquariums remplis de sirènes étaient finalement fondées : Luba était assise sur un rocher près de la cascade, moulée dans un maillot de bain argenté qui ne dissimulait rien de ses tétons dressés. Ses longs cheveux humides étaient répandus sur ses épaules.

Elle m'a souri sans rien dire, comme si elle m'attendait depuis toujours et n'éprouvait en conséquence aucune surprise de me voir là.

Mes yeux s'étaient accoutumés à la pénombre, et j'ai remarqué les œuvres d'art éparpillées sur les murs ou suspendues au plafond. Elles avaient l'air d'avoir été exposées sans ordre, et étaient plus grandes et plus sombres que celles de l'étage supérieur. Un trophée de bête à cornes dont il ne restait que les os était accroché à la porte. J'ai repéré des silhouettes gravées de nymphes et de satyres, sensuelles et effrayantes. J'ai levé la tête et vu qu'une série de sculptures en métal certainement traitées contre la rouille était suspendue au-dessus de la piscine : en faisant la planche, on avait une vue imprenable sur elles. Il y avait une porte épaisse au fond de la pièce, la première que je voyais fermée. Viggo devait certainement ranger là les œuvres vraiment chères, et je ne pouvais pas le lui reprocher. La sécurité semblait curieusement peu présente pour quelqu'un qui devait recevoir beaucoup de monde chez lui. Il devait se ruiner en assurances.

L'un des murs disparaissait sous une vitrine, remplie d'instruments de musique. Viggo possédait des guitares, des instruments à cordes, des altos et des violons. Certains étaient récents et banals, d'autres étaient sublimes pour un œil aussi peu connaisseur que le mien. La lumière était trop faible, et je ne pouvais pas me rapprocher suffisamment pour remarquer des signes particuliers ou lire les signatures.

La vitrine n'était pas fermée, et j'ai dû résister pour ne pas l'ouvrir et me saisir d'un instrument. Je mourais d'envie de jouer, mais la présence de Luba m'en empêchait. Je ne pouvais pas prendre quelque chose qui ne m'appartenait pas, même si

Viggo m'en avait donné la permission la veille. Il ne savait pas que j'étais là.

Luba s'est levée, aussi gracieuse qu'une liane, et s'est dirigée vers moi.

— Ça lui serait égal, tu sais, a-t-elle dit. Tu peux lui emprunter ce que tu veux.

Elle a ouvert la porte vitrée et a fait un geste vers les violons.

— Il aime collectionner les belles choses mais il n'est pas matérialiste. Tu veux bien jouer pour moi ?

Je me suis demandé si elle faisait partie de sa collection.

J'ai choisi un violon et un archet, ai coincé l'instrument sous mon menton, puis j'ai commencé à jouer. Le son était atroce, et il m'a fallu quelques minutes pour accorder l'instrument. Le timbre était joli, et le violon s'adaptait bien à ma main, mais ça n'avait rien à voir avec le Bailly, et cette pensée m'a rappelé pourquoi je cherchais Luba.

— Tu as vu Eric ? ai-je demandé. Il a bien récupéré mon violon hier soir ?

Mais, avant que j'aie pu finir ma phrase, Luba a posé un doigt sur ma bouche et a caressé ma lèvre inférieure. Mon cœur s'est emballé. Elle était douce et sophistiquée, et son parfum était sucré. Elle a ôté son doigt et l'a remplacé par sa bouche, m'embrassant lentement. Nos langues se sont mêlées, et elle s'est lovée contre moi ; son maillot humide a mouillé mes vêtements. Elle a glissé ses mains sur ma nuque, emprisonnant ma tête.

Luba était fascinante, comme une statue qui aurait pris vie avec toute la chaleur d'un être humain. La caresse de ses doigts m'électrisait, et, pour la première fois de ma vie, j'ai eu envie d'explorer son corps tout entier, non pas par simple curiosité, attirée temporairement par la bisexualité, mais parce qu'elle me rendait incroyablement vivante.

— Viens, a-t-elle murmuré. Il y a des endroits plus confortables.

Elle m'a prise par la main et m'a conduite, cinq étages plus haut, dans la chambre de Viggo. J'ai souhaité de nouveau la présence d'un ascenseur, mais cette pensée s'est perdue devant la vision de ses fesses qui s'agitaient devant moi, parfaitement mises en valeur par son maillot de bain une pièce très échancré. Ce dernier était soit d'une taille trop petite, soit délibérément dessiné pour dévoiler la moitié de son cul.

Viggo était sous la douche.

— Viens, a dit Luba en s'approchant de la porte de la salle de bains avec un sourire espiègle. Allons lui dire bonjour.

Il a eu l'air ravi, pas surpris pour deux sous, quand nous nous sommes glissées dans la douche à ses côtés après nous être dévêtues.

La cabine avait beau être grande, elle nous contenait à grand-peine. Luba s'est déplacée pour me laisser en sandwich entre elle et Viggo.

Ce dernier m'a fait pivoter et s'est penché pour m'embrasser, les mains dans mes cheveux. Luba a fait courir ses mains pleines de savon entre nous.

Je sentais ses seins fermement pressés contre mon dos.

Viggo n'a pas fait un geste pour arrêter l'eau, la laissant cascader sur nous ; j'avais l'impression de me noyer dans son baiser. Il m'a pincé brusquement les tétons, et j'ai poussé un petit cri. La douleur était en contradiction avec les caresses légères de Luba.

Cette dernière a eu un petit rire.

— Il n'est pas toujours gentil, a-t-elle murmuré en se penchant pour me parler à l'oreille.

Je me suis retenue de lui dire que je le préférais ainsi.

Sa queue était dure contre ma cuisse, et je mourais d'envie de la sentir en moi.

J'ai gémi, exprimant tout mon désir. J'ai eu du mal à ne pas m'empaler sur lui sans protection.

Luba a tendu le bras derrière nous et a arrêté l'eau. Elle nous a ensuite fait sortir de la douche et conduits jusqu'au lit, sans faire attention à l'eau qui gouttait sur les couvertures.

Elle a ouvert le tiroir de la table de nuit et a lancé un préservatif à Viggo, qui l'a attrapé au vol avec une telle maîtrise que je me suis demandé combien de fois ils avaient pratiqué ce genre de scène.

— Fais un geste pour cette fille, a-t-elle dit de sa voix traînante et séduisante.

— Toujours prêt, a-t-il rétorqué.

Il faisait nuit quand je me suis rendu compte que je n'avais pas eu de nouvelles de Chris.

Viggo s'était de nouveau endormi tout contre Luba, dont les cheveux très blonds formaient un contraste saisissant avec ses boucles brunes.

C'était bon signe. Chris m'aurait appelée tout de suite s'il n'avait pas trouvé mon violon avec le reste du matériel. Je m'étais inquiétée pour rien. Puis je me suis souvenue, le cœur battant, que j'avais laissé mon portable dans le salon à la fontaine plusieurs heures auparavant.

J'ai dévalé l'escalier, en proie à un terrible pressentiment.

Mon téléphone était là où je l'avais laissé, sur l'accoudoir de la méridienne à tête de panthère.

Je l'ai saisi et déverrouillé.

Chris m'avait appelée trois fois, avait laissé un message et m'avait envoyé un texto.

« Ton violon a disparu. »

6

La promenade de Brighton

Quand il était professeur, Dominik pouvait se reposer sur une certaine routine. Ses heures s'organisaient entre les préparations de cours, les cours eux-mêmes, le tutorat, les corrections de copies et le pèlerinage régulier qui le conduisait des hauteurs verdoyantes de Hampstead jusqu'au métro, puis au centre-ville, où il se mêlait à la foule anonyme.

À présent qu'il avait abandonné l'enseignement pour l'écriture, il se sentait à la dérive. Aucune ancre ne le retenait dans une mer d'indécision. Il était esclave de son clavier et du reflet dédaigneux de son écran, devant lequel il bataillait pour trouver non pas l'inspiration mais les mots justes.

Les journées étaient longues, et leur vide un puits infini de tentations dès lors qu'il avait achevé le nombre de pages qu'il s'imposait tous les jours. Parfois les mots jaillissaient facilement, et, comme il se levait tôt, il était libéré dès le milieu de la matinée. Il se récompensait alors du travail accompli par un petit déjeuner tardif. D'autres jours, au contraire, il avait l'impression d'être Sisyphe, et il effaçait plus qu'il n'écrivait.

Mais il avait toujours été très discipliné et il travaillait sans relâche. Il tenait le rythme en pensant aux longues plages de temps libre qu'il s'accordait quand il avait accompli sa tâche : il lisait, regardait des DVD sans ressentir de culpabilité, ou explorait les recoins sombres d'Internet avec un mélange d'amusement détaché et d'intérêt passager pour les femmes qui y croisaient sa route.

Chaque nom lui en rappelait d'autres, et Dominik se souvenait d'histoires – les noms en revanche se mélangeaient un peu dans son esprit – qui avaient fait de lui l'homme qu'il était devenu. Il y avait eu Christel, la jeune Allemande au pair qui vivait dans la chambre de bonne sous les combles, et qui avait au moins dix ans de plus que lui. Il l'avait violemment désirée à partir du jour où elle avait pris une douche devant lui sans se soucier de sa présence ni de son érection. Il avait passé tout un week-end à la chercher comme un fou, en faisant des allers et retours à l'auberge de jeunesse où il logeait, tout le long de la vallée de Chevreuse. Et Catherine, qui avait eu le privilège d'être la première à lui briser le cœur quand il avait découvert qu'elle l'avait trompé ; la première d'une séduisante procession de Catherine, Kat, Cat, Kate et Kathryn. Et puis Maryann, l'étudiante américaine, qui acceptait tout sauf qu'on lui touche les seins. Elle avait été suivie par Danielle, dont l'appétit sexuel l'avait d'abord effrayé, et à qui il avait fait défaut quand elle avait eu besoin de lui. Aida, qui suçait comme une déesse et qui n'en avait jamais assez. La liste était longue. Rhoona, qui aimait la fessée. Parvin, qui gardait toujours son haut, parce qu'elle était complexée par son ventre. Rebecca, qui criait quand elle jouissait puis sombrait dans une profonde déprime. Elle promettait toujours que cela ne se reproduirait pas, mais ne pouvait évidemment pas s'en empêcher.

Et puis il y avait eu Kathryn.

Celle qui avait tout changé.

Ses yeux noisette qui le suppliaient de l'étrangler pendant qu'il la sautait, qui voulait qu'il la brutalise et la conduise au bord du gouffre, qu'il lui maintienne les bras jusqu'à ce qu'elle ait des marques sur les poignets, qu'il lui tire violemment les cheveux quand il la prenait en levrette, qu'il lui morde les tétons. L'insatiable volonté muette d'explorer de nouvelles limites.

Il y avait un avant et un après Kathryn.

Et il avait commencé à s'affirmer davantage dans la chambre à coucher et ailleurs, quel que soit l'endroit où il avait des relations sexuelles. Il dominait ses maîtresses par instinct et par goût, et il avait découvert, à sa grande surprise, que de nombreuses femmes n'étaient pas rebutées par ses penchants, voire, à l'instar de Claudia, les appréciaient.

Ce qui l'avait mené à Summer.

Dominik soupira et cliqua sans se presser sur les profils du site de rencontres qu'il avait, par habitude, ouvert dans la longue liste de ses favoris.

Victimes consentantes ou prédatrices ? À moins que ce ne soient des femmes normales, objets de pulsions qui corrompaient leurs esprits en faisant naître des fantasmes pervers ?

Il avait appris depuis longtemps à déchiffrer les mots et les pensées cachés entre les lignes de leurs profils. Il était très fort pour reconnaître les dissimulatrices, les simulatrices et les menteuses. Il avait aussi pour habitude – c'était très snob, il le reconnaissait, mais ça ne trompait jamais – de ne jamais s'attarder sur un profil ou une annonce bourrés de fautes d'orthographe ou de grammaire. Il préférait sauter des femmes qui savaient lire et écrire, et, si cet élitisme excluait une bonne partie des soumises en quête de domination, ça ne le perturbait pas plus que ça.

Perdu dans ses pensées, Dominik était sur le point de quitter les sombres allées d'Internet quand une fenêtre s'ouvrit sur son écran, indiquant qu'il avait reçu un message sur Facebook.

Une groupie qui avait lu son roman et lui adressait des compliments. Même si le roman avait rencontré un joli succès, il recevait assez peu de courrier de lecteurs, et sa vanité en était donc toujours flattée.

C'était l'habituel fatras : elle avait adoré son roman et s'était identifiée au personnage principal, qui lui ressemblait beaucoup. Dominik sourit. Il était content de voir que les gens continuaient à le lire. Il avait l'impression que ce roman avait des années.

Un petit rond vert en haut à droite de l'écran indiquait que l'émetteur du message était toujours en ligne. Il répondit.

« Merci pour votre gentil mot, Liana. »

Elle lui répondit immédiatement.

« Mais avec plaisir, j'ai vraiment beaucoup aimé votre roman. Il m'a beaucoup émue. Et dire que je suis en train de vous parler, incroyable. »

Dominik était intrigué, et une chose en amena assez vite une autre. Il réfléchit rapidement aux implications morales de la situation et décida que la relation entre un auteur et une lectrice n'avait strictement rien à voir avec celle entre un professeur et une élève. Bien au contraire.

S'il en croyait sa photo de profil, elle avait une vingtaine d'années. À condition, évidemment, que la photo soit récente. Elle lui expliqua qu'elle était secrétaire à Brighton. Après quelques jours d'innocentes conversations, elle proposa de lui envoyer quelques photos : ces dernières étaient aguicheuses, explicites sans ostentation et sans vulgarité aucune malgré le grain amateur. L'aperçu d'un sein, une fesse qui portait des marques affadies de coups ou encore un paysage étrange qui, après examen plus attentif, se révélait être une photo de ses poils pubiens roux. Elle lui rappelait sans cesse combien elle ressemblait à Elena, son personnage, malgré leurs différences de nationalité, d'époque et d'histoire. Quand Dominik finit par lui demander si cela voulait dire qu'elle était sexuellement soumise, la réponse de la jeune femme illumina l'écran.

« Oui. »

Le cœur de Dominik s'emballa. C'était peut-être sa chance de tout recommencer. Et de faire les choses correctement, cette fois-ci.

« Et vous, vous êtes un dom ? »

« Peut-être », répondit-il.

Mmmmh...

Il se méfiait toujours quand une femme faisait facilement l'étalage de ses goûts, de ses besoins et de ses fantasmes. Plus elles étaient explicites quant à des pratiques extrêmes, qui allaient du bondage aux entraves en passant par l'asphyxie, les cordes, les colliers, la dégradation, l'humiliation et autres variantes, plus il y avait de risques qu'elles ne passent jamais à l'acte quand l'occasion se présentait. L'expérience lui avait prouvé qu'un menu moins varié était plus sophistiqué, plus authentique et plus proche de la réalité.

Liana était intéressante. Elle faisait des allusions claires, tempérées par une touche d'humour et de dérision qui lui plaisait beaucoup.

Ils s'écrivaient, par messagerie instantanée et par mails, depuis une quinzaine de jours, et Dominik commençait à envisager une aventure. Il n'espérait pas que ce soit la femme de sa vie, juste qu'elle lui permette de chasser à jamais de son esprit le fantôme et les souvenirs de Summer.

« Vous avez une photo de vous, svp ? »

Il avait délibérément refusé que son portrait figure sur la couverture de son roman et il avait choisi une photo de profil Facebook ambiguë. Il voulait garder une certaine forme d'anonymat et de mystère.

Peut-être allait-elle cesser de lui écrire. Dominik avait toujours détesté se voir en photo, et il en existait très peu de lui.

Il téléchargea une des rares photos qu'il possédait, celle qu'il avait jointe à son dossier de candidature pour le poste à New York quelques années auparavant, et il appuya sur « Envoyer ».

Il y avait cinquante pour cent de risques qu'elle ne réponde pas s'il ne rentrait pas dans ses critères, pour des raisons qu'il ne connaîtrait alors jamais. Elle allait découvrir l'homme qui se cachait derrière l'écrivain.

Il attendit, les mains au-dessus du clavier, les yeux fixés sur la photo des fesses nues et marquées de Liana. Il avait agrandi la photo et cherchait vaguement un motif dans les taches jaunes, brunes et mauves. Les couleurs se mélangeaient joliment. On aurait dit une œuvre d'art contemporain. Mystérieuse. Aléatoire. Comme un nuage duveteux qui bouge sans cesse. Un écran de veille.

La réponse de Liana lui parvint.

« Mignon. Dois-je vous appeler Maître ? »

« Flatteuse. Inutile de me donner du Maître. Je ne suis pas ce genre de Dom. Les mots ne sont rien. »

« Bien. Je déteste les hommes qui demandent qu'on les appelle comme ça alors qu'on a seulement échangé quelques mots et qu'on ne s'est pas encore vus. »

« Une femme selon mon cœur. »

« Je pense que ce pourrait être le début d'une merveilleuse amitié. »

Dominik sourit.

Le train roulait à toute allure vers le sud. En approchant de la caverne en acier qu'était la gare de Brighton, Dominik sentit la mer et entendit les mouettes jouer dans le ciel. Il n'était pas venu là depuis très longtemps. La dernière fois, il avait profité d'une conférence pour y retrouver Kathryn, qui avait réussi à échapper à son mari. Ce fut la seule et unique fois qu'ils purent passer deux nuits ensemble. C'était peut-être à cause de ça qu'il avait été incapable de revenir à Brighton. Il y avait trop de souvenirs. Non pas qu'ils aient vu grand-chose de la ville – en dehors du bord de mer et des Lanes, et de quelques rapides repas de fruits de mer –, puisqu'ils avaient passé le plus clair de leur temps dans leur chambre d'hôtel.

Il y avait un festival en ville, et la plupart des hôtels étaient complets, mais il avait réussi à réserver une chambre dans un petit hôtel rock'n roll sur Regency Square, le *Pelirocco.* Chaque chambre était décorée différemment. Il avait hérité du thème « boudoir vulgaire ». La chambre était rose et rouge, et des sous-vêtements féminins de toutes tailles et de toutes formes avaient remplacé les traditionnels tableaux. C'était un peu excessif et pour le moins étrange, mais cela amusa Dominik. Après tout il était là pour la bagatelle.

Ils avaient décidé de se rencontrer en territoire neutre, près d'une échoppe de *fish and chips* à l'entrée de la jetée. Quand il avait demandé à la jeune femme comment il était censé la reconnaître, étant donné que son visage n'apparaissait jamais clairement sur les photos qu'elle lui avait envoyées, elle avait répondu qu'il n'avait pas de souci à se faire. Elle se réservait ainsi le droit de ne pas s'approcher s'il ne lui plaisait pas en vrai.

Il arriva avec quelques minutes d'avance et il était en train de se demander s'il n'allait pas succomber à l'appel du *fish and chips* quand une voix joyeuse l'interpella.

— Bonjour, Dominik.

— Liana, je suppose ?

— Vous attendiez quelqu'un d'autre ? répliqua-t-elle, amusée.

— Vous avez un vrai nom ?

— Liana.

— Bien.

Elle était vraiment petite, presque maigrichonne, mais se tenait très droite. Le poids d'un énorme sac à dos qu'elle portait sur les deux épaules l'ancrait un peu au sol. Ses cheveux auburn, mal coiffés, presque masculins, couronnaient ses traits délicats. Un léger foulard en soie entourait son cou. Sur une autre femme, il aurait eu l'air affecté ou maladroitement à la mode, mais sur elle c'était une allusion bien plus profonde. Juste une allusion. Il comprenait à présent ce qu'elle avait voulu dire. Cependant, contrairement à ce qu'il avait imaginé, elle ne portait ni cuir noir ni jean déchiré dans la veine de certains punks, mais un chemisier beige étonnamment sage et une jupe plissée d'un ton plus foncé qui lui arrivait sous le genou. Un même fin bracelet d'argent ornait chacun de ses poignets. Ses ballerines sans talons prouvaient qu'elle n'avait manifestement aucun complexe de taille.

Ses traits coquins lui ôtaient certainement quelques années : un petit nez retroussé, un menton un peu fuyant surmonté d'une bouche rouge et pulpeuse, des yeux verts et des pommettes roses comme celles de Blanche-Neige. Dominik trouvait sa silhouette jolie, même si le chemisier, un peu ample, l'empêchait d'apprécier ses courbes.

Liana leva les yeux vers lui.

— Vous aimez ce que vous voyez jusqu'à présent ?

— Oui.

Dans les jours qui avaient précédé la rencontre, Dominik avait répété la scène plusieurs fois dans son esprit, élaborant des scénarios dans lesquels il se perdait. Il se demandait comment tirer le meilleur parti de la soumission de Liana, comment la faire sienne. Il ne connaissait pas grand-chose aux codes. Fallait-il lui offrir un verre, café ou alcool, et bavarder innocemment avant d'entrer dans le vif du sujet ? Devaient-ils se balader sur la promenade comme un vrai couple ? Ou devaient-ils se rendre directement à l'hôtel, qui n'était qu'à quelques centaines de mètres du bord de mer ? Il était peut-être temps que quelqu'un écrive un guide à l'usage des pratiquants SM : *Que faire et ne pas faire quand on rencontre quelqu'un pour la première fois.*

La chambre.

Dans l'ascenseur étroit qui les menait au dernier étage, Liana, gênée par son gros sac à dos, se retrouva pressée tout contre Dominik.

— Embrasse-moi, ordonna-t-il.

Elle se mit sur la pointe des pieds, et il baissa la tête vers elle. Elle avait un goût de chewing-gum à la menthe.

— Je n'ai pas choisi la chambre, c'était la dernière qui restait. Elle est ridicule, prévint-il en ouvrant la porte et en s'effaçant pour la laisser passer.

— Houla, s'exclama-t-elle devant le décor clinquant.

Elle laissa son regard errer sur l'exposition de soutiens-gorge et de strings qui garnissaient les murs de la petite chambre comme dans un musée.

— Sympa, poursuivit-elle. Mais je ne pense pas qu'il y en ait un seul à ma taille.

Elle fit glisser le sac à dos de ses épaules et le posa sur le sol.

— Qu'est-ce qu'il y a là-dedans ? Toutes tes possessions ? s'enquit Dominik.

— Non, répondit Liana. Juste des trucs, des jouets…

— Un peu présomptueux de ta part, non ? Qui t'a dit d'apporter tes affaires ?

— J'ai juste supposé que vous n'en aviez pas.

— On n'en aura pas besoin.

— Oh, dit-elle en souriant.

Dominik déposa la clé de la chambre sur la table de nuit et se retourna pour lui faire face.

— Je veux te voir. Déshabille-toi.

— Maintenant ?

— Maintenant.

Elle le regarda, indécise. Elle venait de comprendre qu'ils avaient atteint un point au-delà duquel il n'y aurait pas de retour possible.

— Rien dont nous n'aurions pas discuté, répondit-elle fermement, résolue. Pas de marques permanentes.

— Compris. Tu n'as pas oublié ton mot de sécurité ?

— Bien sûr que non.

Liana se dévêtit, ne gardant que ses bracelets et son foulard.

Elle était mince et fragile, mais parfaitement proportionnée : des taches de rousseur entre ses petits seins, de même que sur ses avant-bras, des tétons légèrement rouges, des cuisses d'un blanc laiteux… Depuis les photos qu'elle lui avait envoyées, elle s'était intégralement épilée, et il découvrit une série de piercings : un minuscule anneau sur son clitoris et, plus bas, deux anneaux plus larges en acier qui paraissaient écarter ses lèvres.

Dominik retint son souffle.

Il savait qu'il aurait pu passer des heures à regarder la géométrie complexe de sa chatte, ce paysage cyberpunk d'acier et de chair. Il était fasciné.

— Tourne-toi, ordonna-t-il.

Elle pivota sur un pied comme une ballerine. Ses petites fesses étaient vierges de bleus.

— Penche-toi.

Liana obéit. Elle bougea un peu les pieds sur la moquette peu épaisse en se penchant en avant, le buste à angle droit avec ses fesses, à présent bien exposées. La ligne noire qui les séparait ressemblait à une ligne tracée au couteau, une frontière droite et inviolable.

— Jambes écartées.

Elle obtempéra.

Dominik s'approcha et glissa la main entre ses jambes. Il sentit sa chaleur et jugea de sa moiteur, puis la doigta rapidement. Il effleura les anneaux et tira doucement sur l'un de ceux qui ornaient ses lèvres. Il sentit que Liana retenait son souffle.

Il ressentit une envie intense de la fesser violemment mais se retint. Il avait tout le temps devant lui. Il n'y avait pas d'urgence. Elle était déjà soumise. Une partie de lui se demandait pourquoi : il n'était qu'un étranger. Il ne savait rien d'elle. Il mourait d'envie de connaître son histoire, de savoir dans le détail comment elle en était arrivée là. Il voulait qu'elle lui parle de tous les hommes qui l'avaient touchée, qui avaient fait d'elle ce qu'elle était devenue. Il voulait connaître toutes les marches qu'elle avait empruntées sur l'escalier de la soumission.

— Tiens-toi ouverte, aboya-t-il.

Toujours penchée en avant, Liana mit ses mains en arrière et écarta ses fesses. Il avait une vue imprenable sur le petit trou froncé de son cul, sur les rides concentriques et les replis de chair qui l'entouraient comme une cible et sur la roseur de sa chatte.

C'était un spectacle dont il ne se lasserait jamais.

— Tu es à qui, maintenant ? demanda-t-il alors que la jeune femme s'exposait complètement, offerte.

— À vous.

— Qu'est-ce que tu veux ?

— Que vous m'utilisiez. Que vous me baisiez.

— Pourquoi ?

Pendant un bref instant, elle parut déstabilisée, comme si elle n'avait pas préparé de réponse.

— Parce que ça me rend vivante, finit-elle par répondre.

— Vivante ? répéta-t-il.

— Oui. Je ne peux pas l'expliquer, mais c'est ce que je ressens quand un homme me prend comme ça. Je sais que ça n'a aucun sens. Je suis comme ça, c'est tout, poursuivit-elle d'une voix plus basse.

— Lève-toi.

Elle obéit, abandonnant la position humiliante qui était la sienne. Elle se tourna vers lui, les jambes toujours écartées.

Dominik la regarda droit dans les yeux. Il y lut le même mélange étonnant de honte, de désir, d'orgueil et d'excitation que dans les yeux de Kathryn. Ou de Summer.

— Viens.

Elle s'approcha. Ses tétons dressés se pressèrent contre la chemise de Dominik. Il mit les mains sur son cul. Sa peau était d'une exquise douceur malgré sa minceur. Il glissa de nouveau ses mains entre ses jambes, saisit le petit anneau qui ornait son clitoris et pressa fermement sur le petit morceau de chair qu'il mettait ainsi en valeur. Liana frissonna.

— Depuis combien de temps tu es percée ? demanda-t-il.

— Un peu moins d'un an.

— C'est ton choix ?

— Pas vraiment, répondit-elle, un peu hésitante.

Peut-être ne voulait-elle pas confirmer ses soupçons.

— Qui ?

— J'ai été avec un dom pendant plusieurs mois. Je l'ai rencontré dans un club fétichiste à Londres.

— Et ?

— Il a exigé que je me fasse percer. D'abord les lèvres puis le clito.

— Ça t'a fait mal ?

— Celui sur le clito m'a fait un mal de chien. On m'avait dit que le perceur se contenterait de transpercer le haut du clitoris, un simple bout de peau. La douleur a été un choc auquel je n'étais pas préparée, et j'ai failli tomber dans les pommes.

— Mmmmh.

— Mon dom voulait que j'aille plus loin, que je me fasse percer le périnée. Il avait dans l'idée d'y attacher ensuite une plaque en métal comme celle que les soldats portent autour du cou. Il voulait qu'il y ait son nom gravé dessus ou en tout cas quelque chose qui indique que je lui appartenais. Mais on s'est séparés avant.

— Tu as quand même gardé les autres piercings ?

— Oui. Je suis ce que je suis, affirma fièrement Liana.

Dominik contempla le sommet du crâne de la jeune femme, pensif.

Il avait très envie d'elle. Elle était à son service, et il savait qu'il suffisait d'un mot de sa part. Le sexe serait une transaction de plus entre deux adultes consentants. Mais une petite voix obsédante lui rappelait qu'il voulait plus que ça. Liana était le genre de soumise qu'il ne voulait pas seulement baiser : il rêvait de la posséder entièrement, corps et âme. Il voulait comprendre ce qui la poussait. Pourquoi diable l'essence même de sa soumission était-elle précisément ce qui l'attirait ? *Et merde.*

Pourquoi se compliquait-il la vie ?

Heureusement qu'il y avait le sexe.

— À genoux, ordonna-t-il.

Elle obéit et, comprenant ce qu'il voulait, elle tendit la main vers sa ceinture et commença à défaire son pantalon.

Dominik ferma les yeux quand elle déballa son sexe et l'engloutit avec enthousiasme.

Elle était douée, et il jouit rapidement. Sans attendre ses instructions, elle avala son sperme avidement.

Elle recula un peu, et il y eut un moment de silence chargé : tous deux se demandaient ce qui allait se produire à présent. La fenêtre de la chambre d'hôtel était entrouverte, et le cri des mouettes volant au-dessus de la plage se fit soudain assourdissant.

— Sur le lit. À quatre pattes, ordonna Dominik.

Liana se leva, les genoux roses à cause de la position dans laquelle elle était restée. Elle se positionna sur le lit, les fesses vers lui, comme il le lui avait demandé.

Dominik se déshabilla, balançant ses vêtements sur le sol.

Il avait les yeux fixés sur son anus.

Il se demanda brièvement s'il serait trop gros pour elle, ou trop épais : elle était vraiment petite. Dans cette position osée, les os de ses hanches saillaient.

Il enfila un préservatif et la rejoignit sur le lit, qui craqua sous son poids. Il s'accroupit sur Liana, sa queue à moitié dressée lui caressant le creux des reins dans une parodie de cuillère à quatre pattes. Il n'avait pas apporté de lubrifiant et s'obligea à rompre la tension du moment en lui demandant si elle en avait dans son sac à merveilles. Elle y avait pensé. Il en étala sur ses doigts puis sur son petit trou, avant de diriger ses doigts vers sa chatte.

Il fut soudain pris du besoin d'embrasser encore la jeune femme, de sentir de nouveau son souffle dans sa bouche. Il se pencha davantage, mais positionné comme il l'était, prêt à la prendre, il ne pouvait pas atteindre ses lèvres. Il lécha alors le lobe de son oreille gauche et il s'apprêtait à le mordiller quand l'odeur des cheveux de Liana lui parvint. Il eut l'impression de recevoir un poignard en plein cœur.

Ce n'était pas un parfum à proprement parler, plutôt la fragrance du shampoing qu'elle avait utilisé pour laver ses courts cheveux auburn avant de venir le voir. L'odeur se mêlait à celle du corps de la jeune femme, un subtil mélange d'épices, de musc et de notes fleuries un peu acides, le parfum d'une femme.

Une odeur qu'il reconnaîtrait n'importe où.

La même que celle de Summer.

Un million de souvenirs le submergèrent, avec dans leur sillage des émotions violentes et douces.

S'il fermait les yeux, il croirait baiser Summer.

Mais il ne voulait pas faire semblant.

Il se rendit compte qu'il ne bandait plus et que le préservatif était sur le point de tomber.

Liana se raidit sous lui, comme si son corps avait compris que les circonstances avaient changé.

— Que se passe-t-il ? demanda-t-elle.

— Rien, répondit-il, tout en sachant pertinemment qu'il lui serait impossible de bander de nouveau. Ça ne marchera pas, c'est tout, s'excusa-t-il en quittant le lit.

— S'il vous plaît…, supplia Liana en le voyant s'habiller à la hâte, indifférent à la nudité de la jeune femme et à son excitation.

— Je suis désolé, je suis vraiment désolé.

C'était tout ce qu'il pouvait lui dire. Comment lui expliquer sans aggraver les choses ?

Plus tard, après avoir apaisé Liana et l'avoir mise dans un taxi dont il avait payé la course pour se faire pardonner, Dominik se dit qu'un peu d'air frais lui ferait du bien, ne serait-ce que pour dissiper le nuage de confusion qui obscurcissait son esprit. Il se dirigea vers la promenade. C'était encore le milieu de l'après-midi. Le temps semblait suspendu ce jour-là.

La mer était morne, ridée de blanc, étendue à l'infini jusqu'à la ligne grise d'horizon. Les ruines de l'ancienne jetée émergeaient de l'eau calme comme le squelette d'un vieil animal préhistorique.

Vacanciers et festivaliers oisifs partageaient la promenade avec les enfants et les coureurs, évitant les cyclistes qui roulaient à toute allure sur la piste cyclable mal délimitée, comme s'ils étaient seuls au monde. Dominik se sentait vidé. Son estomac gronda, et il se souvint soudain qu'il n'avait rien mangé de la journée ; il s'était dépêché pour prendre son train à la gare de Waterloo et n'avait pas eu le temps de petit-déjeuner. Il se rappela l'échoppe de *fish and chips* sur la jetée et se dirigea vers elle. Il longea rapidement l'alignement d'hôtels, dépassa l'hôtel *Metropole*, le centre de conférences bétonné et l'hôtel *Old Ship* avant de traverser la rue en direction de la jetée.

Les frites le réconfortèrent physiquement et moralement ; c'était une nourriture simple mais qui faisait du bien à l'âme. Il les dévora à toute allure sans en perdre une seule, puis fut tenté d'aller faire un saut chez un bouquiniste de West Street, qu'il avait découvert dix ans auparavant. Il avait finalement décidé de passer la nuit à Brighton : il avait déjà réglé la chambre d'hôtel et il n'était pas pressé de rentrer à Londres.

Alors qu'il s'apprêtait à tourner au coin de la rue, son regard fut attiré par la multitude d'affiches étalées sur le centre de conférences. Cet édifice qui ressemblait à un terrier ne se contentait pas d'abriter des congrès et des conventions ; c'était aussi une salle de concerts réputée, qui se transformait, l'été venu, en patinoire.

C'est ici qu'il était venu assister à un concert d'Arcade Fire, n'ayant pu obtenir de billet pour leur concert de Londres. Peut-être la musique l'aiderait-elle à y voir plus clair. Aucune affiche n'annonçait un spectacle pour le soir même. Il entra dans le bâtiment et repéra le guichet.

Il y avait bien un concert ce soir-là. Même s'il n'avait pas eu droit à beaucoup de publicité, des billets étaient en vente. On lui fit remarquer que le prix des billets était assez dérisoire : le groupe était là pour tester, loin des yeux et des oreilles indiscrets de la presse et des fans, ce qui pourrait devenir une véritable tournée.

— Ils ont un nom, au moins ? s'enquit Dominik.

— Bien sûr, répondit la terne femme entre deux âges en dégainant un flyer. Ils s'appellent Groucho Nights. Je n'en ai jamais entendu parler. Il y a une violoniste classique qui joue avec eux, poursuivit-elle en scrutant le prospectus. Elle a un nom étranger.

Dominik lui arracha le papier des mains.

« Avec la participation de Summer Zahova. »

Il resta immobile, abasourdi.

« Groucho Nights, avec la participation de Summer Zahova – Représentation unique, premier concert britannique avant une tournée européenne.

Premier concert complet qui mêle leurs talents. »

— Vous voulez un billet alors ?

La voix de la guichetière le ramena à la réalité.

— Oui, oui, bien sûr.

Il lui tendit du liquide.

Le concert débutait à 20 h 30. Presque cinq heures à tuer.

Il allait sortir du centre quand une pensée lui vint.

Il fit demi-tour. La femme était plongée dans un magazine people.

— Est-ce que le groupe est déjà là ? Ils font peut-être une balance ?

— Comment voulez-vous que je le sache ? répliqua-t-elle avec indifférence. Il faut demander au gestionnaire de service du premier étage. Il pourra peut-être vous aider.

Dominik monta l'escalier quatre à quatre et se mit en quête de quelqu'un qui pourrait répondre à sa question.

Après avoir été baladé d'employé en employé, il finit par dénicher quelqu'un qui avait l'air de comprendre ce qu'il voulait et qui l'avertit que les répétitions étaient privées : personne n'avait le droit d'y assister.

— Est-ce que les musiciens sont déjà là ? l'interrogea Dominik.

Il n'avait pas fini sa phrase que le son étouffé d'un violon électrique, à moins que ce ne fût celui d'une guitare, lui parvint des entrailles du bâtiment, porté sur les ailes invisibles d'une mélodie.

— C'est eux, n'est-ce pas ? Ils ont commencé à répéter, pas vrai ?

L'homme acquiesça en silence.

— Il faut absolument que je voie l'une des musiciennes, la violoniste. Elle s'appelle Summer Zahova, insista Dominik.

— On ne peut pas les déranger, répliqua l'autre.

— Elle me connaît. Elle viendra, promis.

— Écoute, mec, c'est juste pas possible.

Dominik sortit un billet de 20 livres de son portefeuille avec l'impression de s'être transformé en cliché ambulant. Il le tendit à l'homme.

— Dis-lui que Dominik a besoin de lui parler. Si elle revient avec toi, je t'en filerai 20 de plus.

Le jeune homme n'avait pas l'air convaincu, mais il empocha quand même l'argent.

— Ne bouge pas, dit-il. Je te promets rien. J'espère juste qu'ils ne vont pas m'engueuler parce que je me pointe en plein milieu de la répétition. Je vais voir ce que je peux faire.

Dominik ne bougea pas, paralysé. Il entendait la musique, forte, assourdie, brisée, dominée par la batterie et la basse, qui noyaient toute mélodie.

Une éternité s'écoula.

La musique s'arrêta. Peut-être s'était-elle juste évanouie, ses échos réduits au silence.

Il ne détachait pas ses yeux de l'escalier qui descendait vers le foyer et l'accès à la scène, mais nul ne fit son apparition.

Dominik tournait le dos à l'ascenseur. Il sentit un appel d'air quand la cabine s'ouvrit à son niveau. Il pivota. La porte s'ouvrit.

— Et voilà.

Le jeune homme en sortit, tout sourires. Summer le suivait.

Elle portait un jean ultramoulant et un chemisier blanc en soie. Ses cheveux formaient toujours une masse indistincte de boucles rousses. Elle n'avait pas changé. Elle contempla Dominik en silence.

L'employé le regardait aussi, l'air d'attendre quelque chose. Dominik sortit de sa rêverie, et, se rappelant sa promesse, sortit un billet de la poche intérieure de sa veste et le lui tendit.

— Merci, mec.

Il s'éloigna, les laissant seuls tous les deux.

Ni l'un ni l'autre n'avait encore dit un mot.

Ils se regardaient en silence, hésitants, mal assurés, comme engagés dans un concours dont le perdant serait celui qui parlerait en premier. Les pensées se percutaient dans leur esprit comme un réacteur nucléaire devenu incontrôlable.

Dominik comprit que c'était à lui de faire le premier pas.

— Bonjour.

— Salut, répondit-elle d'une voix basse, interrogative.

— Je suis de passage à Brighton et j'ai découvert complètement par hasard que tu jouais ici ce soir…

— Oui. On n'a pas fait beaucoup de pub, exprès. On ne voulait pas attirer trop de monde. C'est un test, pour voir si on fonctionne en tant que groupe.

— Tu as abandonné la musique classique ?

— Non, non, pas du tout ! protesta-t-elle, comme si elle avait peur qu'il ne comprenne mal et ne la désapprouve. J'ai juste pris un congé sabbatique. J'avais l'impression de tourner en rond et je me suis dit que reprendre la route avec le groupe de Chris me ferait du bien.

— Groucho Nights, c'est le groupe de Chris ?

— Oui. Ils ont changé de nom. Brother & Cousin faisait trop folk. Ils voulaient changer de genre…

Elle laissa sa phrase en suspens : ce n'était pas de ça qu'elle avait envie de discuter avec Dominik.

— Tu as bonne mine, remarqua celui-ci. Comment tu vas ?

— Bien. Et toi ?

— J'espère que je n'interromps pas la répétition ?

— Non. On a presque fini la balance. On s'apprêtait à faire une pause. Je n'ai pas beaucoup de temps, cela dit : les techniciens auront besoin de moi pour les essais lumière.

— Oh. Tu as le temps de prendre un café au moins ?

— J'ai une demi-heure devant moi. Je ne fais pas tout le concert, juste la deuxième partie. La plupart des chansons ne s'accommodent pas vraiment d'un violon. Ils les ont écrites bien avant que j'arrive. Je ne suis qu'une participation, comme ils disent.

— Ça a l'air sympa.

— Je pense qu'il y a un bar quelque part dans le centre. Viens.

Ils partirent en quête de caféine.

Un mur de silence se dressa de nouveau entre eux quand ils s'assirent à la cafétéria, l'insipide breuvage de la machine à café en main.

Cette fois-ci, ce fut Summer qui relança la conversation.

— À propos de New York… Je suis désolée de ce qui s'est passé là-bas.

— Moi aussi, dit Dominik avec réticence.

— Je n'aurais jamais dû accepter d'y aller. Je sais maintenant que c'était une erreur. Mais c'est arrivé, et je ne veux pas avoir à me justifier, Dominik.

— Ouais, on fait parfois des conneries. Je n'aurais pas dû y aller non plus.

— Mais tu y étais.

— Oui.

— J'ai été sous le choc pendant plusieurs jours. Mais, quand je suis revenue au loft, tu étais reparti pour Londres.

— J'ai attendu un peu puis je me suis dit que c'était la meilleure chose à faire.

— Je comprends.

— C'est comment New York, alors ? demanda-t-il. J'ai lu dans un magazine que tu vivais avec Simón maintenant. C'est normal. Vous avez tellement de points communs. Musicalement…

— J'ai quitté New York, annonça Summer en le regardant droit dans les yeux. Je suis revenue à Londres il y a quelques semaines.

— Je n'étais pas au courant.

— J'avais besoin de changer d'air. J'ai retrouvé Chris et son groupe, et on a décidé de jouer un peu ensemble. Le concert de ce soir est une répétition pour la tournée européenne. Nouvelles villes, nouvelle musique. C'est excitant.

— Qu'en dit Simón ? s'enquit Dominik.

— Ça ne le concerne pas. On est séparés.

Il y eut un moment de silence, le temps pour lui de digérer l'information.

En voyant qu'il ne disait rien, Summer se sentit obligée de poursuivre.

— J'ai quelqu'un d'autre. Je ne cherchais rien, c'est arrivé comme ça. C'est Viggo Franck. Le chanteur guitariste. Tu as dû entendre parler de lui.

Il acquiesça.

— Et toi ? poursuivit Summer. Tu as quelqu'un dans ta vie ?

Il savait pertinemment qu'il aurait mieux fait de se taire, mais il ne put s'en empêcher. Il était toujours en train d'essayer d'admettre la partie concernant Viggo Franck, et un démon sembla prendre possession de sa langue.

— Lauralynn vit avec moi. Tu te souviens d'elle, n'est-ce pas ?

— Elle est adorable, répondit Summer avec un sourire forcé. Je l'aime beaucoup.

— Tant mieux, rétorqua-t-il, sarcastique. Ça me fait plaisir de voir que j'ai ton approbation.

Elle fit comme si elle n'avait pas entendu.

Leurs gobelets étaient vides. Mais aucun des deux ne voulait retourner au distributeur.

— Où commence cette tournée européenne ? finit-il par demander.

— À Paris, dans deux semaines.

— Il te tarde ?

— Oui, mais ni Chris ni moi ne sommes satisfaits du son. Il manque quelque chose, mais on ne sait pas quoi. Viggo dit qu'il nous faut plus de peps.

— C'est votre conseiller musical ?

— Il a pris Chris et son groupe sous son aile. Et il les a signés. Oh, tu te souviens de Fran ?

— Ta sœur ? Oui. Tu m'as souvent parlé d'elle.

— Elle est à Londres elle aussi. On vit ensemble. On squatte chez Chris, à Camden, en attendant de trouver un appart. Tout va bien pour l'instant.

— Génial, commenta-t-il sans enthousiasme, agacé par la tournure banale que prenait la conversation. Tu joues toujours du Bailly ? demanda-t-il.

Une ombre obscurcit le visage de Summer.

— Non.

— Pourquoi ?

— On me l'a volé.

— Quand, putain ? Où ?

— Quand je suis rentrée à Londres. Il a disparu d'une loge bien gardée, après un autre concert. J'étais dévastée. Je suis désolée. Je sais qu'il avait beaucoup d'importance pour toi aussi…

Dominik soupira, pas seulement parce qu'il venait d'apprendre que le violon avait été volé, mais parce qu'elle venait de faire une allusion à leur histoire.

Il ne put contrôler de nouveau sa langue, mais, cette fois-ci, ce qu'il lui dit venait du fond du cœur :

— Toi aussi, tu avais beaucoup d'importance pour moi, Summer.

Leurs regards se croisèrent.

La jeune femme fut la première à détourner les yeux, incapable de soutenir son regard.

— Je sais, murmura-t-elle.

— Je suis content de te voir. J'ai eu très souvent envie de t'appeler, mais je n'en ai jamais trouvé le courage.

— Moi aussi.

— Je suis content de voir que tout va bien pour toi. À part le Bailly. Ça a dû te faire un sacré choc.

— Ça a été horrible.

— J'imagine. J'ai appris tout un tas d'histoires étranges sur ce violon. Tu savais qu'il s'appelait l'Angélique ?

— Non. Comment ça se fait ?

— Ce ne sont que des superstitions et des légendes urbaines certainement. J'ai découvert tout ça en faisant des recherches pour un roman.

Dominik se rendit compte en disant ça que son premier livre n'avait pas encore été évoqué dans leur hésitante conversation.

— J'ai aimé ton roman, Dominik. Vraiment, annonça Summer.

— Tu n'as pas été gênée par…

— Le fait que tu te sois servi de moi pour bâtir ton personnage ? Pas du tout. J'ai trouvé ça touchant de ta part. Même si je n'aurais jamais fait tout ce que fait Elena dans ton histoire.

Dominik sourit, soulagé.

Ella, la batteuse des Groucho Nights, fit son apparition dans la cafétéria, les interrompant.

— Ah, Summer, tu es là. Je t'ai cherchée partout. On a besoin de toi en bas. Les techniciens disent qu'ils ne peuvent pas finaliser l'essai lumière sans toi.

— Sous les projecteurs, hein ? lança Dominik.

Summer se leva de la table branlante.

— Ne nous perdons pas de vue, dit-elle. Je sais que nous avons chacun notre vie. Nouveaux partenaires, nouveaux amants. Mais on peut être amis de nouveau, non ?

— J'aimerais beaucoup, répondit Dominik.

Elle avait déjà fait quelques pas vers la porte quand elle se tourna vers lui.

— Tu pourrais peut-être m'aider à retrouver le violon ? Comment tu as dit qu'il s'appelait, déjà ?

— L'Angélique.

— Tu as dit qu'il y avait des histoires qui couraient sur lui. Tu crois qu'elles pourraient nous donner des indices ?

— Je ferai tout ce que je peux.

— J'ai des soupçons. Mais c'est plutôt délicat. Je ne peux rien t'expliquer maintenant. Écoute, tu n'as qu'à m'appeler, je n'ai pas changé de numéro, et on en parlera plus longuement.

Sa chevelure rousse disparut dans l'escalier, son petit cul moulé dans son jean se balançant en rythme. Son parfum, lui, flottait encore derrière elle. Dominik inspira profondément pour calmer les battements de son cœur.

— Ciao, murmura-t-il entre ses dents, même s'il savait qu'elle ne pouvait pas l'entendre.

Mais ce n'était pas une fin. Plutôt un recommencement.

7
Violons et appareils photo

Avec le Bailly, c'était la moitié de mon âme qui m'avait été arrachée.

Pendant quelques jours, j'ai vraiment cru que je ne pourrais plus jamais jouer de la même manière.

Je n'avais pas perdu seulement le son unique que je parvenais à tirer des cordes de cet instrument, mais les souvenirs, aussi bien londoniens que new-yorkais, qui lui étaient étroitement liés.

Viggo était furieux et se reprochait de ne pas avoir fait garder plus étroitement la loge dans laquelle je l'avais déposé en arrivant. Il pensait qu'il avait été volé à l'*Academy*, entre le moment où j'étais arrivée et notre départ pour la fête chez lui.

Je me sentais terriblement coupable de ne pas l'avoir gardé avec moi et je m'en voulais de ma désinvolture.

Mais aux heures les plus obscures de la nuit, celles où les ombres hantaient aussi bien les lieux que les gens, je ne pouvais pas m'empêcher de me demander ce que cachait Viggo derrière la porte blindée de son sous-sol.

L'idée était idiote. Viggo pouvait se payer des centaines de Bailly et en recouvrir les murs si ça lui chantait. Je ne pouvais pas imaginer une seule raison pour laquelle il aurait voulu mon violon plus que tout autre, même si, comme Dominik l'avait suggéré, l'instrument avait une histoire particulière.

L'idée me taraudait cependant, et c'est en partie à cause de ça que j'ai entamé une espèce de relation avec la rock star et Luba, sa compagne séduisante et éthérée.

Faire ménage à trois n'est pas si étonnant que ce qu'on pourrait croire. Nous passions le plus clair de notre temps à la maison, parce que j'étais terrifiée à l'idée qu'une photo de nous trois soit publiée dans la presse à scandale.

Viggo était entre l'enregistrement d'un album et le début de sa tournée et Luba n'avait pas l'air d'avoir un job en dehors de celui d'assistante improvisée du chanteur. Elle ressemblait à une version moins coincée de Pepper Potts, l'assistante d'Iron Man : elle satisfaisait le moindre des désirs de Viggo. Leur relation était pour le moins étrange.

Elle était très sûre d'elle et ne manifestait jamais la moindre jalousie. Étonnamment, moi non plus. Le lit de Viggo était gigantesque, ce qui a réglé tout de suite le problème de la chambre. La taille de la maison permettait à chacun d'avoir son espace personnel quand il en avait assez des autres, et il était éventuellement facile de s'isoler à deux.

L'arrangement convenait parfaitement au tempérament de Viggo. Là où la plupart des hommes auraient renâclé à la perspective de s'occuper de deux femmes, il semblait éprouver une envie inépuisable de nous faire jouir et faisait preuve d'une endurance particulière quand il s'agissait de nous baiser ou de se servir d'un sex-toy. Luba ressemblait davantage à un enfant dans un magasin de bonbons : elle me traitait comme un nouveau jouet dont on doit découvrir le fonctionnement et épuiser les fonctionnalités, avant peut-être de s'en défaire quand un autre jouet plus brillant ferait son apparition. Et j'adorais être en état de satisfaction sexuelle quasi permanente.

Quasi permanente, parce qu'une partie de moi pensait toujours à Dominik. Il avait surgi sans prévenir juste avant notre concert à Brighton. Je l'avais joué détachée, mais j'avais dû m'isoler pendant un quart d'heure après son départ. Mes mains tremblaient tellement que je ne pouvais pas me servir de l'archet. Il avait quelqu'un dans sa vie, Lauralynn, la grande blonde avec qui j'avais joué les dominatrices dans son appartement de l'ouest de Londres. Nous avions toutes deux enfilé des godes et baisé un de ses soumis. Nous étions restées habillées alors qu'il était entièrement nu. J'avais trouvé l'expérience intéressante mais pas vraiment excitante.

J'avais parlé de Viggo à Dominik sans réfléchir, même si je ne pensais pas que notre ménage à trois fût autre chose qu'une façon de passer le temps agréablement. Mais si Dominik pouvait tourner la page, moi aussi.

Pourtant ça ne m'empêchait pas de penser à lui. À son odeur particulière : il sentait le savon, pas le parfum. À sa façon de parler, parfois trop polie et trop soutenue, ce qui me hérissait. À cet accent particulier qui parfois ne ressemblait à celui de personne – écho d'une enfance passée à l'étranger, dont il ne parlait jamais –, parfois cent pour cent britannique, reste d'une éducation bourgeoise. À sa façon de se tenir bien droit et à ses épaules larges, résultats d'années de sport qui lui avaient donné une musculature qu'il n'avait jamais perdue, même s'il semblait ne faire aucun effort pour l'entretenir. À la ligne volontaire de sa mâchoire et à la sensualité de sa bouche. À la douceur de sa peau. À son sexe, que j'avais toujours trouvé parfait, droit, large et d'une couleur uniforme.

Mais ce qui me manquait le plus, c'était son imagination perverse et sa façon de toujours me tenir en alerte : je ne savais jamais ce qu'il allait faire. Il avait rendu notre relation, malgré tous ses défauts, profondément vivante. Dominik me mettait au défi en permanence. Il me faisait faire des choses que je ne pensais pas pouvoir ou vouloir faire. En me permettant de mêler étroitement mon esprit et mon corps, il m'ancrait d'une manière que je ne ressentais qu'avec la musique. Avec lui, chaque mot, chaque caresse me touchait.

J'avais aussi l'impression qu'il me comprenait, ce qu'aucun autre homme n'avait su faire. Simón avait tenté, j'en étais consciente, et peut-être y était-il parvenu à sa manière, mais nos chemins et nos projets étaient trop éloignés. Viggo ne se débrouillait pas trop mal non plus, mais, malgré son caractère égal, il manquait d'empathie. Il me regardait parfois comme si j'étais un animal exotique, et il m'arrivait de me demander si pour lui j'étais quelqu'un ou juste, comme pour Luba, un nouveau jouet, une nouvelle et jolie addition à sa collection, dont il finirait par se lasser.

Ce matin-là, j'avais prévu de voir Fran. Entre ses nuits de boulot et mes séjours prolongés chez Viggo, nous ne nous voyions plus guère.

On s'est retrouvées chez *Verde & Co*, un petit café dans le marché de Spitalfields, où l'on buvait le meilleur café du quartier, voire peut-être de Londres. Un fait qui était férocement débattu par les autres Néo-Zélandais et les Australiens de ma connaissance, qui avaient apparemment oublié que les Italiens avaient inventé l'expresso bien avant nous.

Fran était déjà là quand je suis arrivée ; elle s'était installée sur l'un des hauts tabourets en bois et elle admirait les pots en verre remplis de confiture, alignés sur les étagères. La lumière qui arrivait derrière eux leur donnait de chauds reflets rouges, orange ou jaunes, selon le fruit qu'ils contenaient.

La petite boutique était pleine à craquer de denrées : pâtes italiennes aux formes surprenantes que l'on ne trouvait pas en supermarché, paniers en osier débordant de cerises, de pêches et autres fruits de saison, un sucrier en argent rempli de morceaux de sucre que l'on prenait avec une pince, sans compter la vitrine pleine des sublimes chocolats de Pierre Marcolini, dont les multiples formes et saveurs étaient des promesses de plaisirs gustatifs tous plus délicieux les uns que les autres.

J'avais passé beaucoup de temps là quand je vivais à Londres et j'adorais regarder les chocolats, même si je n'en ai jamais acheté un seul : j'aimais le frisson procuré par un fantasme à portée de main que je choisissais de ne pas réaliser. J'aimais éprouver du désir même si je ne le satisfaisais jamais.

— C'est sympa ici, a commenté Fran.

Elle m'avait vue entrer et avait commandé, et réglé, deux cafés au comptoir.

— Merci pour le café, ai-je dit, mais il faut vraiment que tu arrêtes de me payer des trucs. Tu ne gagnes même pas 10 livres de l'heure alors que je roule sur l'or.

— Je savais que tu dirais ça, a-t-elle rétorqué en piochant morceau de sucre après morceau de sucre.

Ça me rappelait la façon qu'avait Dominik de trop sucrer son café. Tout me faisait penser à lui ces jours-ci.

— Depuis quand tu bois ton café sucré ?

— Depuis que j'ai vu ces jolis morceaux. C'est du sucre chic, ça. On n'a pas le même à Te Aroha.

— Mais il a le même goût. Comment tu vas ?

— Pareil que la dernière fois qu'on s'est vues. Je m'amuse bien au bar. C'est un boulot fatigant, mais c'est un bon moyen de rencontrer des gens.

— Tu cherches toujours un appart ?

— Pas vraiment. J'aime bien vivre avec Chris. Et, si tu ne reviens pas, il n'a qu'à me laisser ta chambre. Tu comptes revenir au fait ? C'est comment la vie avec une rock star ? Chris m'a dit que tu sortais aussi avec la danseuse ? Comment tu fais ?

— « Sortir » ne me paraît pas être un terme très approprié. Je ne risque pas de les inviter à passer Noël chez les parents.

— Oh, j'imagine bien la scène. Les parents seraient très fiers, gloussa-t-elle.

— Je ne suis pas la seule dans ce cas. Les ménages à trois ne sont pas si rares.

— Dans notre bled, si.

— Je n'en suis pas si sûre. C'est juste que, dans les petites villes, les gens cachent mieux les choses.

La serveuse déposa entre nous une large tranche de gâteau au citron commandé par Fran en même temps que les cafés.

— Ça a l'air bon, ai-je commenté, momentanément distraite par la vision de la pâtisserie. Tu n'as pas peur de souffrir de la malédiction londonienne ?

La prise de poids était très fréquente chez les étrangers qui débarquaient en Grande-Bretagne. Le mauvais temps leur faisait vite abandonner le sport pour la bière et la nourriture des pubs.

Fran m'a regardée d'un air moqueur.

— Mange ce putain de gâteau, a-t-elle rétorqué en faisant glisser la cuillère vers moi, et raconte-moi ta vie de star. Je veux tout savoir. Tu n'as pas remarqué que je vis ma vie par procuration à travers toi ? Allez, sois sympa, je veux un ragot.

— Par procuration ? Mais je croyais que tu couchais avec Dagur, le batteur ?

— Non, hélas. On a bien fini dans le même lit, mais, comme on avait trop bu, on s'est endormis. On s'est réveillés tout habillés.

— Tu ne lui as pas demandé son numéro ?

— Il a demandé le mien. Mais les musiciens ne m'intéressent pas.

— Vraiment ? Pas même Chris ? l'ai-je taquiné.

— Enfin, la plupart ne m'intéressent pas, a-t-elle répondu en rougissant.

Mon portable s'est mis à vibrer. Je l'ai ignoré. Fran a saisi l'occasion pour changer de sujet : elle a sorti le portable de ma poche et me l'a tendu.

— C'est un appel international, donc important. Décroche.

C'était un numéro new-yorkais, ce qui voulait dire qu'il s'agissait de Simón ou de Susan. Il y avait plus de probabilités que ce soit mon agent, puisque Simón était encore au Venezuela. Étant donné que je n'avais répondu à aucun de ses mails, Susan devait être sur le sentier de guerre.

Je me suis levée et je suis sortie. J'ai décroché juste avant que la messagerie s'enclenche.

— Allô ?

— Summer ? Où es-tu et qu'est-ce que tu fous là-bas ?

C'était bien Susan.

— Je suis toujours à Londres. J'avais besoin de vacances.

— C'est ce que je pensais jusqu'à ce que j'apprenne par la bande que tes petits concerts improvisés à Londres et à Brighton t'avaient valu des critiques élogieuses. Les journalistes ont eu vent de la chose, et un article ne va pas tarder à sortir dans la presse people à propos de ta révolte rock. L'enfant chérie du classique pète un plomb, enfin tu vois le genre…

— Je me suis contentée de jouer avec un ami.

— Il faut que je rattrape le coup, à moins que tu ne veuilles devenir la violoniste classique en pleine dépression.

— On m'a volé mon violon, ai-je avoué à mi-voix, les larmes aux yeux.

— J'en suis navrée. Mais tu as assez d'argent pour en acheter un autre, non ? Je peux te trouver un mécène si tu as claqué tout ton fric en pompes.

— Ce ne sera pas pareil sans le Bailly. Je ne peux pas remonter sur scène sans lui.

— Tu n'es pas obligée de rejouer tout de suite du classique. Parle-moi du groupe avec lequel tu as joué.

— Les Groucho Nights. Ils ont fait la première partie du concert de Viggo Franck et des Holy Criminals. Tu as entendu parler de lui, non ? Il les aide à organiser une tournée européenne.

— Évidemment que j'ai entendu parler de lui. Si j'en crois la presse à scandale, il a couché avec la moitié des femmes célèbres de la planète. D'accord. Tu peux jouer avec eux. Mais je t'en supplie, ne te fais pas prendre en photo avec Viggo à la sortie d'un bar, du moins pas avant que j'aie lancé ta reconversion. Est-ce que tu es toujours en contact avec le mec qui avait fait cette super-photo de toi pour le concert new-yorkais ?

Il y avait plus de deux ans que Simón s'était servi de cette photo de moi nue, mes seins cachés par mon violon, pour faire l'affiche de mon premier concert solo, qui s'était joué à guichets fermés. Susan avait bonne mémoire.

— Non. Je crois qu'il est rentré en Australie, ai-je répondu.

Je me suis souvenue du photographe à la soirée au jardin des Supplices, qui nous avait pris, Chris, Fran et moi, en photo quelques semaines auparavant. Il serait discret.

— J'ai quelqu'un d'autre sous le coude, ai-je poursuivi.

— Bien. Tout est réglé. J'appelle tout de suite le manager de Franck. Laisse-moi gérer tous les détails. Si tu veux devenir une rock star, il faut faire ça correctement.

Elle a raccroché avant que j'aie eu le temps de protester.

J'ai rejoint Fran, légèrement étourdie. Finalement, j'avais bien fait de ne pas chercher d'appartement ; j'allais manifestement reprendre la route.

— Alors ? Qu'est-ce qui se passe ? a demandé ma sœur, curieuse.

— C'était mon agent. Elle veut que je parte en tournée avec Chris et le groupe.

— Génial ! Chris adorerait jouer avec toi ! Il en parle tout le temps. Il s'entend bien avec Ted et Ella, évidemment, mais tu es sa meilleure amie. Tu devrais vraiment y réfléchir.

— Y réfléchir ? Je pense que je n'ai pas le choix. Mon agent est déjà en train de passer des coups de fil et elle est du genre à toujours parvenir à ses fins. C'est peut-être trop tard, remarque, vu qu'ils partent dans quelques jours. Il faudrait faire une annonce de dernière minute, me trouver du matériel, changer la promo... et plein d'autres trucs.

— C'est pas les Rolling Stones non plus. Ils font des dates en Europe, d'accord, mais ce n'est pas la fin du monde. Je suis certaine qu'ils peuvent improviser quelque chose. Et puis, si Viggo leur en donne l'ordre, ils n'auront pas le choix.

— Je suppose que tu as raison.

— Je vais me sentir un peu seule sans vous deux, cela dit. Je me demande ce que Chris va faire avec l'appart.

— Tu n'as qu'à venir avec nous. J'ai besoin d'un manager, et Chris aussi, d'ailleurs. On pourrait te payer. Et tu visiterais l'Europe comme ça. Et tu me tiendrais compagnie. Ça t'irait comme un gant comme job, puisque tu as longtemps bossé dans une banque. Tu pourrais le faire sans problème.

Le visage de Fran s'est illuminé comme si je lui avais donné un ticket de loto gagnant, et elle a hurlé, ce qui a fait sursauter la serveuse.

— Oh, mon Dieu ! J'adorerais ça !

— Calme-toi. Je te jure, j'ai parfois l'impression que tu as vingt et un ans. Et de toute façon rien n'est encore sûr. Pour commencer, je n'ai même pas de violon.

— Ah, merde, c'est vrai. Toujours pas de trace de lui ? Et pourquoi tu n'as pas voulu déclarer le vol à la police ?

— Viggo ne veut pas que son équipe soit mêlée à tout ça. Il a peur de les perdre. Sans compter que ça augmenterait les primes d'assurance. Il préfère me rembourser l'intégralité de ce que vaut le Bailly.

— Mais il y a eu un vol quand même. Si quelqu'un ne veut pas qu'on fasse d'enquête sur lui, ça veut peut-être dire que c'est le coupable.

— L'argent n'a aucune importance pour moi. Je veux juste retrouver mon violon. C'était un cadeau.

— Ah, c'est vrai. Chris m'a parlé de ce mec, a répondu Fran en haussant un sourcil suspicieux.

— Vous parlez beaucoup tous les deux. Je ne sais pas si j'aime ça.

— Il est au courant qu'on te l'a volé ?

— Dominik ? Oui. Je suis tombée sur lui par hasard à Brighton. Il était là, il a vu les prospectus pour le concert et il est venu me dire bonjour. Il a quelqu'un d'autre dans sa vie. Mais il a dit un truc intéressant sur le violon ; il paraît qu'il a une histoire étrange. Il fait des recherches dessus pour son roman. Je lui ai demandé de me tenir au courant au cas où il découvrirait quelque chose, mais je n'y crois pas vraiment.

— Appelle-le.

— Quoi ? Maintenant ?

— Maintenant. Demande-lui ce qu'il sait. Je te connais : tu as horreur de téléphoner, tu ne le feras jamais si je ne te force pas. Et ne me dis pas que tu as effacé son numéro.

— Si tu veux…

Agacée, j'ai saisi mon téléphone sans quitter ma chaise ; j'espérais que la conversation serait courte.

Il n'a pas décroché.

— Messagerie, ai-je annoncé, un peu triomphante.

— Eh bien, laisse-lui un message.

— Salut, c'est moi. Summer.

Je m'en suis voulu d'avoir pensé qu'il reconnaîtrait instantanément ma voix, puis d'avoir songé qu'il ne le ferait pas, ce qui m'avait forcée à m'identifier. J'ai gardé le silence en essayant de rassembler mes esprits.

— Je voulais te parler du violon. Rappelle-moi, ai-je poursuivi avant de raccrocher.

— Ouah, c'était brillant.

— Ta gueule.

Le temps pour nous de rentrer à l'appart, Chris était déjà au courant et il jubilait. Visiblement, ni Susan ni Viggo n'avait perdu de temps : au milieu de l'après-midi, la plupart des concerts étaient reprogrammés, et ils avaient commencé à travailler sur la promo. Je partais officiellement en concert avec les Groucho Nights en tant qu'invitée spéciale.

Nous avons passé les jours suivants à répéter comme des dingues, reprenant tous les morceaux que j'avais déjà joués avec eux et choisissant ceux qui pouvaient accepter l'ajout d'un violon. Ce n'était pas évident de me donner de l'espace sur scène sans noyer le son du violon, et être quatre plutôt que trois était un peu gênant. Auparavant, l'attention était focalisée sur Chris, Ted se trouvant non loin, et Ella derrière. J'avais l'impression d'être la cinquième roue du carrosse, et le violon ne se mêlait pas correctement au reste.

Après la quatrième nuit de répétition, nous sommes rentrés chez Chris d'humeur maussade.

Fran était à la cuisine, elle préparait une pizza. Elle s'y était mise plusieurs heures auparavant, faisant elle-même la pâte et la sauce. L'appartement embaumait la levure de bière et l'ail. Chris était assis face à moi, à la table en bois ronde à côté de la cuisine américaine, les épaules voûtées. Il jouait avec une capsule de bouteille de bière qu'il faisait glisser entre le pouce et l'index. Je le regardais, patiente, les coudes sur la table et le menton dans les mains.

— Il manque quelque chose, a-t-il murmuré comme pour lui-même.

J'ai attendu la suite.

— Le son…, ça ne va pas. C'est déséquilibré.

— Si ça ne va pas, il n'y a pas de problème, Chris. Il est encore temps de tout annuler. Je ne le prendrai pas mal, tu sais.

Une partie de moi renâclait : j'avais l'impression d'avoir été manipulée par Susan et Viggo. Jouer du rock était une façon de me rebeller, et, tant que ça avait été mon idée, j'avais trouvé que c'était génial et reposant. Maintenant que c'était devenu l'idée de quelqu'un d'autre, j'étais malheureuse à l'idée de quitter Londres et de reprendre la route tout en étant ravie de passer plus de temps avec Chris.

— Non, ce n'est pas toi le problème. Le violon est top. J'ai juste l'impression qu'il faut rajouter quelque chose.

— Une cloche de vache ? a proposé Fran de la cuisine.

Chris s'est mis à rire et lui a jeté un regard affectueux.

— Ce n'est pas une mauvaise idée, tu sais, a-t-il lancé, la capsule en équilibre sur un seul doigt. Pendant tout ce temps, j'ai cru qu'on avait besoin de quelque chose en moins, mais en fait il nous faut peut-être quelque chose en plus.

— En plus ? Mais où on trouverait les musiciens ?

— Il nous faut un autre son. Mais il est trop tard pour trouver des musiciens qui ont l'habitude de jouer ensemble.

Il se parlait à lui-même, profondément perdu dans ses pensées, sans même songer à repousser les boucles folles qui retombaient sur son front.

Un embryon d'idée a commencé à germer dans mon esprit.

Avant que je puisse le faire pousser et le transformer en pensée précise puis en parole, Fran a fait son apparition près de nous ; elle portait un plateau sur lequel elle avait construit une pyramide de petits pains ronds recouverts de parmesan et d'une feuille de basilic légèrement brûlée.

— Ouah, a commenté Chris, c'est la chose la plus incroyable que j'aie jamais vue !

J'ai retenu un reniflement moqueur. Fran ne semblait pas se rendre compte de l'effet qu'elle lui faisait. Je connaissais Chris depuis quelques années et je ne l'avais jamais vu se comporter ainsi pour personne. Il s'était mis à repasser ses tee-shirts, même ceux qu'il mettait pour rester à la maison, alors que Fran était la femme la plus froissée de ma connaissance : ses vêtements voyaient rarement la couleur d'un cintre, encore moins de la planche à repasser.

— Ce qu'il vous faut, a-t-elle dit sans répondre à la remarque de Chris, c'est une ou deux trompettes.

— Je peux faire quelque chose à ce sujet, suis-je intervenue.

Je n'avais pas perdu de vue Marija et son mari Baldo, mes anciens colocataires à New York, avant que j'emménage avec Dominik. Marija était flûtiste, mais elle jouait aussi de la trompette à l'occasion et elle était presque aussi douée que Baldo, dont c'était l'instrument ; en tout cas, assez bonne pour le groupe. Ils ne parviendraient peut-être pas à obtenir un congé ou à arriver suffisamment vite en Europe, mais je savais qu'ils s'ennuyaient dans l'orchestre depuis le départ de Simón. Ce dernier avait été remplacé par un chef beaucoup plus terne. Ils apprécieraient certainement de jouer dans un groupe de rock.

Viggo a accepté l'ajout de cuivres, et Susan a passé quelques coups de fil afin que Marija et Baldo puissent quitter l'orchestre.

— Il t'en faut un troisième, m'a dit Susan le lendemain. Je t'envoie Alex aussi.

Alex était le saxophoniste avec qui Marija avait essayé de me caser lors d'une soirée, que j'avais terminée dans l'appartement chic mais puant le saumon d'un assureur de l'Upper East Side. Dominik avait trouvé l'histoire amusante, et Alex n'avait fort heureusement pas pris ombrage de ma désertion. Il avait levé une autre fille au bar pendant que je draguais Derek sur la terrasse.

Les trois musiciens arriveraient directement à Paris. Ils auraient juste assez de temps pour se remettre du décalage horaire, et nous pourrions répéter pendant une journée avant le premier concert, qui avait lieu à La Cigale, sur le boulevard de Rochechouart. Je ne m'étais rendue à Paris qu'une seule fois dans ma vie, quatre ans plus tôt, et je n'avais guère eu le temps de faire du tourisme, ce qui ne m'empêchait pas de garder un bon souvenir, certes un peu flou, de cette ville. Nous logions dans une partie de la ville où je n'avais jamais mis les pieds. C'était Fran, fraîchement promue manager, qui s'était occupée des réservations.

Il ne me restait plus qu'à faire ma valise et la séance photo à laquelle Susan tenait tant. Il était trop tard pour refaire des affiches, mais elle voulait envoyer des photos aux journalistes et aux magazines spécialisés. Il fallait absolument faire taire les rumeurs concernant mon prétendu abandon de la musique classique et présenter cette tournée comme une parenthèse temporaire. Elle était persuadée que mon côté rock pouvait rendre mon identité classique plus sexy et booster ainsi les ventes de disques. Susan avait toujours mis beaucoup d'enthousiasme à mettre en avant mes charmes, et le nom du photographe que j'avais choisi l'a ravie. Jack Grayson avait travaillé dans la mode et il était célèbre pour quelques clichés de stars plutôt osés. Il avait aussi exposé une série de nus dans une galerie londonienne. Ces clichés avaient fait parler d'eux quand la police avait débarqué, alertée par les plaintes d'un quidam puritain.

Par curiosité, j'avais cherché les photos. Elles étaient exquises, mais effectivement choquantes pour des gens conservateurs. L'une d'elles m'a particulièrement plu : on y voyait une femme penchée à côté d'une pile de livres, une fraise parfaite enfoncée dans l'anus. Une autre femme était assise derrière elle ; je suppose que c'est elle qui avait placé le fruit. Je mourais d'envie de demander à Jack, ou à Grayson comme tout le monde l'appelait apparemment, comment il s'y était pris pour que la fraise reste parfaitement en place, mais ce genre de sujet me paraissait plus approprié devant une bière.

Grayson vivait et travaillait dans une ancienne école, non loin du meublé que j'occupais à Whitechapel avant de rencontrer Dominik. Il m'a offert un café quand je suis arrivée, et je l'ai bu face à son balcon, qui surplombait un cimetière et une église du XVIIIe siècle. La présence de la mort et de la religion assombrissait le décor aux teintes crème plutôt féminin de son intérieur. Des fauteuils sculptés étaient disséminés çà et là, ainsi que de grands vases emplis de fleurs.

La pièce qui lui servait de studio était pleine de projecteurs, de décors, d'instruments divers que j'aurais été bien en peine d'identifier, et de larges disques de métal pour capter la lumière.

Jack était complètement différent sans son costume en latex. Il portait un jean et un tee-shirt noir et blanc « Religion », avec une photo de femme nue allongée dans un Caddie de supermarché. Son assistante, Jess, étalait maquillage et produits pour les cheveux sur la table de la cuisine. Il y en avait suffisamment pour ouvrir une boutique, et certainement plus qu'assez pour remplir l'immense valise qu'elle avait eu du mal à monter par l'escalier.

Je n'avais jamais été l'objet d'une séance photo, du moins, pas officiellement. Quelques-uns des hommes avec qui j'étais sortie avaient pris des photos de moi nue. Heureusement pour moi, ils n'ont pas cherché à les vendre une fois que je suis devenue célèbre en tant que violoniste solo, ou alors les journaux n'ont pas été intéressés. La photo que j'avais donnée à Simón afin qu'il en fasse des affiches pour mon premier concert avait été prise dans ce genre de circonstances. J'avais eu une brève liaison avec un photographe australien, qui avait pris une série de clichés de moi en train de jouer du violon nue ou l'instrument devant mes seins. Mais je n'avais jamais posé sous les projecteurs d'un vrai studio.

Grayson m'avait envoyé un mail avec toutes les instructions. J'avais clairement eu l'impression que c'était un mail type : il contenait l'adresse, les indications pour se rendre chez lui et la liste de ce que je devais apporter. Il m'avait aussi demandé de préciser ce que je voulais comme type de photo : habillée, en lingerie ou nue. Son courrier expliquait qu'il préférait que tout soit clair avant, histoire de ne pas embarrasser le modèle le jour de la pose en lui demandant de faire quelque chose qui ne lui convenait pas. Il ne voulait pas non plus que le modèle accepte quelque chose dans le feu de l'instant pour mieux le regretter ensuite.

Il ne souhaitait pas que j'amène une amie : cela risquait de me déconcentrer et d'affecter la séance. Mais il tenait à préciser que son assistante serait là tout du long, ce qui devait me rassurer. Grayson n'était manifestement pas un pervers ni un de ces mecs avec un appareil photo qui attiraient de jolies filles chez eux sous prétexte de faire des photos alors qu'ils voulaient juste se rincer l'œil. J'avais demandé des clichés pour mon usage personnel, et Susan m'avait bien précisé de manière très ferme que je ne devais en aucun cas signer un contrat de cession de droits, ce qui lui aurait permis de vendre les clichés sans mon accord.

J'avais répondu au mail de Grayson en lui expliquant ce que je voulais et en précisant que je n'avais aucun problème à poser nue. Susan avait suggéré que les photos restent dans le domaine du bon goût : seuls les clichés les moins sujets à controverse seraient utilisés pour la promo.

— Tu as apporté des fringues ? a-t-il demandé en mettant ma tasse vide dans l'évier.

— Quelques-unes.

J'ai ouvert l'énorme sac que j'avais emporté. Il y avait là des vêtements à moi, d'autres à Fran : elle avait une taille de moins que moi, mais ils feraient l'affaire. J'avais pris des leggings brillants, une veste en cuir, quelques robes, les cuissardes de Fran et les chaussures que je m'étais offertes après le succès de ma première tournée : une paire de Louboutin, noires et cloutées. Rien de tout ça n'était vraiment mon style. J'ai contemplé les vêtements étalés : ils criaient « dominatrice » et pas vraiment « rockeuse », mais Grayson avait l'air satisfait de mon choix.

— Tu veux faire aussi des photos à moitié nue avec le violon, c'est ça ?

— Oui, ai-je répondu.

La perspective de me déshabiller donnait à ma voix un filet d'excitation. *Ce sont les nerfs*, me suis-je rassurée, tout en sachant que ma tendance exhibitionniste longtemps refoulée refaisait surface. J'avais aimé me déshabiller en public, mais je l'avais toujours fait sur ordre, de Dominik ou de Victor, le dominateur sous la coupe duquel j'étais tombée à New York.

— On va commencer par les photos habillées, histoire que tu te mettes dans l'ambiance.

Il était aimable mais si professionnel qu'il en devenait froid, comme s'il avait passé toute sa vie à éviter d'être accusé de harcèlement, même par accident. J'ai trouvé un peu étrange de devoir me préparer dans la salle de bains alors que le miroir se trouvait dans le salon non loin de la table de maquillage et qu'ils allaient de toute façon me voir nue à un moment ou à un autre.

J'ai donc décidé de me déshabiller devant eux. J'ai ôté mon chemisier en le passant par-dessus ma tête, puis j'ai fait glisser ma jupe. J'ai balancé les deux avec aisance, comme si je faisais ça tous les jours, tout en bavardant, histoire d'apparaître détendue. Ni l'un ni l'autre ne faisait attention à moi, mais je me sentais quand même gênée.

Pour commencer, j'ai enfilé les leggings, les Louboutin et la veste en cuir sur un soutien-gorge noir. Fran et moi avions procédé à des essayages, et nous avions convenu que c'était la tenue la plus rock'n roll.

Le maquillage et la coiffure ont pris presque une heure, à l'issue de laquelle je me suis à peine reconnue. J'avais les yeux charbonneux, soulignés d'un épais trait d'eye-liner noir, fardés de gris, et des faux cils si longs qu'ils touchaient mes sourcils. Jess avait rassemblé mes cheveux dans un chignon banane et elle avait tartiné mon visage de tout un tas de poudres : au final, on ne voyait plus que mes pommettes, qui me donnaient l'air d'un chat. Avec les leggings et la veste, j'avais l'air d'une dure à cuire, une vraie *femme fatale**. Pas le genre de fille qu'on a envie de présenter à sa mère.

— Creuse un peu plus le dos. Voilà.

J'avais eu du mal à comprendre ce que voulait Grayson. Il avait commencé par faire preuve d'une infinie patience avant d'abandonner et de me mettre en position lui-même. J'avais alors ressenti cette chaleur sourde, alors que naissait cet embryon de pensée qui venait de la façon dont il avait pris le contrôle de mon corps et qui alimentait l'étincelle jusqu'à ce qu'elle devienne un fantasme complet.

Il s'est arrêté un moment pour regarder sur l'écran les clichés précédents. J'ai tenté du mieux que je pouvais de rester immobile, le dos cambré dans la même position afin qu'il n'ait pas à régler de nouveau la lumière.

— Enlève ton soutien-gorge, a-t-il fini par dire. Ça casse la couleur de ta peau.

— Pas de problème, ai-je répondu d'un ton tranquille.

J'ai bataillé pour me déshabiller en bougeant le moins possible : il avait assez galéré pour me faire prendre la bonne position.

J'ai tâché de cacher ma réaction, histoire de ne pas le gêner, mais, quand nous avons fini par entamer la série de photos de nu, j'avais les tétons durcis et la culotte humide.

— Non, a-t-il dit quand j'ai commencé à enlever les Louboutin, garde tes chaussures.

Dominik m'avait dit exactement la même chose quand j'avais joué nue dans la crypte, les yeux bandés, avec Lauralynn au violoncelle. Le souvenir a suscité en moi une bouffée de désir, qui n'avait pas Grayson pour objet. Il se trouvait juste là par hasard, pris dans l'ombre de mes goûts particuliers et le souvenir d'une relation qui avait mal tourné.

J'ai dégluti péniblement. J'ai essayé de me concentrer sur la séance, ou au moins de contrôler mes tétons. Je ne pouvais même pas mettre ma réaction sur le dos du froid : il avait monté le chauffage, et il faisait une chaleur étouffante. Le fait qu'il soit séduisant, en latex ou en jean, ne m'était d'aucun secours. Il était grand et mince, avec des yeux gris-bleu amicaux, qui pétillaient quand il parlait, et il tenait l'appareil photo comme si c'était un prolongement de lui-même, exactement de la même manière que moi avec mon violon. Son attitude et sa façon de bouger trahissaient son aisance : il contrôlait le moindre détail.

Il avait installé un fond noir et étendu un drap sombre sur le sol. Les nombreux projecteurs étaient disposés de manière que la moitié de mon corps reste dans l'ombre, ce qui était plus artistique, parce qu'un peu mystérieux, que pornographique. Chaque fois que le flash se déclenchait, une vive lumière blanche m'éblouissait, pas assez puissante pour m'aveugler mais suffisante pour me donner l'impression d'être contemplée, exposée au regard d'un voyeur. Même si ce voyeur était animé par un intérêt professionnel et non sexuel, cela me faisait le même effet. J'étais ravie que Grayson concentre toute son attention sur la photo à prendre, ce qui faisait de moi un objet que l'on devait poser et éclairer de la bonne manière, comme mon violon. J'espérais juste qu'en agrandissant les photos pour mieux les retoucher il ne se rendrait pas compte de la moiteur qui se répandait sur mes cuisses.

Jess entrait de temps en temps dans la pièce pour nous proposer une tasse de thé, retoucher mon maquillage ou remettre une mèche de cheveux en place. Elle avait la main légère comme une plume et avait manifestement vu assez de femmes nues dans sa vie pour ne pas accorder beaucoup d'importance à mon corps. Je m'étais toujours concentrée sur mes points forts et j'avais soigneusement évité les régimes et les complexes, mais ça ne m'empêchait pas de me demander à quoi pouvaient bien ressembler les autres femmes qui s'étaient succédé dans son studio. Je me sentais dans la même situation que lorsque Dominik m'avait ordonné de danser après l'incroyable prestation de Luba à La Nouvelle-Orléans : une néophyte endossant un rôle qui n'était pas le sien. J'étais musicienne, pas mannequin.

Mais l'idée d'être coincée dans une situation dans laquelle je ne contrôlais rien et qui me dépassait, le fait d'être regardée, à la merci des ordres d'un autre, tout cela ne faisait qu'intensifier mon excitation.

Nous avons fait quelques photos debout ; mon violon, mes bras et mes mains positionnés de manière à couvrir tout ce que la décence interdisait de montrer dans un magazine tout public. Puis je me suis assise, jambes écartées, le violon entre les cuisses. J'avais appuyé mon visage sur son manche et j'ai regardé alternativement au loin d'un air concentré puis l'objectif d'un air provocant. Je me suis tardivement souvenue des conseils du photographe australien avec qui j'avais eu une brève liaison : il m'avait expliqué que, quand on pose, il faut essayer de ressentir l'émotion que l'on veut montrer sur le cliché et pour cela il faut se servir de l'appareil photo. Ainsi, avait-il poursuivi, pour avoir l'air sexy, il faut imaginer que l'objectif est un phallus, ou ce que tu veux du moment que ça t'excite.

J'ai essayé d'appliquer ces préceptes, concentrant toute ma frustration et mon attention sur le long objectif de Grayson, qui me mitraillait.

— Ouah, a-t-il dit après avoir pris une série de photos. C'est génial, mais je ne suis pas certain que tu puisses utiliser ces clichés. Enfin, ça dépend à quel genre de magazines tu comptes les envoyer. Tu devrais peut-être serrer un peu les jambes, qu'en penses-tu ?

— En fait, j'aimerais bien quelques photos plus… personnelles. Juste pour moi, ai-je répondu en rougissant comme une pivoine. Si ça ne rentre pas dans le contrat, pas de problème, je te les paierai moi-même. Je veux juste que tu ne dises rien à mon agent.

— Tu es bien en pleine révolte rock, alors ? a-t-il rétorqué en riant. Je serais très heureux de faire tout ce que tu veux sans rien dire à personne.

À partir de ce moment, je suis devenue de plus en plus audacieuse, et de plus en plus excitée.

— Prends la pose comme si tu faisais l'amour au violon, pas à l'appareil photo, a suggéré Grayson.

J'ai déplacé mon attention. Plutôt que de voir l'objectif comme un phallus et d'en faire l'objet de mon attention sexuelle, j'ai imaginé mon violon comme le détenteur de mes souvenirs, le cœur de toutes les expériences qui, si elles n'avaient pas fait de moi la femme que j'étais devenue, formaient sans conteste les pavés du sentier que j'avais choisi d'emprunter. Les souvenirs de Dominik ont été les premiers et les plus forts à faire surface, presque tous associés à la musique et au Bailly. Le violon avait disparu, mais pas les souvenirs : jouer sur le vieux kiosque dans le parc de Hampstead, dans la crypte, dans l'appartement new-yorkais quand je l'avais attendue pour jouer nue, le violon à la main. C'était ma façon symbolique de lui dire qu'une partie de moi lui appartenait.

— Ces photos sont incroyables, a dit Grayson une fois qu'il les a eu téléchargées sur son ordinateur. Je vais augmenter les contrastes, les retoucher un peu, mais il n'y a vraiment pas grand-chose à faire. Je les trouve très belles comme ça, un peu brutes.

— Oui, elles sont magnifiques. Merci.

J'éprouvais un étrange sentiment de reconnaissance pour lui, parce qu'il avait réussi à saisir quelque chose de très personnel. Quand j'ai vu l'expression de mon visage sur les clichés qui défilaient sur l'écran, j'en ai eu le souffle coupé. Mon regard était du sexe à l'état pur, sans rien de commun avec les attitudes factices des stars du X. Je ressemblais à une sirène, comme si mon corps était fait de phéromones, et non d'atomes. Et on avait vraiment l'impression que je faisais l'amour à mon violon.

Il m'a promis de m'envoyer le fichier par mail, afin que je puisse choisir les clichés que je préférais pour qu'il puisse les retoucher. Je l'ai remercié de nouveau puis me suis rhabillée du mieux possible, malgré mes doigts tremblants et mon cœur battant. J'avais surmonté ma gêne initiale d'être la seule personne nue devant le photographe et son assistante. Je voulais juste rentrer chez moi le plus vite possible : j'avais besoin de solitude pour réfléchir tranquillement aux pensées et aux souvenirs qui semblaient avoir définitivement pris racine dans mon esprit.

Que j'aille chez Chris ou chez Viggo, je ne serais pas seule : j'ai donc fait un détour par le cimetière à côté de chez Grayson. Je me suis installée sur un banc et j'ai contemplé les vieilles pierres servant de fondations à l'église qui se dressait vers le ciel.

En général, je trouvais les églises assez inquiétantes, mais celle-ci faisait exception à la règle. Les pierres étaient gris pâle, presque blanches, bien entretenues et sans aucune trace de mousse. Si l'on y regardait de plus près, l'édifice possédait une certaine légèreté, une grandeur réconfortante et non pas surnaturelle.

J'ai trouvé la porte et je suis entrée. Le portail principal était fermé, mais j'ai quand même réussi à pénétrer dans une grande pièce circulaire construite avec les mêmes pierres pâles, haute de plusieurs centaines de mètres. Je me suis adossée contre un mur, appréciant sa fraîcheur, et je me suis laissée glisser à terre.

Je voulais Dominik. Désespérément. Et pas pour baiser, pour la première fois de ma vie. Je voulais lui parler. Je voulais qu'il m'enlace. Je voulais poser la tête sur son épaule et caresser son torse. Je voulais juste être avec lui.

Mais il était avec Lauralynn à présent, et il était trop tard pour avoir des regrets. Je n'avais à m'en prendre qu'à moi-même.

Mais je pouvais au moins entendre le son de sa voix et tenter de retrouver mon Bailly, l'instrument qui me liait à lui.

J'ai sorti mon téléphone portable de mon sac à main.

8
Mélodies parisiennes

Le téléphone sonna. C'était Summer.

Cela faisait des jours que Dominik attendait, depuis qu'ils avaient pris un café ensemble à Brighton. Il débattait en lui-même : devait-il l'appeler ou non ? Il mourait d'envie d'entendre le son de sa voix, d'être près d'elle de nouveau.

Mais il avait l'impression que ce n'était jamais le bon moment. Tomber sur elle à Brighton avait été une réelle coïncidence ; lui téléphoner le premier ressemblerait à du harcèlement.

Il avait composé son numéro à de nombreuses reprises, mais n'avait jamais appelé, taraudé par le doute et l'hésitation. Il avait repris contact avec LaValle dans l'intervalle et lui avait relaté le vol du Bailly. Il espérait rassembler des informations sur les acheteurs potentiels d'instruments volés. LaValle lui avait donné le nom d'un intermédiaire vivant en banlieue parisienne et qui facilitait parfois les choses quand il s'agissait d'agir en marge de la loi. Le vieil homme avait semblé amusé d'apprendre que le célèbre Bailly faisait encore parler de lui, comme si son vol donnait plus de poids à la légende de l'Angélique.

Dominik voulait en parler avec Summer. Deux fois ce jour-là, il avait avancé une main hésitante vers le téléphone posé sur son bureau comme si c'étaient des charbons ardents. Il était allé se promener à Hampstead, histoire de se changer les idées, et avait découvert à son retour un message de Summer. Dire qu'il l'avait manquée après l'avoir attendue tout ce temps ! Combien de temps devait-il attendre avant de la rappeler ?

Le téléphone se mit à vibrer, captant son attention.

— Dominik ?

Il avait l'impression qu'elle était juste à côté de lui.

— Oui.

— C'est moi, Summer.

— J'espérais que tu rappellerais.

— Vraiment ?

Elle ne pouvait pas dissimuler le plaisir que lui causaient ses paroles.

— Oui. Des nouvelles du Bailly ?

— Non.

La déception contenue dans ce seul mot était terrible.

— On m'a donné le nom de quelqu'un qui pourrait peut-être nous aider. Mais ça veut dire qu'il faut aller à Paris.

— Paris ? s'exclama Summer. On y sera la semaine prochaine. On fait un concert, le premier de la tournée. À La Cigale.

— C'est génial…

— Si tu t'arranges pour y être en même temps que nous, tu pourrais assister au concert. Ce serait super. Je te mettrais sur la liste des invités. Tu veux bien ? S'il te plaît ?

— Ça me ferait très plaisir, répondit Dominik.

— Après le concert, on pourrait prendre un café. J'aimerais vraiment discuter plus longtemps avec toi.

— J'ai toujours eu envie de t'emmener à Paris.

— Je sais, mais on ne l'a jamais fait.

— C'est un peu tard, maintenant, non ? remarqua-t-il, balayant un sentiment de déprime naissante. Est-ce que Viggo Franck sera là, lui aussi ?

— Peut-être. Mais on a un arrangement un peu... lâche.

— C'est-à-dire ?

— Ce sera juste une discussion en souvenir du bon vieux temps de toute façon. Lauralynn s'en fiche, non ? Sinon, tu peux l'amener pour qu'elle te chaperonne si ça te rassure, plaisanta-t-elle.

— Lauralynn est aux États-Unis en ce moment. Une affaire de famille à régler.

— Oh.

Il y eut un silence pesant : tous deux examinaient la situation.

Dominik crut entendre Summer inspirer profondément à l'autre bout de la ligne, comme si elle rassemblait tout son courage.

— Viens à Paris, dit-elle tranquillement.

Il sourit.

— Qui donne des ordres maintenant ? demanda-t-il, amusé.

Elle eut un petit rire.

— Je devrais peut-être prendre de nouveau les choses en main, suggéra Dominik.

— Qu'est-ce que tu veux dire par là ?

— Te donner des ordres…

Pendant un court instant, il eut l'impression d'être allé trop loin, d'avoir franchi une limite. Le temps avait passé, les choses avaient changé. Ce jeu était terminé.

— Pourquoi pas ? rétorqua Summer d'une voix qui n'était plus la même.

C'était la voix qu'elle avait dans l'intimité, celle qui allait de pair avec le rouge à lèvres sombre qu'elle ne portait que la nuit.

— Mmmmh…, réfléchit Dominik. Je ne pense pas que te demander de te produire nue sur une scène soit une bonne idée à ce stade. Trop de Français dans l'assistance, pour commencer.

Summer se mit à rire.

— Peut-être que j'en suis au stade où je n'ai plus besoin qu'on me donne des ordres.

— Ce qui veut dire ?

— Viens à Paris, Dominik. Je vais faire mettre ton nom sur la liste. Le concert a lieu à La Cigale, boulevard de Rochechouart. Dans le IXe arrondissement. Il paraît que c'est une super-salle avec un son d'enfer.

— Je serai là.

— Je préparerai quelque chose, ajouta-t-elle.

— J'en suis certain, répondit Dominik, submergé par le soulagement.

L'Eurostar arriva avec du retard à la gare du Nord : il avait été ralenti par des incidents techniques sur la ligne. Dominik rejoignit la file à la station de taxis à la lueur du soleil couchant parisien.

Il déposa son sac de voyage dans l'hôtel où il avait ses habitudes, rue Monsieur-le-Prince, non loin d'Odéon, et sortit dîner. Tout le quartier avait été récemment envahi par des restaurants japonais ; il n'eut pas besoin de marcher plus de quelques minutes pour en trouver un.

Il savait que Summer et les Groucho Nights logeaient sur l'autre rive de la Seine, mais les habitudes ont la vie dure, et il préférait dormir dans le Quartier latin, où il avait passé une bonne partie de sa jeunesse. Sa chambre était petite et spartiate, mais il n'avait guère besoin d'autre chose que d'un lit et d'un toit au-dessus de sa tête : tout le reste n'aurait été que distraction.

Dominik avait prévu de contacter l'intermédiaire, l'homme dont LaValle lui avait donné le nom, tôt le lendemain matin.

Au premier abord, cet homme, qui prétendait s'appeler Cavalier, se montra soupçonneux. Mais, quand Dominik lui expliqua qu'il faisait des recherches pour un livre et lui dévoila son identité, son interlocuteur devint plus aimable.

— Ah, un écrivain. J'adore les écrivains !

Il n'avait pas lu le roman de Dominik, mais en avait entendu parler. De manière ironique, la France était le pays où son roman, une fois traduit, s'était le moins bien vendu, comme si les lecteurs se sentaient offensés qu'un étranger puisse écrire une histoire se déroulant dans leur pays.

Cavalier avait un rendez-vous sur Paris dans l'après-midi et il proposa à Dominik de le rencontrer à ce moment, histoire de lui éviter de prendre le RER jusqu'à son *pavillon** de Nogent-sur-Marne. Il lui suggéra qu'ils se retrouvent dans un café tout près du boulevard Saint-Germain, *Les Éditeurs*, un endroit littéraire puisque « des étagères remplies de livres couvrent les murs. Amusant, non ? Ils ont peut-être le vôtre, qui sait ? ». Le café n'était qu'à quelques minutes de marche de l'hôtel de Dominik, ce qui était fort pratique.

Savoir qu'il se trouvait dans la même ville que Summer était étrange. Elle était de l'autre côté de la Seine, vaquant à ses occupations. Qu'elle ait logé plusieurs semaines sans qu'il le sache à Camden Town, non loin de lui, ne lui procurait pas le même sentiment d'immédiateté émotionnelle. Paris rendait leur proximité à la fois palpable et irréelle, comme un pincement amer sur les cordes de son cœur.

— Les collectionneurs sont tous différents, vous savez, expliqua Cavalier.

Il était plus jeune que ce à quoi Dominik s'attendait. C'était un homme frêle et mince, dont les longs cheveux d'un noir de jais étaient attachés en une queue-de-cheval qui dépassait d'un Borsalino posé de travers. Il portait une veste pied-de-poule et un pantalon noir parfaitement repassé, au pli impeccable.

— Je suis parvenu à cette conclusion aussi, déclara Dominik, histoire de le faire parler.

— L'argent n'a pas d'importance. Ce n'est pas pour ça qu'ils se livrent au vol ou à d'autres activités illégales. Quand ils possèdent quelque chose, ils ne veulent surtout pas le vendre, et encore moins pour faire un bénéfice.

— Je sais.

— C'est la beauté qui les attire, purement et simplement. Je connais des bibliophiles qui enferment leurs éditions rares. Ils ne lisent pas du tout, même pas leurs propres livres.

— Ce qui m'intéresse, c'est le marché parallèle des instruments de musique.

— Instruments, livres, tableaux, bijoux, tapis, tout ça, c'est du pareil au même pour eux, rétorqua Cavalier. Ils sont dominés par l'avidité. Les collectionneurs les plus riches organisent parfois même des vols pour s'approprier quelque chose…

— Et c'est là que vous intervenez ?

— Pas vraiment, répondit Cavalier avec un franc sourire. Je suis juste un informateur. Je rends service aux deux parties du mieux que je peux.

Cavalier but une gorgée de son pastis, dont l'odeur donnait la nausée à Dominik. Ce dernier ajouta de l'eau et du sucre à son *citron pressé**.

— Y a-t-il un collectionneur réputé pour être à la recherche de violons rares ?

— Ah, vous en venez au fait ! Laissez-moi deviner. Est-ce que votre question a un rapport avec le célèbre Bailly de monsieur LaValle, l'Angélique ?

— Absolument.

— Comme c'est intéressant. Cet instrument a une histoire fascinante. N'est-il pas étrange de voir comment parfois les histoires tiennent leurs promesses ?

— Si. C'est là toute la matière de la littérature. Ou de la vie…

— Tout à fait.

— Connaissez-vous quelqu'un qui cherchait ce violon ? Monsieur LaValle m'a donné l'impression que c'était le cas.

— Eh bien, il y a toujours des collectionneurs séduits par une histoire intrigante, éluda-t-il. Mais je ne peux évidemment pas vous donner de noms. Je suis tenu au secret, vous comprenez.

— Bien sûr. Mais…

— Je peux cependant vous dire une chose.

— Oui ?

— Un collectionneur réputé, qui aime les instruments de musique et les œuvres d'art, a récemment rayé le violon que vous cherchez de sa liste. Il se peut que cet instrument ait croisé sa route et qu'il ait jugé préférable d'éliminer toute preuve de son intérêt pour lui.

— Vraiment ?

— Il ne serait pas très avisé de garder sur sa liste un objet durement acquis. Quelqu'un d'entreprenant pourrait le lui dérober et tout gâcher, n'est-ce pas ?

— Je suppose, acquiesça Dominik.

Il savait que Cavalier ne lui donnerait aucun nom ; il ne s'attendait pas à ce qu'il en soit autrement. Mais Dominik avait décelé chez son interlocuteur une certaine vanité : la fierté qu'il retirait des informations qu'il gardait jalousement comme un trésor représentait le talon d'Achille qu'il pouvait peut-être percer avec tact et délicatesse.

— Connaissez-vous Viggo Franck ? Le musicien ?

Dominik vit au regard de Cavalier que ce dernier savait très bien de qui il s'agissait, mais le Français se reprit tout de suite.

— J'en ai entendu parler par la presse. Un séducteur, il me semble.

— Et un collectionneur connu ?

— C'est ce qu'on dit.

— Un homme riche ?

— Indéniablement.

Dominik remua le sucre qui s'était déposé au fond de son grand verre et le regarda se dissoudre.

Les deux hommes se dévisagèrent ensuite en silence, perdus dans leurs pensées respectives.

— Si vous ne m'aviez pas appris que vous étiez écrivain, reprit le Français, j'aurais dit que vous aviez toutes les qualités requises chez un bon détective privé.

— Vous me flattez.

Dominik savait pertinemment qu'il n'obtiendrait rien de plus de la part de Cavalier, mais son instinct lui disait qu'il était sur la bonne voie.

Et, même si Summer lui avait suggéré de poursuivre cette piste, il savait qu'elle n'apprécierait pas de savoir que son intuition ne l'avait pas trompée et qu'il y avait des risques qu'elle ait une liaison avec un homme impliqué dans le vol de son précieux violon.

Ou plutôt de leur violon, songea Dominik.

Les projecteurs de La Cigale perdirent de leur intensité. On distinguait les gigantesques amplis sur la scène pleine d'instruments et les silhouettes des musiciens qui gagnaient leurs places. En provenance des différents panneaux de contrôle, de petits points rouges lumineux clignotèrent, et le public retint son souffle, dans l'attente.

Deux projecteurs illuminèrent les hautes et minces silhouettes de Chris et de son cousin, qui prirent place chacun derrière un micro sur le devant de la scène.

— Un, deux, trois, quatre, compta la voix d'Ella.

La chanson d'ouverture du concert des Groucho Nights était une ballade a capella interprétée par les deux hommes. Cette adaptation plutôt libre et revisitée d'une vieille chanson anglaise captait toujours immédiatement l'attention de l'auditoire par sa mélodie à la simplicité brute. Le calme puissant de ce début, combiné à la lumière pour le moins sommaire éclairant uniquement les deux cousins qui se détachaient dans un océan d'obscurité, était saisissant. Le ton était donné pour le reste de la soirée.

Alors que les voix des deux chanteurs s'évanouissaient, la basse entama la deuxième chanson sans laisser au public le temps d'applaudir.

Toute la scène s'illumina, la batterie prit vie, et le concert devint électrique. La guitare de Chris donna le *la* d'une mélodie sinueuse que la basse de son cousin renforça, et la musique prit son envol. Les premiers rangs, qui connaissaient manifestement les chansons du groupe, se mirent à battre des mains en rythme.

Assis au balcon, Dominik observait les têtes et les corps bouger au rythme de la musique. La salle était pleine à craquer : il y avait même des gens installés sur les côtés de la fosse. Tous les âges et toutes les classes sociales étaient représentés, dans la grande tradition démocratique du rock'n roll. Il se demandait qui était là pour le groupe et qui avait été attiré par Summer et le curieux mélange de classique et de rock que sa présence promettait. Après les quatre premières chansons, Chris s'approcha du micro et débrancha sa Gibson sous les acclamations de la foule. Il prit une autre guitare, une Gretsch argentée plus élégante, qui lui valut une autre salve d'applaudissements des connaisseurs.

— Et maintenant nos invités spéciaux…

Le public hurla.

Mais, à la surprise de Dominik, ce n'est pas Summer qui fit son apparition.

Trois joueurs de cuivres entrèrent sur scène, instruments en main. Deux hommes et une femme. Ils s'installèrent au fond de la scène, à côté de la batterie d'Ella. Au signal de cette dernière sur ses baguettes, ils se mirent à jouer, à l'unisson du reste du groupe, un riff de blues funky. Avec ces trois musiciens en plus, le son était dix fois plus puissant, fort et incroyablement entraînant. La musique formait comme un nuage au plafond de la salle parisienne, et chaque note atteignait un degré mesuré de frénésie. Dominik était bien obligé d'admettre que le changement était hallucinant. Mais comment Summer pourrait-elle s'intégrer dans un tel déferlement de bruit et d'émotion avec un fragile violon ? À présent, Chris était obligé de hurler dans son micro pour se faire entendre par-dessus le rugissement du groupe ainsi formé, et les paroles devenaient presque accessoires.

Derrière sa batterie, Ella transpirait abondamment. On l'entendait à peine chanter, et ses bras s'agitaient frénétiquement. Sur la droite, Ted, lui, se tenait quasiment immobile, d'un calme absolu, tenant la note, le pouce attaquant les cordes de sa basse avec une précision de métronome.

La salle entière trembla.

La chanson s'acheva sur une fioriture, les cuivres tenant la note ultime jusqu'à manquer de souffle. Dominik remarqua le large sourire de Chris, qui venait de comprendre que le public lui était tout acquis.

De son point de vue élevé et latéral, Dominik vit un groupe installé sur le côté, qui applaudissait : l'équipe technique, des amis, des invités. Il ne vit pas Summer, mais crut apercevoir Viggo Franck dans son éternel jean moulant et son look bohème soigneusement étudié.

Il y eut une brève pause entre deux chansons : le public et les musiciens reprirent leur souffle. Chris et Ella s'épongèrent le visage alors que Ted restait impassible.

Chris reprit ensuite sa Gibson et entama un riff délicat tandis que les projecteurs diffusaient une lumière tamisée.

Summer entra sur scène par le côté opposé.

Elle était tout de blanc vêtue, dans une longue robe fluide qui caressait ses chevilles, un violon d'une couleur délicatement orangée, presque comme ses boucles, à la main. Elle portait de lourdes bottines noires brillantes, qui formaient un violent contraste calculé avec sa robe légère.

Devant une foule à présent silencieuse, elle brancha son instrument dans l'un des gigantesques amplis Marshall qui encombraient la scène. Elle leva lentement son archet, le positionna au-dessus des cordes puis joua la première note, d'une pureté parfaite, à l'unisson de la mélodie entamée par Chris.

Le reste du groupe ne les rejoignit pas tout de suite, et la musique se déploya entre le violon et la guitare, même si Chris demeurait dans l'ombre. Le projecteur, unique, était braqué sur Summer, dont la frêle silhouette dominait l'immensité de la scène obscure.

Le cœur de Dominik s'emballa. Il avait l'impression qu'une fois de plus elle ne jouait que pour lui.

Il devinait les contours de son corps inoubliable sous la robe blanche. C'était une image gravée dans les tréfonds de son esprit.

Sans quitter Summer des yeux, Dominik s'abandonna à la musique et au spectacle des mouvements de la jeune femme, tandis qu'elle jouait, caressait et domptait son nouveau violon électrique. Le son qu'elle en tirait planait parfois au-dessus des autres instruments pour mieux se fondre ensuite en eux avec une incroyable précision avant de redécoller pour l'un de ses éclatants solos. La chanson s'acheva bien trop rapidement dans un tourbillon de feed-back et des projecteurs de toutes les couleurs illuminèrent la scène.

Chris hocha la tête en direction de Summer, et ils entamèrent un nouveau morceau que Dominik reconnut : c'était celui dont les échos assourdis lui étaient parvenus des entrailles du centre de Brighton quand il les avait surpris en pleine répétition. Au fur et à mesure que le rythme s'emballait, Summer esquissa de petits pas de danse. Sa robe blanche flottait au gré de ses mouvements. Dominik se souvint de La Nouvelle-Orléans, quand elle avait dansé sur scène pour le Nouvel An, quand ils étaient encore ensemble. Il avait l'impression qu'une éternité s'était écoulée depuis. Il ferma les yeux, conjurant des images de cette époque.

Quelqu'un lui tapota l'épaule.

— Bonsoir.

Un accent étranger très prononcé. Une femme.

Dominik se retourna pour voir qui tentait d'attirer son attention, assis derrière lui.

Il la reconnut tout de suite.

La danseuse de La Nouvelle-Orléans.

Quand on parle du loup…

— Je vous reconnais, dit-elle, en essayant de se faire entendre par-dessus le son de *Roadhouse Blues*, que le groupe entamait à présent avec enthousiasme.

Dominik sourit en retour à la belle mystérieuse.

— Je vous reconnais aussi.

Le volume devint assourdissant. Elle lui fit signe qu'elle ne pouvait plus l'entendre, haussa les épaules et reporta son attention vers la scène.

Intrigué par la brève conversation, Dominik fit de même.

Ella donnait à présent le rythme avec une autorité frénétique, agitant les bras en tous sens. Sa batterie transportait le groupe vers de nouvelles hauteurs ; pendant que Chris chantait, Ted jouait en contrepoint, et Summer ondulait sur place, sous le rythme féroce imposé par les autres musiciens du groupe. Le trio de cuivres se balançait d'un côté à l'autre, ponctuant la mélodie comme des joueurs de soul ayant perdu tout contrôle.

Le son atteignit son apogée dans un crescendo rugissant. La note finale ne fut tenue que par la guitare de Chris et le violon de Summer, puis le silence se fit brutalement, laissant place à un tonnerre d'applaudissements. Triomphants, Baldo, Marija et Alex levèrent leurs instruments vers le ciel tandis que les quatre autres membres du groupe s'inclinaient.

Dominik était bien obligé d'admettre que le violon de Summer et l'ajout des cuivres avaient propulsé le groupe dans une autre dimension, plus excitante.

Sous les acclamations de la foule en délire, les musiciens posèrent leurs instruments et regagnèrent les coulisses. Ted et Ella saluèrent en passant avec des gestes de la main. Les applaudissements continuèrent alors même qu'ils avaient déjà quitté la scène. Dominik, à l'instar des autres spectateurs, était debout et battait des mains à tout rompre. Il jeta un coup d'œil par-dessus son épaule : Luba avait disparu.

La salle entière vibrait sous les vagues d'applaudissements. Le bruit se fit encore plus assourdissant quand Ella revint sur scène. Elle avait remplacé son top trempé de sueur par un tee-shirt au nom des Holy Criminals. Les autres la suivaient, Summer fermant la marche.

Le cœur de Dominik se serra.

Elle avait ajouté un corset sur la robe blanche qu'elle portait depuis le début du concert. Le mélange était remarquablement efficace. Le corset emprisonnait étroitement sa taille fine et mettait en valeur sa silhouette. Le profond contraste entre le noir et le blanc le percuta en plein cœur et fit surgir des souvenirs qui n'appartenaient qu'à eux deux. Il reconnut immédiatement le corset : c'était celui qu'il lui avait offert et qu'elle avait porté pour lui dans les circonstances les plus intimes.

Dominik comprit ce qu'elle avait voulu dire au téléphone.

C'était un signe qui n'était destiné qu'à lui. Beaucoup plus fort qu'une allusion.

Les musiciens rebranchèrent leurs instruments, et les applaudissements de la foule cessèrent, à présent qu'il était acquis que le rappel avait été entendu.

Ella donna le signal, et le violon de Summer transperça le silence avec une mélodie aisément reconnaissable, rapidement ponctuée par le rythme de la basse.

Vivaldi.

La mélodie principale de l'un des mouvements des *Quatre Saisons.*

C'était comme si elle ne s'adressait qu'à lui.

Le reste du groupe les rejoignit, et l'improvisation collective noya rapidement la pure ligne mélodique de la violoniste. Le morceau éclata en une masse de solos brillants avant que Summer, d'un mouvement net du poignet, établisse de nouveau la mélodie et son autorité, et, battant du pied gauche d'une manière bien peu classique, mène le morceau à sa fin. Chris entama immédiatement *Sugarcane*, mais l'esprit de Dominik était déjà ailleurs.

Les premières personnes qu'il rencontra quand il traversa les coulisses derrière un membre de l'équipe qui le conduisait vers la loge furent Edward et Clarissa.

Avant qu'il ait eu le temps de se demander s'il s'agissait de bizarres retrouvailles SM et si son vieil ennemi, Victor, était lui aussi à Paris occupé à fomenter quelque coup tordu, le couple d'Américains le salua avec chaleur, comme s'il était un membre de la famille perdu de vue depuis longtemps. Devant la surprise qui se lisait sur le visage de Dominik, ils expliquèrent rapidement qu'ils étaient venus voir leur fils, Alex, qui jouait du saxophone, puisqu'ils étaient justement en vacances en Europe.

— Rien de sinistre, mon chéri, le rassura Clarissa en voyant qu'il restait sur la réserve. Nous sommes ici en mission civile. Nous soutenons la famille.

— Nous partons pour l'Italie demain matin. Nous avons toujours voulu visiter Capri. Paris n'était qu'une étape rapide, ajouta Edward avec un sourire bienveillant.

La loge du groupe était pleine de monde, invités et pique-assiette. Dominik aperçut Viggo Franck, une bière à la main et Luba à son bras, en grande conversation avec Chris. Il devina que la jeune femme à côté d'eux était Fran, la sœur de Summer. Elles se ressemblaient, même si, pour lui, elle tenait plus du brouillon que de l'esquisse définitive. Elles avaient le même nez, des mentons similaires et un rire de gorge identique. Mais les cheveux courts de Fran étaient blond platine et n'avaient pas la lumière et la brillance des boucles de Summer.

Cette dernière n'était nulle part en vue. Peut-être était-elle dans une autre partie des coulisses, en train de se changer ou de se doucher après la fatigue du concert ?

En l'attendant, Dominik bavarda à bâtons rompus avec Edward et Clarissa. Ils furent rapidement rejoints par Chris et Fran. Quand Chris vit Dominik, il ne put s'empêcher de marquer sa désapprobation par un regard, mais sous l'effet conjugué de l'adrénaline née du concert, de l'alcool et des mains caressantes de Fran, il se détendit assez rapidement et devint plus affable.

Même s'ils étaient beaucoup plus âgés que les autres personnes présentes dans la loge bondée et absolument pas rock'n roll, ni dans leur apparence ni dans leur attitude, Edward et Clarissa se comportaient comme si l'endroit leur appartenait. Ils menaient sans effort la conversation, présentaient les gens les uns aux autres et veillaient gentiment à ce que tout le monde soit de bonne humeur.

Alors qu'il tentait d'éluder les questions de deux jeunes journalistes en veste de cuir qui travaillaient pour un magazine de rock français et qui venaient d'apprendre par Edward qu'il était un authentique écrivain, Dominik remarqua du coin de l'œil que Fran murmurait quelque chose à l'oreille de Chris avec un air malicieux. Quelques instants après, le couple prit congé de la fête improvisée et s'éclipsa.

Summer arriva peu après. Elle s'était changée et avait enfilé un simple tee-shirt blanc et un jean artistiquement usé. Ses cheveux, fraîchement lavés, étaient plus frisés que jamais. Elle remarqua la présence de Dominik à qui elle fit un léger signe de tête, avant d'être immédiatement accaparée par Viggo, qui lui tendit un verre et se planta entre elle et la majestueuse Luba. On aurait dit un monarque exhibant fièrement ses deux maîtresses.

Dominik cilla.

Il n'avait pas besoin de penser que Viggo était peut-être mêlé à la disparition du violon pour le prendre violemment en grippe.

Il s'extirpa du groupe qui s'était formé autour d'Edward et de Clarissa, ainsi que des trois joueurs de cuivres qu'ils semblaient avoir pris sous leur aile, et se dirigea vers le bar – installé au fond de la pièce sur une table à tréteaux – à la recherche d'un breuvage sans alcool.

Il parcourut des yeux l'étalage varié de bouteilles, canettes et gobelets en plastique qui jonchaient la table et saisit une bouteille de San Pellegrino à moitié pleine. Faute de verre propre, il but directement au goulot.

— Vous ne préféreriez pas quelque chose de plus fort ? lui murmura quelqu'un au creux de l'oreille.

Encore cet accent familier. C'était Luba, qui s'était détachée du triptyque créé par Viggo.

— Non, ça me va très bien, rétorqua Dominik.

La danseuse portait une légère tunique en soie qui brillait à chacun de ses mouvements et atteignait à peine ses genoux. Le vêtement la moulait comme une seconde peau.

— Quel sens de la discipline, commenta-t-elle. Mon ami Viggo ne refuse jamais un verre… ni de la drogue.

Elle fit un signe de la tête en direction du chanteur. Ce dernier, un bras autour de la taille de Summer, gesticulait à l'intention de ses fans attentifs.

— Vous êtes loin de La Nouvelle-Orléans, fit remarquer Dominik.

— Je n'étais là-bas que pour un court contrat. Hier La Nouvelle-Orléans, puis Seattle. Vous connaissez ? Pluvieux mais plein de vie. Maintenant Londres. Et demain, qui sait ?

— Vous aimez voyager ?

— Il y a toujours quelque chose de nouveau, ou quelqu'un. La vie serait très ennuyeuse si on se contentait d'une seule chose ou d'une seule personne. Vous ne pensez pas ?

Son souffle sentait la vodka. Sans aucun doute de l'authentique vodka russe : elle n'avait pas l'air d'être du genre à se contenter de choses médiocres.

— Vous êtes avec Viggo Franck ?

— Avec lui ? Oui et non. Disons qu'il est pratique : c'est l'homme dont j'ai besoin en ce moment. C'est comme ça, ajouta-t-elle, comme si la perspective de répondre à des questions d'ordre personnel l'ennuyait. Et vous ? Toujours ami avec votre violoniste ?

— Peut-être.

— Ça ne veut pas dire oui, ça.

— Et qu'est-ce que vous faites quand vous ne dansez pas ? demanda-t-il pour changer de conversation.

— Je vis.

— Où ?

— En ce moment, chez Viggo, à Londres. À Belsize Park.

— Je n'habite pas loin, commenta Dominik.

— Et vous écrivez des livres.

— Comment savez-vous ça ? s'enquit Dominik, surpris.

— J'ai acheté votre roman. Il n'y a pas de photo sur la quatrième de couverture, mais j'étais curieuse parce que je l'ai aimé, alors j'ai fait des recherches sur Internet. Ce n'est pas parce que je suis danseuse que je ne lis pas. Je vous ai reconnu à cause de cette soirée à La Nouvelle-Orléans. Je n'oublie jamais un visage.

À ce moment-là, un gigantesque éclat de rire s'éleva du groupe où se trouvaient Edward et Clarissa, que Viggo et Summer avaient rejoints. Summer avait l'air d'être en grande conversation avec le couple de musiciens croates qui avait joué ce soir-là, tandis que Viggo riait de bon cœur à une plaisanterie d'Edward. Sans tourner le dos à la sculpturale Luba, Dominik vit du coin de l'œil Summer lui jeter un regard à la dérobée.

— C'est la fête ! cria Viggo.

Quelques invités lui firent écho.

Luba effleura la main de Dominik, dans laquelle elle glissa un petit morceau de papier plié. Il la questionna des yeux.

Elle soutint son regard sans ciller et recula un peu pour rejoindre les autres.

— Vous êtes intéressant. J'aime ça chez les hommes, dit-elle en s'éloignant.

Dominik déplia discrètement le bout de papier. Un numéro de téléphone.

Viggo s'illumina en voyant Luba le rejoindre. Il l'enlaça sans lâcher Summer.

— Ces gens adorables, dit-il en désignant les très élégants Edward et Clarissa, ont proposé que nous sortions nous amuser. Dans quel club, déjà ?

— Les Chandelles, répondit Edward dans un français parfait. Ce n'est pas loin en taxi. Il est derrière les Champs-Élysées. Nous en sommes membres depuis des lustres ; il n'y aura aucun problème pour vous faire tous rentrer.

— Plus on est de fous, plus on rit, c'est ça ? rétorqua Viggo.

Dominik avait entendu parler de l'endroit, un *club échangiste** réputé où tout était permis. Nul doute qu'il fallait ouvrir quelques bouteilles de champagne et dépenser pas mal d'argent avant de pouvoir se dévêtir.

— Qui vient ? demanda Viggo à la cantonade.

Quelques personnes déclinèrent l'invitation, notamment Ted, Alex – le fils conservateur d'Edward et de Clarissa – ainsi que Marija et Baldo, qui se satisfaisaient apparemment l'un de l'autre. Ceux qui restaient de la petite célébration dans la loge gagnèrent la sortie de La Cigale. Malgré le froid quelques fans attendaient dans l'espoir d'obtenir un autographe, que Viggo se fit un plaisir de signer. Ironiquement, nul n'en demanda aux membres des Groucho Nights ni à Summer.

Le ciel nocturne était voilé de nuages noirs.

Une longue limousine attendait le long du trottoir. Tous ne pouvaient s'y entasser, et une demi-douzaine de fêtards furent laissés en arrière, y compris Dominik, qui suivait le mouvement sans grand enthousiasme. Clarissa donna l'adresse du club afin qu'ils puissent les rejoindre en taxi. Quand la limousine démarra, Dominik découvrit que Summer n'était pas dedans : elle n'était pas partie sous un prétexte quelconque et se tenait à ses côtés. Elle ne portait ni veste ni manteau et elle frissonnait.

Elle le regarda. Sa proximité donnait à Dominik un sentiment d'ivresse.

— Tu veux vraiment aller t'amuser là-bas ? lui demanda-t-elle alors que les autres hélaient des taxis.

— Pas vraiment, répondit-il.

— Tant mieux.

Ils se frayèrent un chemin vers le bord du trottoir et s'approprièrent le premier taxi qui s'arrêta.

Quand la voiture traversa la Seine près du musée d'Orsay, Summer se pressa contre Dominik. Le véhicule tourna un peu sèchement sur la gauche pour emprunter la rue à sens unique qui menait vers le boulevard Saint-Germain, et, suivant le mouvement, elle posa la tête sur son épaule.

Dominik n'avait jamais vu un ascenseur aussi exigu : ils durent se contorsionner pour y rentrer tous les deux.

La chambre était petite.

Le lit était étroit.

— J'ai parlé à quelqu'un à propos du Bailly, avait-il dit quand ils avaient traversé la rue en descendant du taxi puis appuyé sur la sonnette de nuit pour qu'on les laisse entrer.

— Tu as appris quelque chose sur l'endroit où il pourrait être ?

— Non, mais…

— Alors ne me dis rien, l'interrompit-elle. Ça peut attendre demain. Je ne veux rien savoir maintenant.

Elle se rapprocha de lui. Il lut de l'hésitation dans son regard et s'avança à son tour. Ils ne savaient que dire ou que faire ensuite. Ils étaient le jouet d'une force qui les dépassait, des aimants attirés l'un par l'autre. Il sentait la chaleur de la jeune femme, son souffle court, chaque battement de son cœur. Il fit le pas qui les séparait, comme soumis à une espèce d'inéluctabilité.

Ils s'embrassèrent.

Il eut l'impression de rentrer chez lui après un long voyage. Depuis son retour de New York, il ne s'était pas écoulé un jour sans qu'il ait eu envie de prendre Summer dans ses bras, à tel point que l'instant lui parut presque irréel.

La chambre était plongée dans l'obscurité ; la fenêtre qui surplombait l'agencement hasardeux des toits parisiens était fermée. Définitivement pas une chambre avec vue.

Au fur et à mesure que Dominik retrouvait la douceur familière et enivrante des lèvres de Summer et la sensation rassurante de la sentir dans ses bras, il commença à s'émerveiller de la façon évidente dont ils étaient faits l'un pour l'autre. Ses mains glissèrent du menton de la jeune femme à ses côtes : sous le fin tissu du tee-shirt, il sentit les baleines dures du corset qu'elle avait porté sur scène.

Elle l'avait gardé.

— Bras en l'air, ordonna Dominik.

Elle s'exécuta, et il ôta son tee-shirt.

— Le jean, poursuivit-il.

Summer défit le bouton de son pantalon et le fit glisser sur ses chevilles d'une secousse. Elle resta immobile, nue à l'exception du corset. Quelle que soit la personne qui l'avait lacé – peut-être Ella – elle l'avait particulièrement serré, et il emprisonnait sa taille avec une remarquable férocité, soulignant sa minceur et exhibant ses seins, dont les tétons pointaient, sombres et durs.

Dominik baissa la tête et en saisit un entre ses lèvres. Il savoura de la langue sa texture docile, l'humidifia, le lubrifia, puis le mordilla délicatement comme pour tester sa consistance avant de le mordre doucement puis violemment.

Summer cria, le corps parcouru par une vague d'excitation et de douleur.

Elle se laissa envahir par la sensation, les dents serrées, jusqu'à ce que ses endorphines se déclenchent et que la souffrance se mue en plaisir sous la morsure de Dominik, dont les dents tranchantes creusaient la peau plus dure de ses aréoles, sans toutefois la faire saigner. Il la maintint dans cet état pendant ce qui lui sembla être une éternité, sur le fil qui séparait la douleur du plaisir. Son corps s'embrasait zone par zone, en commençant par le creux de son ventre, suivi par les profondeurs de son sexe, puis la vague submergea son cerveau, et elle se laissa volontairement couler dans une mer troublée et chaude sur laquelle elle navigua à l'instinct.

Au moment où elle allait se laisser complètement aller aux enivrantes sensations que faisait naître Dominik de ses souvenirs refoulés, il arrêta de mordre ses seins et s'attaqua à la chair encore plus tendre du lobe de son oreille, sur laquelle il reprit sa morsure, suscitant de nouveau en elle ce mélange de plaisir et de souffrance.

Elle tressaillit et frissonna violemment sous l'assaut des sensations. Elle perdit l'équilibre, sa colonne vertébrale ne la soutenant plus ; Dominik l'enlaça alors plus étroitement pour l'empêcher de tomber.

Alors qu'il se frottait contre les boucles de son sexe, elle sentit la dureté de sa queue sous le tissu rêche de son pantalon noir. Une certaine moiteur se répandit entre ses cuisses, et son anticipation augmenta. Le puits de son désir se remplissait lentement, goutte par goutte, la préparant et transformant sa nature.

Il arrêta de la mordre, et elle se sentit brusquement abandonnée et terrifiée à l'idée qu'il arrête le va-et-vient répétitif qu'elle aimait tant. Ils restèrent cramponnés l'un à l'autre pendant quelques secondes, puis Dominik lécha de nouveau l'oreille de Summer, mais, cette fois-ci, il en testa le creux, l'humidifia et explora cette partie très intime de son anatomie. La sensation était incroyablement intense. De petites secousses sismiques parcoururent le champ de mines de ses sens.

Elle comprit soudain qu'une fois de plus ils étaient près d'atteindre un point de non-retour, un territoire que seul Dominik était à même de conquérir et de dominer comme son seigneur et maître. Jusqu'à présent, il l'avait mordue assez gentiment, mais l'âme de Summer en voulait plus, elle l'entraînait dans une course folle vers la véritable souffrance. Et cela l'effrayait parce que cette destination si souvent lointaine était pour elle son foyer, l'endroit où elle était chez elle.

Elle mourait d'envie de sentir Dominik en elle, mais elle savait qu'il prendrait son temps à dessein et jouerait de son corps comme de son esprit, tel un musicien, avant de lui concéder le droit de jouir.

Maudit sois-tu, maudit sois-tu, je te veux, je te hais, je t'aime : ses pensées tournaient en rond comme un leitmotiv. *Dominik. Dominik. Blesse-moi.* Elle avait envie de formuler ses demandes à haute voix, mais elle savait que Dominik aimait le silence parce qu'il en retirait du pouvoir. Elle voulait se fondre dans ses bras. Summer se mordit la lèvre. Violemment. Elle sentit une goutte de sang perler et vit Dominik se jeter avidement dessus comme un vampire surgissant des ténèbres. Il la lécha, un doux sourire illuminant son visage.

Il la guida vers le lit d'une tendre pression sur les épaules.

Elle se laissa tomber sur le doux matelas, le regard rivé sur Dominik, et écarta les jambes dans une délicieuse anticipation.

Le temps s'arrêta un bref moment. Ils se regardaient, muets, et ce regard valait des millions de discours. Puis Dominik se déshabilla, et Summer ne perdit pas une miette du spectacle. Sa peau avait toujours cette pâleur britannique, de ceux qui ne voient jamais le soleil.

Summer eut soudain envie de passer du temps avec lui sur une plage chaude de la Méditerranée.

Une fois dévêtu, il se pencha sur le pantalon qu'il avait laissé tomber au sol et saisit sa ceinture épaisse. Il grimpa ensuite sur le lit, se pencha sur Summer, son sexe tendu à quelques centimètres de sa bouche, et lui prit les mains, qu'il attacha au-dessus de sa tête aux montants du lit.

Le cœur de Summer s'emballa, et elle ferma les yeux.

La dominant, il guida son sexe vers la bouche de la jeune femme et effleura ses lèvres. Elle ouvrit instinctivement la bouche, mais il refusa de la laisser le prendre, la contraignant à relever la tête afin de pouvoir toucher sa queue, dure et chaude. Quand la langue de Summer parvint enfin à lécher le gland du sexe de Dominik, elle sentit une décharge électrique la parcourir corps et âme.

Elle avait beau être musicienne, c'était Dominik qui savait quelles cordes faire vibrer en elle : chaque caresse, chaque esquive la menait vers la soumission absolue. Elle finit par laisser retomber sa tête sur l'oreiller, mais cette fois-ci sa sublime queue suivit le mouvement. Il la toucha à peine, l'empêchant de satisfaire son appétit pendant un certain temps. Finalement, elle n'y tint plus et tira la langue le plus loin possible pour le lécher. Elle l'humidifia et lubrifia son ardeur animale.

— Oui, approuva Dominik.

Summer gémit.

— Prends-moi tout entier, murmura-t-il.

— Mmmmh…

Summer poussa un petit cri quand il poussa brusquement en avant.

Et il commença à lui baiser la bouche. Tendrement, furieusement, profondément, amoureusement, brutalement. Exactement comme elle en avait envie.

Et, en s'abandonnant tout entière, elle s'accomplit.

La nuit n'était que sexe. Paris n'était que sexe.

Et tout était parfait. Pour cette nuit au moins, elle lui appartenait.

Lorsqu'ils se réveillèrent le lendemain matin, rompus et épuisés, autant émotionnellement que physiquement, Summer découvrit, affolée, qu'elle avait à peine le temps de repasser à son hôtel et de faire ses bagages pour l'étape suivante de sa tournée européenne avec le groupe. Elle ne pouvait pas faire attendre les autres. Vu l'heure, le bus devait déjà être chargé. Et ils n'avaient toujours pas parlé du violon.

— Une autre fois, se dirent-ils en s'habillant à la hâte.

Quand elle courut vers la porte en lui envoyant un baiser négligent, Dominik sentit sa gorge se serrer : il aurait aimé discuter avec elle de ce qui venait de se produire entre eux.

Un coup d'œil à sa montre lui apprit qu'il avait à peine une heure devant lui : il devait reprendre le train pour Londres à la gare du Nord.

9

Les filles ensemble

J'ai rejoint le bus à toute allure.

— Putain, Summer, tu es toujours limite à l'heure, a commenté Chris quand j'ai sauté à bord.

Fran m'a jeté un regard inquiet, auquel j'ai répondu par un léger hochement de tête, lui faisant comprendre que j'allais bien et que je ne voulais pas en parler.

Elle était assise à côté de Chris, lovée contre lui, la tête sur son épaule. Ils se sont mis à somnoler quelques minutes à peine après notre départ. Ella et Ted dormaient déjà, de même que Marija. Baldo et Alex m'ont fait un signe amical de la main, un sourire aux lèvres, mais ils avaient l'air aussi épuisés que moi. La nuit avait manifestement été longue pour tout le monde.

Je me suis demandé ce qu'ils avaient bien pu faire. Je refusais de m'interroger sur les goûts de ma sœur, et je n'avais pas l'impression que Chris pratiquait l'échangisme. Il était plutôt du genre « une seule femme à la fois ». Ella et Ted étaient assez sympas, mais ils ne parlaient jamais de leur vie personnelle. Je ne savais même pas s'ils étaient hétéros, gay, bi, en couple ensemble ou asexués.

Marija et Baldo étaient passionnés. Quand nous partagions le même appartement, il ne se passait pas un soir ou un matin sans que je m'endorme ou me réveille au son de leurs bruyants ébats. Quant à rendre leur affection publique dans un endroit comme *Les Chandelles*, la célèbre boîte échangiste française, qui sait ? J'imaginais qu'Alex avait préféré rentrer à l'hôtel plutôt que de voir ses parents se vautrer dans la luxure, mais, après tout, il était peut-être plus tolérant que ce que je pensais. J'aurais aimé en parler avec Marija, voire avec Edward et Clarissa. Mais pas maintenant.

Je portais toujours mes vêtements de la veille. Je n'avais même pas eu le temps de me doucher, de me coiffer ni de me maquiller. J'avais fait la grasse matinée, baignée dans la satisfaction d'être étendue aux côtés de Dominik.

Nous avions à peine parlé. Nous n'en avions pas eu le temps. Nous avions passé la nuit ensemble, et ça avait été merveilleux, comme chaque fois. Nous nous étions coulés l'un dans l'autre comme si nous n'avions jamais été séparés. Nous avions retrouvé notre façon très personnelle de faire l'amour, en silence.

Mais je n'avais pu lui confier ce que je ressentais. À vrai dire, je n'avais pas pu réfléchir à mes sentiments. J'avais dû m'habiller, lui dire au revoir et me précipiter vers le bus comme si ma vie en dépendait. Maintenant que nous étions sur la longue route qui nous menait à Bruxelles, sans rien pour me distraire sinon les rares conversations de mes compagnons quand ils ouvraient un œil et le paysage qui défilait derrière les vitres, je ne pouvais m'empêcher de penser à Dominik.

Mes lèvres portaient toujours la trace de ses baisers brutaux, et mes tétons étaient douloureux et gonflés, légèrement bleus à cause de ses morsures. J'étais toujours humide d'excitation, parce que j'avais eu envie de regagner son lit dès que j'en étais sortie. Et, en plus des douleurs physiques et de la tristesse, j'éprouvais le désir d'être avec lui, désir qui, j'en avais bien peur, ne serait jamais comblé, du moins tant que nous serions séparés.

Je voulais repousser ces sentiments de n'importe quelle manière. J'avais envie de les noyer en alignant les longueurs ou de courir jusqu'à ce que la douleur de mes membres remplace celle de mon cœur. Inutile de nourrir de telles envies : j'étais coincée sur un siège confortable pour les cinq prochaines heures. Pas assez pour dormir, trop pour rester assise sans rien faire. J'aurais dû remettre mon corset sous mon tee-shirt. La gêne aurait dissipé la terrible nostalgie qui me poignardait comme un cri sans fin.

Je ne lui avais même pas demandé ce qu'il savait sur le Bailly. Pour être sincère, je désirais plus Dominik que je ne désirais retrouver mon violon. J'aurais volontiers perdu le Bailly mille fois en échange d'une chance de recommencer avec cet homme. Si j'avais pu signer un pacte avec le diable, j'aurais vendu mon âme et détruit le violon de mes propres mains si cela m'avait rendu Dominik.

Mais ça ne servait à rien. Il était en route vers Londres et vers Lauralynn. Les connaissant tous deux, je supposais que leur relation ne devait pas être exclusive. Je n'imaginais pas que Lauralynn puisse se ranger, et, même si Dominik ne semblait jamais jaloux, il était profondément indépendant. Je doutais qu'il accepte jamais une relation monogame avec quiconque. J'aurais cependant bien aimé savoir ce que la nuit dernière signifiait pour lui. Lauralynn n'était absolument pas soumise : peut-être avait-il juste eu envie de dominer quelqu'un qui aimait ça. C'était peut-être juste une aventure avec une ancienne compagne de jeu, rien de plus. Je me suis demandé s'il en parlerait avec Lauralynn. Riraient-ils de moi ? Se souviendraient-ils avec tendresse de la stupide violoniste qui aimait baiser violemment et n'était pas romantique pour deux sous ? J'étais romantique, mais uniquement avec la bonne personne. Et cette personne était Dominik. Sans lui, ma vie risquait de se retrouver réduite à une succession de relations comme celle que j'avais connue avec Simón. Rien de plus que de l'amitié. Je ne voulais faire souffrir personne comme je l'avais fait avec Simón : pas question de sortir avec qui que ce soit.

Luba avait manifesté de l'intérêt pour Dominik. J'avais été infiniment soulagée de voir qu'il ne semblait pas intéressé et qu'il ne voulait pas se rendre au club échangiste. Le partager avec une autre était la dernière chose dont j'avais envie, alors même que le lien qui nous unissait était si incertain et fragile. Même s'il avait refusé de passer du temps avec moi, le voir avec une autre m'aurait brisé le cœur.

Nous jouions de nouveau ce soir-là : un autre concert, une autre ville. J'ai enfilé mes baskets aussitôt installée à l'hôtel, pris le métro vers le centre-ville et fait le tour du parc de Bruxelles, dépassé le palais et les ambassades, martelant le trottoir au rythme de la tension accumulée dans la journée.

Quand Dominik m'a appelée, j'ai failli ne pas décrocher. Non pas que je ne veuille pas lui parler. Bien au contraire. J'aurais aimé capturer le son de sa voix et me le repasser encore et encore dans mon esprit. Seulement, j'avais peur de ce qu'il allait me dire, et de ce que j'allais lui répondre. Nous devions discuter de beaucoup de choses, et le téléphone n'avait jamais été mon fort – l'entendre sans le voir éparpille mes pensées comme des feuilles dans le vent et m'empêche d'exprimer mes sentiments.

À nous deux, nous avons à peine tenu quelques minutes et nous avons réussi à ne rien dire sur la façon dont nous allions poursuivre notre relation, et à ne pas même décider si relation il y avait. Nous n'y avons même pas fait allusion. Il se rendait en Espagne pour faire la promotion de son roman, et avait des informations tendant à prouver que Viggo pouvait bien se trouver derrière le vol du violon. D'une certaine manière, je n'étais pas surprise. Je n'avais jamais pu me débarrasser de ce soupçon. Mais j'étais si malheureuse d'avoir perdu Dominik que la perte du violon ne faisait que s'ajouter à ma tristesse. Je voulais les retrouver tous les deux, et mes regrets formaient une boule de rage dont je ne pouvais me défaire. J'étais profondément déprimée.

Je ne savais pas comment m'y prendre avec Viggo. Quelle que soit la façon dont je tournais le problème, j'étais dans une situation dont je ne pouvais pas me sortir tout de suite. Si j'excitais sa colère, il pouvait annuler son soutien aux Groucho Nights, et je serais alors responsable de l'effondrement du rêve de Chris. Si je ne faisais rien, je risquais de perdre le Bailly à jamais. Et, si je demandais encore de l'aide à Dominik, ce dernier saurait que je continuais à coucher avec celui qui m'avait dérobé son précieux cadeau.

Je n'ai pas fermé l'œil de la nuit. Je suis restée éveillée, à contempler les murs nus de ma chambre d'hôtel en espérant qu'une idée surgirait et me permettrait de régler tous mes problèmes. En vain. Pour l'une des premières fois de ma vie, je me suis levée aux aurores et j'ai enfilé mes baskets afin d'évacuer la frustration par la course. J'ai ralenti et me suis mise à marcher quand mes jambes ont commencé à me faire souffrir. La douleur m'importait peu, elle m'évitait de penser à Dominik, mais j'avais peur de me casser quelque chose et de rester immobilisée pendant un mois, voire plus. J'ai donc adopté un rythme plus raisonnable.

Cette fois-ci, j'ai pensé à mettre mon corset pour voyager. Huit heures de route jusqu'à Berlin.

Nous sommes arrivés en début de soirée. Nous logions à Neukölln, non loin du Festsaal Kreuzberg où avait lieu notre premier concert le lendemain soir. Berlin était la première ville où nous devions jouer deux fois d'affilée. Susan avait réussi je ne sais comment à vendre un des clichés de Grayson à deux magazines musicaux allemands grand public. Il s'agissait d'une photo juste ce qu'il faut d'osé : je tenais mon violon d'une manière suggestive, vêtue des leggings en faux cuir de Fran, de ma veste en cuir et des Louboutin à clous. J'avais déjà du succès en tant que soliste en Allemagne, et le mélange de classique, de sexe et de rock'n roll proposé par les Groucho Nights était une combinaison gagnante. Nous jouions à guichets fermés.

Le groupe était donc de bonne humeur, et nous avions décidé de nous octroyer un court répit et de passer quelques nuits supplémentaires à Berlin. Pour la première fois de la tournée, nous allions pouvoir jouer les touristes au lieu de jouer et de refaire immédiatement nos valises.

Fran, toujours aussi économe, avait réservé un hôtel bas de gamme avec une pièce sécurisée pour stocker le matériel qui ne pouvait pas rester dans le bus la nuit. L'hôtel était au bout d'une rue calme et résidentielle, face à un canal agité par le vent. Des cygnes y glissaient paisiblement, et des amoureux se baladaient main dans la main sous les arbres. En provenance du restaurant turc tout près flottait, comme un nuage, une odeur de pâtisseries, de viandes et d'épices.

Dès que nous avons pris possession de nos chambres, je me suis effondrée sur mon lit et, pour la première fois depuis des lustres, j'ai dormi correctement. Peut-être étais-je détendue par le souvenir de la voix de Dominik, ou par la perspective de le revoir bientôt et d'arriver au moins à être amie avec lui.

La salle de concert était dans une rue située sous un pont de chemin de fer, en face d'un concessionnaire. De l'extérieur, c'était presque anonyme ; seule une petite enseigne donnait le nom de l'endroit. Mais, quand le concert a débuté, c'était plein à craquer. Il n'y avait pas de sièges, et tant de gens avaient réussi à s'entasser dans les balcons que j'ai craint que l'édifice ne s'écroule sur nos têtes. Nous avons eu des problèmes de son et avons débuté un peu en retard. Quand nous avons enfin fait notre apparition sur scène, la foule martelait le sol en cadence et hurlait à s'en décrocher la mâchoire.

Les rappels ont été si nombreux que pour la première fois nous avons dû improviser quelques chansons avant de pouvoir quitter définitivement la scène.

Nous avions chargé le matériel et étions en train de planifier la soirée quand une voix familière m'a interpellée de l'autre côté de la rue.

— Salut, étrangère.

Je me suis retournée en entendant le séduisant accent new-yorkais.

C'était Lauralynn. Elle portait son uniforme habituel : jean ultramoulant, tee-shirt blanc et talons aiguilles. Pas de soutien-gorge. C'était sans conteste la seule femme de ma connaissance qui s'en dispensait en public. Là où, de manière un peu extrême, j'appréciais la raideur d'un corset, Lauralynn aimait la liberté née de l'absence d'entraves, sans compter la réaction des passants, à qui elle offrait ainsi une vue imprenable sur ses tétons percés. Ses seins pouvaient se passer de lingerie, et j'en étais un peu jalouse.

J'ai d'abord été ravie qu'une connaissance ait fait autant de chemin pour nous voir jouer, mais la joie s'est rapidement transformée en confusion et en inquiétude quand je me suis souvenue qu'elle sortait avec Dominik, avec qui j'avais passé la nuit quelques jours plus tôt.

L'expression sur le visage de Lauralynn ne suggérait en rien qu'elle était là pour me reprocher de lui avoir volé son homme. Elle avait plutôt l'air contente de me voir. Ne sachant que dire ni que faire, je me suis contentée de la regarder sans bouger, bouche bée.

— Eh ben, a-t-elle commenté, j'ai toujours pensé que tu étais une femme froide, mais de là à me regarder comme ça ?

— Désolée, tu m'as prise par surprise. Merci d'être venue assister au concert.

Elle m'a enlacée et m'a serrée contre elle, les seins pressés contre les miens.

— Tu as été incroyable. Qui aurait cru que la copine de Dominik était une rockeuse ?

— La copine de Dominik ?

— Ouais, d'ailleurs, il est où ? J'étais persuadée qu'il serait au premier rang à t'applaudir comme un dingue. Je l'ai cherché partout.

— Tu pensais qu'il serait ici avec moi ? Mais je croyais qu'il était à Londres avec toi, ai-je répondu, un peu perdue.

— Non. Je suis partie en voyage. Quand je suis rentrée, j'ai trouvé la maison vide, alors je suis allée à sa recherche. Je n'apprécie pas vraiment ma propre compagnie, a-t-elle ajouté en me pressant légèrement le bras comme pour vérifier que j'étais bien réelle. Ne me dis pas qu'il a fait tout le chemin jusqu'à Paris et qu'il ne t'a pas dit qu'il était fou amoureux de toi ?

— Mais de quoi tu parles ? Il ne sort pas avec toi ?

— Grand Dieu, non. On est juste amis depuis longtemps... Enfin, des amis avec quelques à-côtés, pour être plus précise. Je n'ai rien contre les hommes, tu sais ; ils sont parfois charmants, et Dominik a certains talents très utiles, a-t-elle expliqué avec un clin d'œil coquin. Mais les hommes ne sont pas mon genre. À moins qu'ils ne soient allongés sous mes talons aiguilles. Ce sont de bons animaux domestiques si tu les dresses correctement, mais je n'ai aucune envie d'en garder un pour la vie.

En entendant ses paroles, j'ai failli défaillir. Je me suis assise sur l'une des tables de pique-nique, et Lauralynn s'est accroupie pour être à ma hauteur, ses longues jambes repliées sous elle comme une sauterelle.

— Tu pensais vraiment qu'on sortait ensemble ? a-t-elle demandé, gentiment cette fois-ci, en repoussant une mèche de cheveux derrière mon oreille, afin de pouvoir me regarder dans les yeux.

— Oui. C'est ce que m'a dit Dominik.

— Et je suppose que tu lui as raconté que tu sortais avec cette rock star avec qui il paraît que tu traînes ?

— Oui.

— Vous me rendez dingue tous les deux. Je n'ai jamais rencontré personne d'aussi fier et aveugle que vous. Quand j'ai su qu'il venait voir votre premier concert à Paris, j'ai pensé qu'il avait enfin compris, mais j'aurais dû me douter que ce n'était pas possible.

Lauralynn et Dominik n'étaient pas en couple. Ça changeait tout. Mais pourquoi diable m'avait-il menti ? Parce que je lui avais dit que je passais mes nuits avec Viggo Franck, ce qu'il devait déjà savoir s'il lisait la presse people ? J'ai maudit l'entêtement qui finissait toujours par avoir raison de moi et ma totale incompétence à montrer aux autres à quel point je tenais à eux. Pourquoi avais-je été incapable de lui avouer mes sentiments ?

Je me suis recroquevillée, la tête dans les mains, comme si je pouvais remonter le temps en me concentrant suffisamment.

— Bon, a dit Lauralynn.

J'ai reconnu sa façon de plisser les yeux, et le ton de sa voix. Elle était passée en mode dominatrice. Je lui enviais cette part d'elle aussi, elle savait exactement qui elle était et ce qu'elle voulait. Elle n'avait pas l'air d'être du genre à s'interroger sur ce qu'elle était devenue et pourquoi. Elle s'amusait beaucoup.

— Tu vas te ressaisir, ou je vais le faire pour toi. Pas question de passer la nuit ici. Où est le reste du groupe ?

— Ils font la fête dans la loge, ou à l'hôtel. Je ne leur manquerai pas.

— Arrête de t'apitoyer sur ton sort. Dis-leur que tu es tombée sur une vieille copine, histoire qu'ils n'imaginent pas que tu as été kidnappée par un fan maniaque. Ensuite on ira boire un verre, et tu pourras me raconter tous tes malheurs.

Elle m'a prise par le bras et m'a entraînée hors du bar dans les rues de Kreutzberg. Selon les standards de l'Europe du Nord, il était encore tôt. Contrairement aux Londoniens, les Berlinois n'ont pas besoin de courir après le dernier métro à minuit ou de quitter le pub à 23 heures. En conséquence, les fêtes ne débutent pas avant minuit au plus tôt et ne commencent à battre leur plein qu'à partir de 2 heures du matin. Je n'avais qu'une envie : rentrer chez moi et dormir, roulée en boule dans mon chagrin.

— La première chose à faire, a-t-elle affirmé, c'est de manger. Il est beaucoup plus difficile de se sentir malheureuse l'estomac plein.

On a marché jusqu'au bar près du canal, qui proposait de la nourriture à emporter. Lauralynn a commandé une pizza, deux *currywurst* et une part de frites.

— Ne fais pas ta chochotte, a-t-elle ordonné quand je lui ai demandé s'il était bien raisonnable de rajouter du curry sur un hot-dog. C'est délicieux.

Elle avait raison. La nourriture était bonne ; elle m'a réchauffée et a amélioré mon humeur.

— Bon, ai-je dit, raconte-moi tout. Qu'est-ce que tu fais à Berlin ? Tu as parcouru tout ce chemin pour me voir ?

— Je suis partie en quatrième vitesse : mon frère a eu un pépin, alors je suis rentrée à New York.

— Oh. Je suis désolée.

Lauralynn a haussé les épaules. Elle prenait les frites trois par trois et s'en servait pour attraper la sauce au curry qui restait dans son assiette. J'étais trop déboussolée pour avoir vraiment faim, mais je suis quasiment venue à bout de ma saucisse. La sauce était un curieux mélange de curry et de sucre, pas vraiment épicée mais bonne.

— Des histoires de famille. Tout est réglé. Dominik m'a envoyé un ou deux mails quand j'étais aux États-Unis. Vous vous ressemblez beaucoup tous les deux : si on vous laisse seuls, vous faites n'importe quoi, alors je garde un œil sur lui.

Elle me fixait de son regard bleu perçant, tentant de deviner mes pensées. J'étais suspendue à ses lèvres. J'aurais aimé qu'elle accélère un peu et me parle de Dominik.

Elle a pris une longue gorgée de son soda, laissant une marque de rouge à lèvres sur la paille.

— Il a dit quelque chose à propos de ton violon, a-t-elle poursuivi, et du roman sur lequel il bosse en ce moment. Il lui a donné du fil à retordre, d'ailleurs. Il a écrit le premier d'une traite, parce qu'il parlait de toi. Maintenant qu'il parle de ton violon, on dirait qu'il a retrouvé l'inspiration. Tu vois où je veux en venir ?

Je l'ai regardée, perplexe.

— Il avait besoin d'un personnage féminin pour bâtir son intrigue, et je suis la première à qui il a pensé.

— Voilà. Tu es la première à qui il a pensé. Il a passé deux ans à penser à toi sans arrêt. Et il ne parvient pas à t'oublier.

— Je n'y arrive pas non plus, ai-je répondu, morose, en engloutissant une poignée de frites, même si je n'avais plus faim depuis longtemps.

Elles ressemblaient à des beignets à l'oignon mais en plus rouges, comme si elles avaient été frites dans le paprika.

— Explique-moi quelque chose, a-t-elle repris en essuyant ses doigts aux ongles laqués de rouge, comme ses lèvres, sur la serviette en papier.

— Quoi ?

— Pourquoi est-ce que tu ne lui dis pas que tu es amoureuse de lui ?

— Je ne sais pas… Je… je sais qu'il aime garder le contrôle. Je ne veux pas être celle qui le dit.

— Foutaises. Ça n'a rien à voir avec le contrôle. Et tu es la moins soumise de tous les soumis qui ont croisé mon chemin. Tu es plus une soumise épisodique en fait.

— Une quoi ?

— Une soumise épisodique. Tu prends ton pied en étant dominée, avec ou sans lien émotionnel. C'est juste comme ça que tu aimes la baise, c'est tout.

— Pas faux. Mais ce n'est pas pareil avec Dominik. Avec les autres, c'est juste du cul. Avec lui, c'est plus que ça.

— C'est comme ça quand on couche avec quelqu'un qu'on aime. Tu n'as jamais été amoureuse ?

J'y ai réfléchi. Viggo, Simón, Darren. Will, un mec avec qui j'étais sortie avant de quitter la Nouvelle-Zélande. J'avais eu de l'affection pour ces hommes. Je pensais que j'avais vraiment aimé Simón. Mais je n'avais pas du tout la même entente sexuelle avec lui qu'avec Dominik, et j'avais parfois l'impression de vivre avec un frère plutôt qu'avec un amant.

— Non, je pense que je n'ai jamais été amoureuse.

Elle a secoué la tête, incrédule.

— Pas étonnant que tu sois un peu à la rue côté émotionnel, a-t-elle soupiré.

Elle a regardé son assiette vide avec regret, puis la mienne.

— Faut pas gaspiller, a-t-elle commenté en empalant le reste de ma saucisse sur sa fourchette.

— Combien de temps tu comptes rester à Berlin ? ai-je demandé, histoire de faire dévier la conversation loin de ma vie amoureuse.

— Aucune idée. Je n'ai même pas réservé de chambre d'hôtel. J'ai pris le premier vol en partance quand j'ai trouvé la maison de Hampstead vide. Je n'avais pas envie de rester seule. J'ai supposé que Dominik t'avait suivie ici. J'ai pensé que je pouvais m'incruster avec ton groupe ou faire la fête toute la nuit, histoire de ne pas dépenser de thunes. J'ai passé la nuit dernière avec une fille que j'ai draguée au *Roses Bar.* C'était sympa, mais je n'ai pas pris son numéro.

Elle m'a fait un clin d'œil en avalant la dernière bouchée de sa saucisse au curry.

— Maintenant que j'ai vu dans quel état tu étais, je ne peux décemment pas te laisser toute seule, n'est-ce pas ?

— Je me débrouille très bien toute seule, ai-je rétorqué, agacée.

— C'est exactement ça ton problème, Summer. Tu es trop orgueilleuse et bien trop disposée à te débrouiller sans personne. Il faut que tu apprennes à laisser les gens t'approcher. Je suis certaine que cette carapace cache un petit cœur tout mou.

— Bon, tu peux dormir dans ma chambre, j'ai un grand lit. Mon hôtel est juste au coin de la rue.

— Parfait, a-t-elle conclu avec un sourire triomphant. Mais c'est un peu tôt pour rentrer. Berlin est la capitale de la fête. J'ai fait tous les bars de ce côté-ci de la ville, mais il y a un endroit où je ne suis jamais allée, ce n'est pas très loin en taxi.

— Je n'ai pas vraiment envie de faire la fête.

— Tu es aussi rabat-joie que Dominik. Il ne veut jamais sortir et, les rares fois où il accepte, il ne boit même pas. Fais-moi plaisir. Rien de sérieux. Un verre et une danse, histoire de te faire oublier tes soucis.

Une fois en route, Lauralynn était comme un train lancé à grande vitesse, et je n'avais pas l'énergie nécessaire pour palabrer. J'ai donc accepté de l'accompagner, même s'il était déjà presque 1 heure du matin.

— Tu dormiras quand tu seras morte, a-t-elle rétorqué quand je lui ai rappelé l'heure.

Lauralynn n'essayait jamais de convaincre quiconque, elle se contentait de donner des ordres, et je me sentais céder sous sa pression.

— Je ne suis pas habillée pour sortir, ai-je avoué d'un ton misérable.

Elle m'a détaillée de la tête aux pieds comme si elle était soudain dotée de rayons X à la place des yeux.

— Tu as un corset sous cette robe ?

— Oui, mais pas question que je le porte en public.

Elle a fait semblant de ne pas entendre ma réponse.

— Et ces bottes sont des cuissardes ?

J'ai hoché tristement la tête.

— Ce sera parfait.

Elle m'a fait traverser et a hélé un taxi.

Je n'ai pas compris l'adresse qu'elle a donnée au chauffeur, juste le nom du bar : *Insomnia.*

— Tu parles allemand ?

— Pas très bien. Mais assez pour me faire comprendre. J'ai fait un échange scolaire de quelques mois quand j'étais au lycée... Je n'étais pas assez vieille pour entrer dans les meilleurs clubs, mais j'étais assez grande pour tromper quelques videurs.

Vingt minutes plus tard, le taxi nous a déposées dans une rue sombre, tranquille et peu fréquentée, si l'on exceptait l'enseigne rouge au-dessus de deux malabars qui filtraient les couples se présentant à l'entrée.

Nous avons été chaleureusement accueillies par une blonde qui nous a regardées de haut en bas, histoire de vérifier notre tenue. Lauralynn lui a dit quelques mots en allemand, et elle nous a fait signe de passer.

L'entrée était entièrement rouge, ce qui semble être la couleur universelle du sexe. Une vitrine sur la droite proposait quelques DVD pornographiques et un boléro en latex violet garni de dentelle blanche. Une affiche annonçait une nuit spéciale à venir : « Fête de la baise ».

Lauralynn s'était assise sur un banc recouvert de velours écarlate, le long d'un mur. Elle a enlevé ses escarpins puis son jean moulant.

— Lauralynn, ai-je chuchoté.

— C'est bon, calme-toi. C'est une boîte fétichiste, mais ils sont assez cool sur le *dress code*. Ils nous laisseront entrer en sous-vêtements. Tu peux te changer ici.

Elle avait ôté son tee-shirt et remettait ses talons hauts : elle ne portait rien d'autre en dehors de son string noir.

— Je ne le sens pas vraiment.

La dernière chose que j'avais envie de faire était de baiser ou de regarder des gens le faire. Ou de danser, aussi, d'ailleurs. Et encore moins nue. Si Lauralynn avait cherché à me déprimer davantage, elle n'aurait pas pu mieux s'y prendre. Elle me laisserait peut-être me rouler en boule dans le vestiaire pendant qu'elle faisait la fête sans moi.

— Fais-moi confiance, a-t-elle insisté, et désapetoi.

Elle avait une façon très autoritaire de s'exprimer, qui ne permettait aucune discussion, même si j'avais eu le cœur à protester. C'était la dominatrice en elle qui s'exprimait, je suppose, et d'après mon expérience il est encore plus difficile de résister à une dominatrice qu'à son équivalent masculin.

J'ai ôté ma robe longue à imprimé léopard, révélant des cuissardes, un string noir et le corset que Dominik m'avait offert. Ce vêtement avait fait la moitié d'un tour du monde avec moi et il était chargé de plus de souvenirs, à la fois agréables et douloureux, que je n'en pouvais compter.

Lauralynn m'a prise par la main et m'a conduite vers l'escalier tendu de rouge qui menait au bar. Elle m'a tendu un shot de tequila sans me demander ce que je voulais boire.

— Avale, a-t-elle ordonné, ça va te détendre.

Je ne me suis pas encombrée du citron et du sel : j'ai bu cul sec et reposé le verre sur le comptoir. J'ai jeté un coup d'œil autour de moi, histoire de voir avec quoi elle espérait me remonter le moral.

Une piste de danse courait le long du bar, déserte pour une heure aussi tardive.

— La fille à l'entrée m'a dit que l'ambiance démarrait vers 2 heures, quand ils ouvrent l'étage, a expliqué Lauralynn.

Elle avait fini son verre et léchait le sel et le sucre collés sur ses doigts. Deux mecs nous observaient avidement ; ils appartenaient à la race des habituels hommes seuls, en général en chemise et pantalon noirs, qui semblent hanter ce genre d'endroits dans tous les pays du monde. Pour l'instant au moins, ils nous mataient de loin.

Lauralynn a suivi mon regard et a vu mon expression nerveuse quand je me suis rapprochée d'elle, trop consciente d'avoir les seins nus. J'ai résisté à l'envie de croiser les bras sur ma poitrine : ça n'aurait servi qu'à attirer davantage l'attention.

— Ne fais pas attention à eux, a-t-elle affirmé en leur jetant un coup d'œil dédaigneux, comme s'ils ne méritaient pas plus d'attention qu'une saleté sous sa chaussure. Allons faire un tour.

Nous sommes entrées dans une pièce sur la droite. Il y faisait très sombre, si sombre que je pouvais à peine distinguer quelques corps enlacés sur le lit dans un coin. Les gens assis dessus n'avaient pas l'air de faire grand-chose d'autre que se caresser, mais je n'en étais pas certaine et j'ai rapidement détourné les yeux. Je ne me sentais pas l'âme d'une voyeuse ce soir. Il m'a fallu un moment pour comprendre que les œuvres d'art lumineuses qui ornaient les murs représentaient des sexes masculins et féminins. Près de la porte, un vagin fluorescent en 3D, brillamment coloré, sortait du mur. Un large anneau vert était fixé dans le clitoris. Sur les autres murs, des sculptures du même genre représentaient un immense phallus et des couples en activité à des stades variés de copulation.

Il y avait une petite croix de Saint-André et un banc pour la fessée, tous deux sur le côté. Dans la pièce suivante, nous avons trouvé une balançoire et deux lits. Des couples les occupaient, mais ma vision ne s'était pas encore accommodée, et je n'ai eu que des aperçus : un sein, un escarpin rouge, une femme gémissant de plaisir entouré d'hommes qui la regardaient.

Lauralynn ne perdait pas une miette du spectacle.

C'était plus que je n'en pouvais supporter.

— Il faut que je sorte d'ici, ai-je dit en revenant sur mes pas, vers la piste de danse.

Un film pornographique passait en boucle. J'ai tout de suite remarqué que les actrices n'étaient pas intégralement épilées et qu'aucune d'elles n'était blonde. C'est ça le relativisme sexuel.

La DJ passait de la dance, et des projecteurs illuminaient la piste. Les gens étaient perdus dans la musique et semblaient immunisés contre le sexe ambiant. Une femme qui, comme Lauralynn, ne portait qu'un string noir dansait avec un homme en sous-vêtement. En dehors du fait qu'ils étaient presque nus, ils auraient pu être n'importe quel couple entre deux âges dansant à un mariage. Dieu merci, je n'avais encore pas vu de bites molles ni d'hommes en train de se branler.

Lauralynn m'a de nouveau prise par la main et m'a entraînée avec elle. Nous avons contourné le bar et nous sommes dirigées vers des rideaux en velours qui marquaient l'entrée dans une autre pièce.

J'ai protesté en marmonnant, mais elle ne s'est même pas retournée. Elle ne m'écoutait pas.

— Ah, nous y voilà ! s'est-elle exclamée en tournant à droite. C'est pour ça que je t'ai amenée ici. Rien de tel qu'un bain pour te redonner le moral.

Devant nous se tenait un jacuzzi, pour l'instant vide de tout occupant. Des serviettes blanches, propres et épaisses, étaient pliées sur le côté. Un panneau demandait aux clients de bien vouloir se rincer dans la grande douche prévue à cet effet avant de se mettre à l'eau. Lauralynn avait déjà ôté son string, pris une serviette et ouvert le robinet. Je l'ai rejointe tout de suite, histoire de ne pas rester seule devant le jacuzzi : j'avais peur qu'un homme ne prenne mon attitude pour une invitation.

J'ai essayé de ne pas regarder l'eau ruisseler sur les courbes de Lauralynn.

Je l'avais vue dans son tailleur de scène, dans ses sempiternels jeans moulants et dans une combinaison en latex si moulante qu'on aurait dit qu'elle avait été cousue sur elle. Nue, elle était tout ce que la combinaison promettait : grande, toute en courbes, avec des jambes interminables. C'était son attitude qui faisait d'elle une véritable bombe sexuelle. Son regard était une invitation promettant que personne ne faisait le poids face à elle. Pas étonnant que les hommes aient envie de la vénérer. Savoir que dans d'autres circonstances elle ne leur accordait pas un regard me donnait envie de me jeter à ses pieds en échange d'un sourire. Elle avait quelque chose de royal.

À ses côtés, j'ai lavé les chagrins de la journée et de la nuit sous le jet brûlant de la douche.

Nous nous sommes ensuite assises dans le jacuzzi, où nous avons trempé pendant une heure. Nous n'avons quasiment pas échangé un mot. Chaque fois que quelqu'un faisait mine de nous rejoindre, Lauralynn l'en dissuadait d'un regard meurtrier.

J'étais parfaitement détendue et près de m'endormir quand Lauralynn s'est levée et a commencé à se sécher.

Les bruits en provenance des alcôves et des pièces autour de nous suggéraient que la fête battait son plein. Je n'avais pas plus envie de les rejoindre que tout à l'heure, mais les gémissements de plaisir et les rares grognements ne me dérangeaient plus.

Il était 3 heures du matin quand nous avons hélé un taxi. Les bars près d'Oranienstraße étaient toujours ouverts et pleins de monde. Même *IchOrya*, le café où j'avais passé le plus clair de ma journée, était encore allumé, et quelques clients fumaient devant la porte.

Berlin était vraiment la ville qui ne dormait jamais.

J'ai sonné à la porte de l'hôtel. Nous étions tous au même étage, nos chambres donnant sur le même couloir. Les autres étaient soit encore dehors, soit profondément endormis. J'aurais plutôt parié pour la première solution. Nous avions tous adopté un rythme nocturne : repos le jour, concert et fête la nuit.

Lauralynn s'est déshabillée immédiatement, et je l'ai imitée. Nous avions passé la majeure partie de la nuit à moitié nues, et j'étais trop fatiguée pour chercher le pyjama que je trimballais toujours dans ma valise en cas de compagnie platonique.

Nous n'avons pas ouvert l'œil avant midi. J'ai découvert en me réveillant que j'étais blottie dans les bras de Lauralynn, la joue sur ses seins. Le parfum de son shampoing emplissait mes narines. C'était un endroit très confortable, et, l'espace d'un moment, j'ai compris ce que ressentait un homme en se réveillant auprès d'une femme. Elle était plus grande que moi et dans la position de celui qui réconfortait, ce qui n'était guère différent des hommes, mais son corps était plus tendre et son odeur plus musquée.

Elle a fait courir ses doigts dans mes cheveux, comme si nous étions amantes, et m'a enlacée. Je me suis demandé quel effet ça ferait de l'embrasser, mais, même si j'avais osé le faire, ça ne me semblait pas bien. Je ne pouvais pas draguer une amie de Dominik, ou une de ses maîtresses, ou quoi qu'elle soit pour lui, même si lui et moi n'étions techniquement pas ensemble.

— Je vais mourir si je n'ai pas mon café, a-t-elle dit.

Une femme selon mon cœur.

Nous nous sommes habillées rapidement, impatientes de sortir au grand air et de manger. Je n'avais pas avalé grand-chose la veille au soir, et Lauralynn avait un appétit exigeant.

Je me suis arrêtée sur le chemin pour écouter un musicien interpréter *I'm on Fire* de Bruce Springsteen, sans écouter les jérémiades de Lauralynn, qui assurait qu'elle allait s'évanouir d'une minute à l'autre si elle n'avalait pas son petit déjeuner. J'avais une tendresse particulière pour les musiciens des rues, parce que je l'avais été. J'ai déposé un billet de 5 euros dans son étui en échange d'un CD dont la couverture était semi-professionnelle. On pouvait lire : « Kaurna Cronin, *Feathers* ». J'ai souri à l'artiste, qui m'a saluée en ôtant son feutre. Lauralynn se balançait impatiemment d'un pied sur l'autre.

— Tu ne peux pas draguer une fois que j'aurai mangé ? a-t-elle ronchonné pendant que je fourrais le CD dans mon sac à main.

Nous avons bu du café et mangé du pain, de la viande et du fromage chez *Matilda*. Chris et Fran étaient déjà là, mais ils étaient sur le départ. Ils avaient prévu de faire un tour chez un disquaire non loin. Nous donnions un concert au même endroit que la veille et n'avions donc que l'après-midi et le début de soirée à tuer.

Fran a dévisagé Lauralynn et m'a regardée en haussant un sourcil.

— Bien dormi ?

Je l'ai présentée comme une vieille amie d'un ami. Fran et Chris sont partis rapidement, en promettant de nous rejoindre plus tard dans la journée.

— C'est ta sœur ? a demandé Lauralynn.

— Oui.

— Vous vous ressemblez. Vous êtes différentes mais il y a un air. Elle a la même étincelle dans les yeux.

— Ne commence pas. Chris lui court déjà après, et c'est tout ce que je peux endurer.

Nous avons commandé un autre café et passé un bon moment à l'extérieur, à contempler la rue et les passants, assises sur les couvertures roses qui recouvraient les bancs en bois.

Lauralynn était d'une compagnie agréable. Elle n'attendait pas que je fasse la conversation et se contentait d'être assise à mes côtés. Sa présence m'apaisait et me redonnait de l'espoir. Elle n'était pas du genre diplomate : si elle pensait que Dominik et moi avions une chance, alors c'était le cas.

Elle a fini par briser le silence.

— Allons faire un tour.

— Si tu veux, ai-je acquiescé en haussant les épaules.

Nous quittions Berlin dans deux jours, et, malgré mes bonnes résolutions, j'avais passé plus de temps à dormir qu'à visiter la ville. Le reste de la tournée serait une succession de nuits isolées, et nous n'aurions plus de temps pour nous d'ici à notre retour à Londres.

Nous avons loué des vélos et roulé jusqu'à Flohmarkt, le marché aux puces, dans Mauerpark. Il était bondé. La moitié de la population de la ville semblait s'être donné rendez-vous là. Tous ces gens faisaient la queue devant les étals de bibelots, de vêtements vintage et de meubles d'occasion. J'ai déniché une paire de bottines zébrées dans une pointure trop petite pour moi et l'ai achetée pour Fran.

Nous avons acheté deux gobelets de jus d'orange frais et nous sommes frayé un chemin vers le parc de l'autre côté du marché. C'était un endroit peu arboré en comparaison d'autres espaces verts que j'avais pu voir dans Berlin : une pelouse mal entretenue et quelques arbres. Cela n'empêchait pas l'endroit d'être lui aussi pris d'assaut : les gens étaient étalés sur l'herbe, d'autres étaient assis face à un groupe de musiciens qui chantaient dans une machine à karaoké.

Mon téléphone a sonné. Je me suis empressée de répondre. En appuyant sur le bouton, je me suis aperçue que je n'avais pas reconnu le numéro. Ce n'était pas Dominik.

— Salut, Summer. Grayson à l'appareil. J'ai quelque chose à te demander à propos de tes photos…

10

Danseuse privée

La nuit passée à Paris avec Summer avait été trop courte. Ils n'avaient même pas trouvé le temps de parler du vol du violon ni de discuter des véritables raisons de leur rupture, à New York. Il savait qu'ils étaient tous deux prêts à endosser leurs responsabilités ; il était très clair pour lui à présent qu'ils étaient l'un et l'autre à blâmer. C'était la faute de leur personnalité et des sombres secrets qui les animaient. Si la rivière souterraine sur laquelle flottaient leurs vies n'existait pas et ne les entraînait pas dans son courant, ils ne se seraient probablement jamais rencontrés. Inutile donc de pinailler sur les détails. Ils étaient ce qu'ils étaient : parfaitement imparfaits. Et il était peu probable qu'ils changent. Il fallait juste vivre avec le passé et espérer trouver un compromis leur permettant d'exprimer leurs désirs dévorants, leurs appétits et leurs émotions.

Un message de Lauralynn l'attendait sur le répondeur : elle espérait être de retour à Londres à la fin de la semaine. Ses retrouvailles avec son frère s'étaient bien déroulées : ils avaient renoué de vieux liens, et ses blessures n'étaient pas suffisamment sérieuses pour qu'il en ait beaucoup de séquelles. Il lui tardait de rentrer. Même s'il appréciait son agréable compagnie, Dominik, à cause de Summer, n'était pas certain que ce soit une bonne chose de continuer à vivre sous le même toit que Lauralynn. Il savait que les deux jeunes femmes s'étaient un peu fréquentées à une certaine époque, mais il ne connaissait pas exactement la nature de leur relation. Encore des complications.

Son esprit était toujours submergé par les souvenirs de Summer dans la chambre d'hôtel parisienne, et par les bruits et les odeurs de la capitale française, qui serait dorénavant pour lui toujours associée à la jeune femme. Les arômes de pâtisserie qui l'avaient assailli quand il avait franchi la porte de l'hôtel pour prendre le métro qui l'avait rapidement mené à la gare. La sauvagerie topographique des graffitis qui ornaient les murs en ruine et les tunnels sur le chemin de l'Eurostar, dans le *no mans'land* entre Paris et sa banlieue.

La lueur de ses yeux quand elle avait joui, en nage, le sexe de Dominik enfoui profondément en elle.

Ses bruits de gorge étouffés qui accompagnaient chacun de ses coups de reins.

Sa façon de retenir son souffle en silence, redoutant le pire, l'espérant, chaque fois qu'il ralentissait avant de s'immobiliser, anticipant les diverses improvisations de ses assauts, de sa domination. Son désir allant et venant, un pas en arrière comme un courant terrifiant, deux pas en avant comme une tempête magique et incontrôlable, au fur et à mesure que Dominik forçait son corps à se plier à de nouvelles positions, un doigt ici, le plat de sa main là. Summer était un magnifique animal plein d'orgueil et de luxure, qu'il dressait de sa queue rigide.

Son visage endormi quand elle reposait près de lui ensuite, le fin film de sueur séchée sur sa peau pâle, son corps parcouru par un frisson involontaire qui courait sous sa peau à la vitesse de la lumière, comme une réplique après un tremblement de terre. La paix. La beauté de sa proximité. L'acceptation sereine de la confiance qu'elle lui accordait.

Dominik se sentait vivant de nouveau, comme s'il émergeait d'un long sommeil, d'un regrettable vide qui aurait envahi sa vie. Il avait suffi d'une nuit avec Summer. Non préméditée, spontanée, voulue.

Il décida de lui téléphoner le lendemain matin. Il était fatigué, mais c'était un sentiment agréable, comme si ses sens avaient été submergés, ses batteries trop chargées. Il lui fallait un peu de temps pour accomplir sa transformation. Pourtant il savait aussi qu'il était loin d'être épuisé et qu'il aurait du mal à trouver le sommeil. Son esprit était agité par un doux tumulte et son corps par l'adrénaline.

Il gagna son bureau à l'étage et chercha les notes consacrées à son roman sur son ordinateur portable.

Il ouvrit un nouveau dossier et commença à écrire en autopilote, évoquant les sentiments et les impressions nés de sa nuit avec Summer tant que l'expérience brûlait encore dans sa mémoire. Il avait très peur que tout ne s'estompe très rapidement et qu'il ne lui reste rien pour alimenter la description des sentiments des personnages quand il en aurait besoin.

Cela ressemblait un peu à ces rêves qui percent le mur du sommeil et qu'on doit écrire tout de suite si l'on veut s'en souvenir au petit matin. Dominik comprit un peu plus tard à ses dépens que les notes rédigées ainsi n'étaient que des mots jetés au hasard sur le papier et qui n'avaient aucun sens.

Sa peau.

Ses yeux.

Les lignes bien dessinées de son corps.

Les angles ronds et aigus de son intimité.

Dominik soupira. Parfois, les mots ne suffisent pas.

Il soupira de nouveau et se rendit compte qu'il n'avait même pas pris la peine de lire ses mails en rentrant de Paris. C'était là un signe évident de sa distraction.

Il cliqua sur sa messagerie.

Il n'y avait heureusement pas grand-chose d'important. Une preuve supplémentaire s'il en fallait une que le monde ne tournait pas autour de lui et de ses tourments sentimentaux. Les habituels spams, les newsletters auxquelles il était abonné, de la pub.

Un mail, cependant, lui rappelait qu'il était attendu à Barcelone le week-end suivant. Il avait accepté de faire une signature à l'occasion de la Sant Jordi. Préoccupé par les récents bouleversements de sa vie, il en avait presque oublié cet engagement. Il se demanda si la capitale catalane figurait dans la tournée des Groucho Nights. Ce serait une sacrée coïncidence.

Incapable de lutter plus longtemps contre le sommeil, il finit par se diriger à contrecœur vers sa chambre.

Le lendemain matin, après avoir veillé à ne pas appeler trop tôt, Summer aimant faire la grasse matinée, il lui téléphona. Elle était à Bruxelles, où le groupe avait joué avant de partir pour Berlin.

Elle était en train de faire son jogging.

— Tu vas bien ?

— Oui, répondit-elle, un peu essoufflée.

— Quand a lieu le concert ?

— À la fin de la semaine. Samedi et dimanche. On se produit deux fois. Les billets pour le premier se sont vendus tellement vite que la salle nous a proposé d'en faire un deuxième. On reste quelques jours supplémentaires avant de reprendre la route.

— Où allez-vous ensuite ?

— Amsterdam, puis des villes Scandinaves. Copenhague, Oslo, Malmö, Stockholm, Helsinki, mais je ne suis pas certaine que ce soit dans cet ordre. Puis l'Autriche et les Balkans. On va même jouer à Sarajevo et à Ljubljana.

— Ça devrait être sympa, tout ça.

— Oui, acquiesça-t-elle, enthousiaste. Je rêvais de visiter ces villes.

— On n'a pas vraiment eu le temps de discuter.

— Non.

— Écoute, reprit Dominik, sur un ton plus sérieux. J'ai rencontré un homme dont on m'avait parlé. À Paris. Quelqu'un qui connaît les côtés pas très légaux du marché des instruments de musique. Tu avais raison. Viggo est un collectionneur réputé, et il se trouve qu'il avait manifesté de l'intérêt pour le Bailly. Depuis pas mal de temps. Il était sur sa liste.

— Merde ! s'exclama Summer. J'aurais vraiment voulu qu'il n'ait rien à voir là-dedans.

— Ça ne veut pas dire qu'il est mêlé au vol, tempéra Dominik. Mais c'est vrai que c'est une étrange coïncidence.

— Je suis d'accord avec toi. Je ne sais pas quoi faire. Le confronter ?

— Je ne suis pas certain que ce soit une bonne idée. Il est avec vous ?

— Non, il est rentré à Londres aujourd'hui. Avec Luba. Il a un planning d'enregistrements pour les semaines à venir. Il a dit qu'il essaierait de nous rejoindre à Stockholm. Il a même fait allusion à une possible apparition sur scène. Histoire de montrer que nous avons sa bénédiction.

— Je peux faire quelque chose ?

— Il faut que j'y réfléchisse.

Il y eut un silence. Il entendait le bruit des voitures à l'arrière-plan. Elle courait certainement le long d'une route très fréquentée.

— Tu ne vas pas à Barcelone, par hasard ? s'enquit-il.

— Pas cette fois-ci. Une autre fois peut-être. On repartira peut-être après notre retour à Londres. Pourquoi cette question ?

— J'y vais cette semaine. Pour faire la promo de mon bouquin. J'avais accepté il y a longtemps.

— C'est chouette.

— Je me demandais si on pouvait se retrouver là-bas…

— Mmmmh…, fit-elle d'un ton indéchiffrable. Pas cette fois-ci.

— Écoute, à propos de l'autre nuit…

— Je sais, Dominik… J'aimerais beaucoup en discuter quand je serai de retour à Londres.

— D'accord.

— Autre chose…, ajouta-t-elle.

— Oui ?

— La danseuse russe qu'on a croisée à La Nouvelle-Orléans…

Elle laissa sa phrase en suspens.

— Luba. Oui, elle m'a reconnu. Moi aussi.

— Elle est avec Viggo.

— J'ai vu ça. Mais… toutes les deux… vous êtes avec lui ?

— C'est compliqué.

— On dirait bien. Mais ça n'a aucune importance. Le plus important est que nous nous parlions de nouveau.

— Je pense que nous avons fait un peu plus que nous parler, observa Summer, une trace de sourire dans la voix.

Dominik se rendit compte qu'elle était un peu sur ses gardes. Elle avait toujours détesté le téléphone. Elle ne pouvait s'exprimer pleinement que dans la proximité du face-à-face.

— Je te laisse à ton jogging, reprit Dominik. Je peux te rappeler plus tard dans la semaine ?

— Bien sûr.

La Sant Jordi était l'équivalent catalan de la Saint-Valentin, même si « Jordi » signifiait « Georges ». Cette fête avait lieu un dimanche par an, et le centre de Barcelone était transformé pour l'occasion en un gigantesque marché, du nord de la place Catalunya jusqu'à l'avenue Diagonal. De vastes étals de fleurs et des tables croulant sous le poids de centaines de livres vieux ou neufs fleurissaient un peu partout. C'était une célébration de la nature et de la lecture. Une foule d'écrivains passaient de stand en stand pour dédicacer leurs ouvrages avant qu'ils soient vendus. Les stands étaient organisés par les libraires et les éditeurs. La tradition voulait que les femmes offrent un livre à leur amoureux, ces derniers leur offrant en retour une fleur, de préférence une rose. Durant ce jour ensoleillé, la moitié de la ville déambulait sur la Rambla, un livre ou une rose à la main. Ce spectacle fit sourire Dominik, qui se déplaçait de stand en stand, guidé par son attachée de presse.

Si Summer avait été là, quel livre lui aurait-elle offert ? Il se rendit soudain compte qu'elle n'aurait guère eu de choix, la majorité des titres étant en espagnol. Une pensée le frappa soudain : les livres sont éternels, alors que les fleurs se fanent et meurent. Fallait-il y voir la représentation des relations entre les hommes et les femmes ?

Il était assis au dernier stand de la journée, désœuvré à côté des auteurs espagnols qui continuaient à signer leurs romans en bavardant avec leurs lecteurs, quand un long bras mince et pâle lui tendit un exemplaire abîmé de son roman, dans l'édition anglaise.

Dominik leva les yeux.

Luba la voyageuse.

Vêtue comme d'habitude de manière spectaculaire, dans une flamboyante robe ultramoulante signée Roland Mouret.

— Vous ici ? s'étonna Dominik.

— Vous ne refuserez pas une dédicace à une amie ?

— Une amie ou une harceleuse ?

Le rire de Luba était pur comme du cristal.

— Je vous ai donné mon numéro et vous ne m'avez pas appelée. Que devais-je faire selon vous ?

Il saisit le livre, l'ouvrit à la page de garde et le lui dédicaça. Elle n'avait pas menti quand elle lui avait dit l'avoir lu. « Pour une danseuse privée », écrivit-il.

Une légère brise de fin d'après-midi s'était levée sur la Rambla, et les cheveux d'un blond très clair de Luba flottaient comme un voile soyeux dans les méandres du courant invisible du vent, pendant qu'elle lisait ce qu'il avait écrit.

— Joli, remarqua-t-elle.

— C'est un plaisir.

— Je vois que vous avez presque fini. Si on allait boire un verre, un café, voire manger des tapas ?

L'attachée de presse que ses éditeurs lui avaient allouée lui signifia que son travail était terminé et qu'il pouvait partir. Il la remercia, ainsi que ceux qui tenaient le stand, et se leva.

— Comment saviez-vous que j'étais à Barcelone ? Et ne me dites pas que vous êtes ici par hasard.

— Élémentaire, mon cher Dominik. Je vous ai googlisé. Et j'ai découvert que votre éditeur espagnol avait publié sur son site la liste des écrivains qui seraient présents à la Sant Jordi. Facile, conclut-elle avec un sourire désarmant.

Dominik avait du mal à imaginer que quelqu'un d'aussi éthéré et sensuel que Luba puisse se servir d'un ordinateur, mais son explication se tenait. De nos jours, il est impossible de vivre caché.

— Vous avez fait tout ce chemin pour obtenir une dédicace ?

— Non. Je suis venue pour travailler. Danser.

— Ah…

— Une danse privée.

— Comme à La Nouvelle-Orléans ? demanda-t-il.

— Pas tout à fait.

— Et que dit Viggo de votre travail… en free-lance ?

— Ça ne le regarde pas, répondit-elle avec simplicité. Je ne lui appartiens pas.

— Bien.

Ils remontèrent le Passeig de Gràcia et dénichèrent un bar auquel on accédait par quelques marches en pierre. Bas de plafond, à moitié enterré, il embaumait le café, le tabac et le jambon fumé.

Ni l'un ni l'autre ne parlait espagnol. Ils se contentèrent donc de désigner les petites assiettes garnies de tapas pour indiquer celles qu'ils désiraient. Les regards des hommes présents étaient tous fixés sur Luba. On ne voyait qu'elle, souple et gracieuse, impériale, presque parfaite. Sa robe écarlate brillait comme un phare dans la lumière mourante de la fin de journée.

— Une voiture viendra me chercher ce soir à 22 heures, expliqua-t-elle.

— Ce sont vos clients qui l'envoient ?

— Oui. Je pense qu'ils sont russes. Et riches. Ils pullulent de nos jours. Ce n'était pas comme ça quand j'étais plus jeune. Ce sera sur un bateau. Mon show, je veux dire.

— Vous avez une réputation internationale, apparemment.

— Peut-être, répondit-elle avec un sourire modeste.

Elle prit un petit morceau d'une des tapas, de la pomme de terre frite recouverte de crème et de paprika.

— C'est délicieux, remarqua-t-elle. Vous devriez goûter.

Dominik avala quelques olives vertes farcies aux anchois. L'équilibre des saveurs était subtil et addictif. On avait à peine fini une bouchée qu'on en voulait une autre. Les cafés qu'ils avaient commandés étaient fumants et très forts. Il demanda une bouteille d'eau minérale au serveur.

— J'ai aimé votre livre, reprit Luba. Elena, votre héroïne, est très réaliste. Mais aussi autodestructrice.

— C'est pour ça que vous vouliez me voir. Mais il est trop tard pour changer quoi que ce soit, vous savez. Ce roman est mort et enterré.

— Enterré ?

— C'est juste une expression. Je veux dire par là qu'il est achevé. Je suis sur un autre projet. Une autre histoire, d'autres personnages.

— J'ai toujours pensé que les écrivains étaient des hommes complexes, et ça me remplit de curiosité, c'est tout.

— Si seulement tout le monde éprouvait la même curiosité…

— Quel est le sujet du nouveau roman ? Enfin, si j'ai le droit de demander.

— Des instruments de musique. Je veux raconter l'histoire de l'un d'eux en particulier, un violon, et de ses différents propriétaires…, son histoire sur plusieurs siècles.

— Oh, c'est une idée géniale ! s'exclama Luba en tapant des mains. Je pense que je sais qui vous a inspiré.

— Vous voulez parler de Summer ?

— Elle est violoniste. Mais j'avoue que j'avais aussi envie de rencontrer l'homme qui a demandé à sa compagne de danser à La Nouvelle-Orléans.

— Je suis ravi que vous nous trouviez distrayants.

— La vie des gens me fascine terriblement, répondit Luba.

— Vous n'êtes donc pas seulement une femme qui danse nue. Vous êtes aussi une voyeuse à votre façon.

— Et pourquoi pas ? Je suis pour tout ce qui rompt la monotonie de la vie.

— Parlez-moi de votre ami… Viggo.

— Qu'est-ce que vous voulez savoir ?

— On m'a dit que c'était un collectionneur. D'œuvres d'art, d'instruments de musique.

— Ah, je comprends pourquoi vous vous intéressez à lui, déclara Luba avec un sourire énigmatique.

— Je voudrais en savoir plus sur lui. Alors ?

— Posez-moi des questions. J'y répondrai de mon mieux.

Luba accepta que Dominik la regarde danser de nouveau. Ils convinrent d'un rendez-vous dans le hall de l'hôtel de la jeune femme un peu avant que la limousine vienne la chercher à 22 heures. Elle logeait au *Condal*, loin du centre-ville bruyant de Barcelone, un hôtel luxueux mais discret, en dehors des sentiers battus. Les réceptionnistes – uniquement des hommes au physique de mannequins sanglés dans les mêmes costumes noirs – lui décochèrent un regard entendu quand il leur annonça qu'il attendait la blonde éblouissante.

Elle émergea de l'ascenseur dans une splendeur de blancheur. Sa longue silhouette était enveloppée dans une robe en soie ivoire froufroutante et ses longues jambes prolongées par de vertigineux escarpins argentés. Ses indomptables boucles blondes flottaient sur ses épaules, et ses bras nus avaient la blancheur de la porcelaine. Ses yeux étaient soulignés par un maquillage très foncé, qui contrastait violemment avec le reste de son visage, où se détachaient le rouge pâle de ses lèvres et le rose de ses pommettes. Une œuvre d'art très étudiée.

La limousine les attendait dehors. Le chauffeur impassible, en uniforme et casquette gris, leur ouvrit la portière.

Luba avait dit à Dominik de porter un costume. Il en avait glissé un dans sa valise au cas où, avant de quitter Londres, mais il n'avait pas emporté de cravate. En sortant du bar et en attendant l'heure du rendez-vous avec Luba, il avait donc passé tout le temps qui lui restait à chercher une cravate décente au *Corte Inglès*, sur la place Catalunya.

Le luxueux véhicule déboîta, le moteur ronronnant doucement. À l'abri du regard du chauffeur, séparé d'eux par une épaisse vitre, Dominik demanda à Luba où ils se rendaient.

— Je ne pose jamais la question, répondit la jeune femme.

Elle n'ajouta rien.

La limousine quitta rapidement la ville et emprunta l'autoroute qui menait vers le sud. Ils roulèrent pendant une demi-heure, sous la pleine lune qui se reflétait dans la mer à leur gauche. Ils traversèrent à toute allure les tunnels qui creusaient les collines, non loin de villages de pêcheurs ou de stations balnéaires.

Durant tout le trajet, Luba demeura silencieuse. Elle s'était retirée dans une tranquille méditation, profondément concentrée. Elle semblait répéter sa performance, comme si elle y était déjà.

La voiture suivit un panneau indiquant Sitges et quitta la route principale pour se frayer un chemin dans le village. Elle s'éloigna des ruelles du centre-ville gothique, traversa les collines environnantes, peuplées de luxueux hôtels, puis franchit la ligne de chemin de fer et se dirigea vers une jetée très éclairée.

Une grille en barrait l'accès. Le chauffeur pianota un code, et le portail s'ouvrit.

Le yacht, monstrueux assemblage de ponts en fer et en bois emboîtés les uns dans les autres comme des poupées russes, était ancré au bout de la longue jetée, isolé des autres bateaux. Il était peu éclairé, comme pour ne pas attirer l'attention sur son opulente élégance.

Un vigile baraqué vérifia que le nom de Luba se trouvait bien sur la liste qu'il avait en main et leur fit signe de descendre sur le pont inférieur, où une foule d'invités bien habillés bavardaient en buvant. Dominik reconnut de l'anglais, du français, de l'espagnol, quelque chose qu'il prit pour du russe, et de nombreuses autres langues.

Une femme entre deux âges en robe du soir noire aperçut Luba et lui fit signe. La jeune femme suggéra à Dominik de faire connaissance avec les autres invités et de s'amuser, puis elle suivit la femme vers sa loge, afin de se préparer pour le spectacle.

Dominik se dirigea vers le bar en espérant que son costume noir bon marché ne déparerait pas trop dans cet océan de richesses. Le barman chauve lui tendit une coupe de champagne. Il déclina et demanda un verre d'eau minérale, Perrier ou San Pellegrino. Sans surprise, le barman lui proposa les deux. Il avait manifestement tous les breuvages du monde.

Il essaya de s'intégrer le mieux possible, même s'il ne connaissait personne. Il papillonna entre les groupes, saisit des bribes de conversation tenues dans des langues qu'il ne comprenait pas. Aucun des invités ne semblait remettre en cause sa présence sur le bateau, même s'il se sentait totalement déplacé. Au moins le navire était-il amarré : Dominik souffrait du mal de mer et il aurait été bien embarrassé si la fête avait eu lieu au large.

La femme qui avait accompagné Luba un peu plus tôt refit son apparition et dirigea les invités vers un niveau inférieur du yacht. Dominik suivit la foule. On les conduisit vers un luxueux salon dans lequel une petite scène avait été installée face à des rangées de chaises pliantes. Le fond de la pièce, près des immenses baies vitrées qui donnaient d'un côté sur les eaux du port, de l'autre sur l'immensité de la mer, était occupé par une collection de canapés en cuir brillant. Des spectateurs richement vêtus y prirent place. Dominik supposa qu'il s'agissait des propriétaires du bateau et des hôtes de la soirée : si l'on en croyait leurs traits slaves, il devait s'agir de mafieux russes et de leurs poules. Des serveurs en uniforme circulaient entre les sièges et proposaient du champagne aux invités. Dominik s'assit dans le coin le plus reculé de la pièce.

Quand tout le monde fut confortablement installé, les conversations moururent, et un frisson d'anticipation parcourut l'assistance. Les lumières, déjà tamisées, furent baissées davantage.

Deux assistants qui se tenaient près de l'escalier installèrent deux lourds projecteurs sur des trépieds et les allumèrent. La scène improvisée se trouva baignée dans une lumière crue, et Dominik reconnut la voix enregistrée qui sortait des haut-parleurs. « Mon nom est Luba... » Puis les notes de la mélodie de Debussy, et l'entrée de la jeune femme, dans sa robe de coton blanc. Elle s'avança nonchalamment vers la scène et resta immobile comme une statue, sa silhouette parfaite éclairée sans merci par la violente lueur des projecteurs.

Dominik l'avait déjà vue danser à La Nouvelle-Orléans, ce qui ne l'empêcha pas d'être émerveillé par la grâce et la solennité de ses mouvements, d'une infinie lenteur, séduisants, élégants, sensuels. Chaque centimètre carré de sa peau finit par être dévoilé et par s'offrir dans son absolue nudité. Mais son visage demeura parfaitement impassible, perdu dans ses pensées, habitant d'un autre monde, très loin du yacht et du port de Sitges Aguadolç.

Ses seins fermes et haut perchés ne semblaient pas dérangés par le rythme de son corps. Elle pivota, et, quand son sexe fit face à l'assemblée silencieuse, Dominik vit le minuscule revolver tatoué à l'encre bleue à quelques centimètres de sa fente. Intrigant, provocant, comme une manière définitive d'asseoir la fascination qu'elle suscitait chez les autres, comme un point sur le « i » de sa personnalité hors du commun. Il songea qu'il aurait dû lui demander l'explication de ce tatouage quand il en avait eu l'occasion. Les hommes – et les femmes – autour de lui retenaient leur souffle devant le spectacle de Luba se contorsionnant, sinueuse, au rythme de la musique lumineuse et impressionniste. Elle exposait sans vergogne tous les recoins de son intimité, les exhibant.

Les dernières notes de musique s'égrenèrent une à une, et Luba retrouva progressivement sa position première de statue vivante. Mais, cette fois-ci, les lumières ne s'éteignirent pas, et un autre morceau de musique débuta. Un tango.

Une mélodie sensuelle, lascive et langoureuse perça le silence qui avait suivi la performance de Luba.

Un homme monta sur la scène, face à la jeune femme. Il était nu lui aussi, et jeune, entre vingt et vingt-cinq ans. Sa peau avait la couleur de l'or brun, presque cuivrée. Dans un tout autre endroit, il aurait eu l'air déplacé, comme s'il avait passé des jours entiers dans une cabine de bronzage, mais là il brillait comme une divinité marine. Il était athlétique, avec des jambes musclées et des pectoraux bien dessinés. Sa poitrine frémissait à chaque respiration. Ses cheveux, lissés en arrière, accentuaient la ligne virile de sa mâchoire.

Son sexe, qui était la seule chose molle dans ce corps dur, se mit à bander en présence de Luba. Le jeune homme attendait qu'elle fasse un geste, s'imprégnant de la richesse de sa nudité.

Luba ouvrit les yeux. Elle battit théâtralement des cils pour marquer sa surprise de le voir devant elle, comme si sa présence ne faisait pas partie du spectacle. Le danseur fit brusquement demi-tour et saisit la main de la jeune femme. Il l'attira contre lui, et leurs deux corps nus se rencontrèrent. De l'autre main, il saisit le menton de Luba après avoir fait glisser ses doigts sur son cou.

La statue nouvellement formée resta un instant immobile, yeux dans les yeux, peau contre peau, jusqu'à ce que la ligne mélodique principale du tango se déroule. Ils entamèrent alors leur danse, jambes entremêlées, corps collés.

Dominik regarda le couple glisser langoureusement sur la petite piste de danse. Il se demanda si ce numéro avait été répété et où.

Son partenaire menait Luba sur les échos sans fin de la musique ; elle se laissait diriger par la gravité et l'enlacement autoritaire, jambes et corps en parfaite extension avant que sa silhouette soit brisée encore et encore sur l'autel de la domination du jeune homme. En réaction à la proximité du corps des danseurs et à l'obscénité avec laquelle Luba était étirée et exposée, la chaleur dans la salle se fit plus intense. Le danseur bronzé et musclé comme un dieu la faisait bouger sans que son expression, sévère, dominatrice, change d'un iota.

Elle écarta brièvement et largement les jambes, révélant son intimité, puis il l'attira de nouveau à lui. Son sexe était à présent aussi rigide que le reste de son corps et il était pressé étroitement entre leurs ventres. Dominik songea que la scène était à la fois choquante et magnifique.

C'était la danse du désir et du danger : Luba semblait avoir abdiqué toute volonté, elle était soumise à son partenaire qui la faisait bouger comme bon lui semblait. Impossible de détourner les yeux de la pellicule de sueur brillante qui recouvrait à présent les deux corps et de la vision pornographique du désir masculin, suscité par l'intense proximité du corps exquis de la jeune Russe. Dominik regarda la façon dont son sexe caressait le nombril de Luba, qui, les jambes impeccablement tendues, le pied pointé comme une ballerine, avait rejeté la tête en arrière, rigide, lointaine.

La musique atteignit son apogée. Le danseur jeta Luba au sol, où elle se déploya, écartant bras et jambes dans une parfaite position géométrique. Il se pencha de nouveau vers elle et la releva d'un seul mouvement en la tirant par la main. L'alignement de leurs corps était un rituel, une cérémonie du désir.

Une fois à la verticale, Luba leva la jambe jusqu'à obtenir un angle parfait, puis, à la surprise du public, le jeune homme la pénétra d'un mouvement fluide, sa queue dressée plongeant dans les profondeurs de sa chatte offerte.

Il s'enfonça jusqu'à la garde. Le couple était à présent lié, frissonnant au rythme de la musique. Ils continuèrent à danser : à présent le danseur menait sa partenaire avec son sexe autant qu'avec ses bras. Dominik remarqua qu'il ne se retirait jamais, et que les figures du tango ne perdaient en rien de leur élégante fluidité.

Sur une chaise devant lui, il vit une femme agripper la cuisse de son voisin.

D'une certaine manière, on n'aurait pas dit qu'ils baisaient. Ils dansaient toujours ; une danse primitive, terriblement belle, dans laquelle la grâce de leurs corps avait transcendé l'obscénité de la scène.

Dominik retint son souffle. Ses yeux étaient rivés sur les frissons qui parcouraient les fesses de Luba alors qu'elle tournait autour du corps de son partenaire, dont le sexe était devenu une extension de la colonne vertébrale de la jeune femme : s'il se retirait soudain, elle s'effondrerait comme une poupée de chiffon privée de soutien.

La musique commença à s'estomper, et la danse ralentit jusqu'à ce que Luba et son partenaire s'immobilisent totalement, toujours liés, comme des statues de chair. Leur immobilité était quasi parfaite, à peine rompue par le léger mouvement de la poitrine du jeune homme qui retrouvait son souffle et par la couleur rosée, preuve de son désir, qui s'étendait entre le cou et les seins de la jeune femme.

On aurait entendu une mouche voler.

La femme qui orchestrait l'événement fit un signe aux deux marins, qui éteignirent les projecteurs.

Dominik avala une longue gorgée d'eau minérale : il savait que certaines des images de cette soirée resteraient gravées à jamais dans ses souvenirs. Son esprit ne tarda pas à relier la vision passionnée des sexes mêlés des deux danseurs avec l'ardente chaleur qu'il ressentait quand il couchait avec Summer, à la façon dont le corps de la violoniste lui répondait, à la perfection avec laquelle leurs désirs coïncidaient, à leurs ténèbres intimes qui se rencontraient au carrefour invisible de leurs âmes. Il était assez lucide pour voir qu'ils étaient tous deux imparfaits, au contraire de Luba, dont le bonheur serein avait quelque chose d'irréel. Mais Summer et lui se complétaient. Ensemble, ils formaient un tout.

La limousine les ramena à leurs hôtels respectifs à Barcelone. La lune était bien ronde au-dessus de la mer Méditerranée tandis que la voiture roulait rapidement sur l'autoroute côtière déserte.

— C'était magnifique, dit Dominik.

— C'était bien payé, répondit Luba.

— J'imagine. C'était votre partenaire… habituel ?

— J'en ai plusieurs. Ça dépend des contrats. C'est un domaine de compétence… assez pointu, expliqua-t-elle.

— Il avait l'air latino-américain. Mais mon impression est peut-être faussée parce que c'était un tango. Il s'appelait comment ?

— Je n'en sais rien. Je ne demande jamais.

Elle lui tourna le dos, les yeux rivés sur l'obscurité.

— Vraiment ?

— Pour quoi faire ? Je suis disponible, le danseur mène, je suis. C'est tout.

Elle pivota pour lui faire face.

— J'ai quelque chose à vous demander, Dominik.

— Quoi ?

— Promettez-moi de ne jamais raconter cette scène dans un de vos romans. D'accord ?

Dominik hésita. Il pensait depuis le début du trajet de retour à la façon dont il pourrait décrire avec des mots le spectacle délicieux et transgressif auquel il avait assisté. C'était très tentant.

Luba remarqua sa réticence.

— Promettez-moi, insista-t-elle.

— D'accord, céda Dominik.

Un silence un peu gêné s'installa entre eux. La limousine avait atteint les faubourgs de la ville et passait de feu rouge en feu rouge.

— J'ai rencontré Viggo comme ça, dit soudain Luba. J'étais dans un spectacle de ce genre. Avec un autre partenaire. Un Ukrainien, comme moi. C'était à Amsterdam.

— Et vous êtes devenus… amis ?

— Oui. Viggo m'a ensuite proposé d'être sa maîtresse. Il m'a dit qu'il aimait les belles choses et que je serais la pièce maîtresse de sa collection. C'est une façon idiote de séduire une femme, mais il était riche, charismatique et drôle, et j'avais besoin de sortir un peu de la danse.

— Vous l'avez donc suivi à Londres ?

— Oui. Il a même loué un jet privé pour rentrer. Il aime me gâter, et il adore se faire plaisir. Mais il a un bon fond. Et c'est un amant intéressant.

— C'est comme ça que vous classez les hommes ? Par niveau d'intérêt ?

— Pourquoi pas ?

Elle lui sourit, taquine. La fatigue causée par sa récente performance semblait s'estomper.

— Mais vous avez décidé de vous remettre à danser ?

— Je m'ennuyais, répondit-elle. Et puis à quoi bon trouver des raisons ? Je fais ce que je veux. Je ne suis pas mariée à Viggo. C'est une amitié entre égaux. Ce n'est pas un homme jaloux.

— Je vois, acquiesça Dominik. Et ses collections, alors ?

L'orgueil et la joie de Viggo venaient de sa collection d'instruments de musique. Il possédait deux guitares électriques qui avaient appartenu à Jimi Hendrix, une guitare acoustique espagnole dont John Lennon aurait joué, une trompette de Satchmo abîmée, un véritable violon de Paganini et tout un assortiment d'instruments rares associés à de célèbres musiciens, classiques ou rock. Non content de posséder ce véritable trésor, il avait aussi plusieurs dessins de Picasso, une œuvre de jeunesse originale de Warhol, un Hirst, ainsi que des gravures en édition limitée de peintres divers. Il fallait ajouter à ça les premières éditions des œuvres complètes de F. Scott Fitzgerald, de William Faulkner et de Hemingway. Tous les exemplaires étaient sous jaquette, et certains étaient dédicacés.

Cette collection était exposée dans plusieurs pièces à température soigneusement contrôlée de son hôtel particulier de Belsize Park.

— Fascinant, commenta Dominik. Il n'a pas un autre endroit pour ses œuvres les plus précieuses ?

Il existait une pièce en sous-sol, dans laquelle Luba n'était jamais entrée, et au sujet de laquelle Viggo se montrait très secret. Il disait y conserver seulement ses disques vinyles rares, ce qui était assez étrange. Mais ni Luba ni les autres membres de l'entourage fluctuant de Viggo n'avaient jamais fait preuve de curiosité à l'égard de cette pièce.

— Peut-être qu'il y stocke des choses plus fragiles ? spécula Luba.

— Peut-être, acquiesça Dominik, qui n'avait aucune envie de s'étendre sur le sujet.

Ils remontaient à présent l'avenue Diagonal et parvinrent rapidement à l'hôtel que les mafieux russes avaient réservé pour Luba. Il proposa de regagner son propre hôtel à pied, puisqu'il n'était qu'à dix minutes de marche, mais Luba insista pour demander au chauffeur impassible de le déposer après elle. Ils décidèrent de se revoir plus tard à Londres.

Dominik rentra chez lui deux jours plus tard. La première chose qu'il remarqua en regagnant sa maison de Hampstead fut la grosse valise Samsonite de Lauralynn, posée près de la porte d'entrée, à côté d'un gros sac plastique de *duty free*.

Dominik l'appela. Pas de réponse.

Il monta l'escalier jusqu'à la chambre de la jeune femme et frappa doucement à la porte, au cas où elle ferait la grasse matinée.

La pièce était vide, et le lit n'avait pas été défait. Des vêtements et des chaussures épars jonchaient le sol, comme si elle était pressée, non pas de défaire ses valises mais de les refaire.

Il se souvint soudain qu'il avait oublié de lui laisser un mot pour lui dire qu'il était à Barcelone. Peut-être avait-elle décidé, en trouvant la maison vide, d'aller passer quelques jours chez quelqu'un d'autre.

Dominik se sentait émotionnellement vidé. Il décida de laisser son sac dans l'entrée, fraternellement posé à côté de celui de Lauralynn, et se dirigea tout droit vers sa chambre, avec la ferme intention de chasser tous ses soucis par une bonne nuit de sommeil. Il avait pris le vol de 6 heures du matin à Barcelone.

Semant derrière lui un sillage de vêtements, il s'effondra sur son lit, trop épuisé pour se glisser sous les couvertures. Il s'endormit immédiatement.

Il fut réveillé en fin d'après-midi par la caresse d'un souffle tiède sur ses fesses nues.

— Salut, étranger…

Il ouvrit à demi les yeux, tourna la tête et vit que Lauralynn le regardait, amusée. Se rendant compte qu'il était nu et excité, il tenta de tirer la couverture vers lui, ce qui fit rire la jeune femme.

— Oh, Dominik, c'est pas comme si je n'avais pas déjà tout vu, dit-elle. D'où vient cette soudaine timidité ?

— Pas faux, grommela-t-il.

Elle portait un tee-shirt publicitaire pour un groupe dont il n'avait jamais entendu parler, un jean blanc et des bottes en cuir lacées jusqu'à mi-mollet. Allongé ainsi sur le lit, il la trouvait encore plus grande que d'habitude.

— Bienvenue à la maison, dit-il en l'attirant à lui pour la faire asseoir à ses côtés.

— Pareillement. Tu ne m'avais pas dit que tu ne serais pas là.

— Je sais. Je suis désolé.

— Je croyais que tu étais à Berlin. J'y suis allée, pensant te faire la surprise.

— Berlin ?

— Oui. J'ai supposé que tu savais que Summer et le groupe de Chris donnaient un concert là-bas. C'était ta dernière recherche sur ton historique de navigation. Mais tu n'y étais pas. Je fais un piètre Sherlock, hein ?

— J'étais à Barcelone. Une tournée de dédicaces pour mes éditeurs espagnols.

— Barcelone !

Lauralynn éclata de rire.

— Et dire que je t'ai cherché du mauvais côté de l'Europe, poursuivit-elle.

— Comment était Berlin ?

— Comment était Barcelone ?

— Intéressant, éluda-t-il.

— C'est tout ce que tu comptes me dire ?

— Oui, affirma Dominik, en souriant à la pensée de Luba et de son spectacle, des étals de livres le long des Ramblas, des roses en pleine floraison.

— J'ai rencontré Summer.

— Et ? s'enquit-il d'un ton volontairement détaché.

— C'était sympa.

— Sympa ?

— Écoute, je l'aime bien. Je l'aime beaucoup.

Elle remarqua que le visage de Dominik s'assombrissait.

— Je ne l'aime pas de cette manière, se dépêcha-t-elle d'ajouter. C'est juste une amie, une pote.

— D'accord.

— Et tu es tellement idiot, Dominik, mais vraiment. Pourquoi diable lui as-tu laissé croire que nous étions en couple, toi et moi ? Tu sais très bien que nous n'en sommes pas un.

Dominik pâlit.

— J'ai entendu dire qu'elle s'était mise à la colle avec Viggo Franck. Je sentais qu'elle avait encore des sentiments pour moi. Je voulais la déculpabiliser. Et je ne lui ai jamais dit que nous étions ensemble. Juste qu'on vivait ensemble, ce qui n'est pas la même chose.

— Et qu'est-ce que tu croyais qu'elle en penserait ? Quelles conclusions allait-elle évidemment en tirer ? Vous êtes deux crétins congénitaux.

— Deux ?

— Oui. Vous êtes tous les deux votre pire ennemi. Obstinés, orgueilleux..., la liste de vos péchés est longue.

— Tu lui as expliqué ce qu'il y avait vraiment entre nous ?

— Évidemment. Je le lui ai très clairement dit, ce que tu aurais dû faire quand tu l'as vue à Brighton. On dirait deux gamins immatures.

— Et Viggo ?

— Mais c'est pas vrai, tu n'as rien compris ! C'est juste un mec de passage. Tu as vraiment l'impression que c'est un mec exclusif ? Et il a cette fille, la Russe.

— Luba.

— C'est comme ça qu'elle s'appelle ? Une fille de plus, à tous les coups. Et pas jalouse.

— Je l'ai rencontrée.

— Tant mieux.

— Elle est sympa, dit-il. Je pense qu'elle te plairait.

— Eh bien, présente-la-moi.

— Je n'y manquerai pas.

— C'est le moins que tu puisses faire si tu veux que je te pardonne.

— Comment a réagi Summer quand tu lui as dit qu'on n'était pas ensemble ?

— En colère, surprise, soulagée. J'en sais rien. Elle ne s'y attendait pas ; ça, c'est sûr.

— Qu'est-ce que je fais maintenant ?

— Tu l'appelles, idiot. Ça suffit, vos petits jeux. Vous êtes faits l'un pour l'autre. Mais c'est à toi de trouver une manière pour que ça fonctionne entre vous.

Dominik frissonna. La fenêtre de sa chambre était entrouverte : le crépuscule tombait, et les arbres du parc frémissaient sous la brise du soir.

— Et couvre-toi, ordonna Lauralynn en jetant un coup d'œil entre ses jambes. Ou cette adorable queue va se réduire à des proportions beaucoup moins attirantes.

11

Des nus sur les murs

Viggo et Luba étaient blottis l'un contre l'autre comme deux lianes enroulées ; les bras de Viggo enlaçaient le dos de Luba, dont les longues jambes étaient posées sur celles du chanteur.

Je m'étais réveillée un peu loin d'eux, près de tomber du lit, et je m'étais levée sans faire de bruit. J'avais gagné la salle de bains silencieusement, histoire de ne pas les réveiller. Viggo avait un sommeil de plomb, mais Luba jouissait de réflexes de chat, et je m'attendais à la voir battre ses longs cils d'un moment à l'autre.

Je ne voulais pas lui expliquer pourquoi je m'étais levée si tôt ni ce que je comptais faire.

Les jours où nous dormions tous les trois les uns contre les autres étaient loin. Partager le lit avec eux m'asphyxiait. Mais mettre un terme à notre relation pourrait, j'en avais peur, sonner la fin de la carrière de Chris et la disparition définitive du Bailly. J'étais donc condamnée à rester avec eux pour le meilleur et pour le pire.

La tournée avait été un franc succès, pour moi comme pour les Groucho Nights. Chris, Ella et Ted étaient à présent en train d'écrire et d'enregistrer leur premier album studio. Marija, Baldo et Alex étaient repartis pour New York et le monde plus classique de leur orchestre, mais il était possible qu'ils reviennent plus tard pour faire quelques enregistrements pour le CD. Viggo avait accepté de payer la facture.

Et je me préparais pour un rendez-vous avec Dominik.

Enfin, j'espérais qu'il s'agissait bien d'un rendez-vous. Nous avions élaboré un plan afin de récupérer le Bailly, qui, nous en étions certains, était caché quelque part dans la maison de Viggo, et nous devions nous voir pour mettre au point les derniers détails.

J'avais suivi les instructions de Dominik à la lettre, fait faire un double des clés et prévu une soirée pour éloigner Viggo et Luba. Je lui avais aussi dessiné un plan de toutes les pièces, et j'avais rédigé des notes lui indiquant comment accéder au sous-sol et à la pièce fermée dans laquelle mon violon avait des chances de se trouver.

La seule chose que je n'avais pas réussi à obtenir, c'était le code secret de l'alarme qui ouvrait cette porte. Je n'avais jamais vu Viggo l'ouvrir ni même descendre au sous-sol. Il ne contemplait jamais ses œuvres, se contentant de la joie de les posséder.

J'avais tout vérifié plusieurs fois, écumé les recoins de toutes les pièces à la recherche de caméras de surveillance qui auraient pu m'échapper, relu mes plans pour être sûre que je n'avais rien oublié, mais j'étais toujours inquiète. J'avais passé toute la semaine à arpenter la maison de long en large, partagée entre la crainte que Dominik ne se fasse attraper par ma faute et l'excitation de le revoir.

Nous nous étions téléphoné plusieurs fois depuis la nuit à Paris, mais nous n'avions parlé que du Bailly et de nos recherches, jamais de nous. Je n'étais pas certaine que Lauralynn ait raison et qu'il soit amoureux de moi. Je n'étais pas non plus certaine d'être amoureuse de lui. J'avais plutôt l'impression qu'il était la gauche de ma droite, le yin de mon yang. Nous étions les deux moitiés d'un tout, et nous ne nous en sortions pas bien l'un sans l'autre. Si c'était ça l'amour, alors je suppose que nous étions amoureux l'un de l'autre, mais je craignais fort que nous n'ayons jamais droit à la fin heureuse promise par les romances populaires et Hollywood. Je savais que je finirais par m'ennuyer si ma vie prenait le tournant sucré promis dans les pages des romans aux couvertures pastel et aux titres en italique et en relief, que j'avais toujours évités comme la peste, peut-être par peur de succomber à leur charme.

J'aimais Dominik pour toutes les mauvaises raisons. Être avec lui, c'était comme marcher sur le fil du rasoir. Il était tout ce que je voulais que ma vie soit : imprévisible et dangereux. Mais je ne savais toujours pas ce qu'il ressentait pour moi.

Il avait suggéré que nous nous retrouvions dans le café de St Katharine Docks, où nous nous étions vus pour la première fois trois ans auparavant. Je me demandais s'il avait choisi cet endroit par sentimentalité ou parce qu'il était pratique.

J'avais d'abord enfilé un jean et un tee-shirt blanc, une tenue que je ne portais quasiment jamais mais qu'il aimait bien, certainement parce qu'il savait que je ne mettais ces vêtements que lorsque je me sentais vraiment détendue et en confiance. Mais, au dernier moment, j'avais préféré une jupe courte : j'espérais qu'il la remonte et qu'il me saute dans les toilettes, au fond d'une ruelle ou à l'arrière de sa voiture. Même une main sur la cuisse serait difficile à encourager en pantalon.

Il pleuvait quand je suis arrivée près du quai où se situait le café. Il faisait beau quand j'avais quitté la maison : je ne m'étais donc pas encombrée d'un parapluie et je portais des sandales. Mon chemisier était trempé ; il me collait à la peau, et l'eau ruisselait le long de mes jambes.

Il m'a fallu un moment pour ouvrir la porte du café ; mes mains tremblaient tellement que je n'arrivais pas à saisir la poignée. J'éprouvais un mélange d'excitation et de joie à l'idée de le revoir.

J'avais espéré arriver la première afin de pouvoir aller me sécher un peu dans les toilettes, au moins essayer d'arranger mes cheveux, qui étaient plaqués sur mes épaules, mais Dominik était déjà installé dans le coin sous l'escalier, à l'endroit exact de notre première rencontre. Il avait commandé, et un des serveurs se dirigeait vers lui avec, sur un plateau, un expresso pour lui, un café au lait pour moi et un sucrier.

Je me suis glissée sur le siège en face du sien. Mes cuisses mouillées ont dérapé sur le bois dur de la chaise.

— Tu as oublié ton parapluie ? a-t-il dit avec un sourire taquin.

— Non, je l'ai fait exprès, ai-je rétorqué, agacée.

J'ai rougi aussitôt. Je ne savais pas ce qui m'avait poussée à l'agresser ainsi, alors que j'avais l'intention de lui prouver que je voulais être avec lui. C'était censé être une plaisanterie, mais mes paroles avaient été très sèches. J'étais nerveuse et je n'avais qu'une envie : arrêter de parler et le toucher.

Il m'a regardée avec dans les yeux une lueur étrange. Du désir, peut-être. Je sentais mes tétons se dresser sous le tissu mouillé de mon chemisier et je ne pouvais accuser le froid. Il faisait humide, mais c'était la présence de Dominik qui me donnait chaud.

J'ai frissonné malgré la tiédeur de l'air.

— Va te sécher, a-t-il ordonné. Tu vas attraper froid. On a beaucoup de choses à se dire, j'aime autant que tu sois bien installée.

Je me suis soudain demandé, soupçonneuse, pourquoi il ne m'avait pas invitée chez lui, à Hampstead. Je m'y serais rendue avec plaisir, et on aurait pu être au chaud et au sec dans son lit. Peut-être souhaitait-il m'indiquer qu'il voulait éviter les complications et qu'une fois le Bailly récupéré nous resterions juste bons amis.

Une partie de moi espérait que nous ne retrouvions pas le violon tout de suite, ce qui me fournirait des excuses pour le voir de nouveau. Une autre partie de moi voulait désespérément mon violon afin que sa présence dans mes mains et sa mélodie dans mes oreilles me rappellent Dominik à jamais.

Je me suis déshabillée dans les toilettes du café et j'ai placé mes vêtements sous le sèche-mains, debout près du miroir, seulement vêtue de mon soutien-gorge et de ma culotte. J'espérais qu'il me rejoigne. En vain. L'amour dans les toilettes n'était pas le genre de Dominik. Il devait trouver ça dégradant, peut-être, ou prolétaire, de la même manière qu'il détestait les piercings au nombril, les tatouages ratés et les coups rapides à l'arrière des taxis.

Il avait commandé un deuxième café au lait quand je suis sortie des toilettes, sèche : la première tasse avait refroidi en mon absence.

— Summer…, a-t-il commencé.

— Avant que j'oublie, l'ai-je interrompu, voilà les clés. Et les notes que tu m'as demandées.

J'étais certaine qu'il allait dire quelque chose sur nous, et l'expression douloureuse qui se lisait sur son visage me laissait penser que c'étaient de mauvaises nouvelles. Je ne pouvais pas le laisser finir sa phrase si c'était pour m'entendre dire qu'il ne m'aimait pas.

— Je suis désolé pour Viggo, a-t-il dit. Je sais que tu… l'aimes bien.

J'ai haussé les épaules, consciente de ne pas réagir de nouveau de la manière prévue. Je ne savais pas comment lui dire ce que je ressentais. J'avais besoin du Bailly pour m'exprimer, lui faire entendre mes sentiments, lui faire voir tout ce que je voulais qu'il voie. Sans mon violon, j'étais muette ; la chanson de mon cœur était emmurée par l'étau de mon esprit.

J'ai froncé les sourcils, malmenant mon front dans un effort pour mieux me comporter. Je ne voulais pas quitter le café avec la terrible sensation d'avoir encore tout fait de travers.

— J'aime bien Viggo. Mais c'est tout. Et si c'est lui qui a mon violon… eh bien… je ne lui dois rien.

L'expression de Dominik était indéchiffrable. J'ai soutenu son regard, mais je n'y ai lu aucune réaction. J'ai laissé erré mes yeux sur la courbe de sa mâchoire jusqu'à sa bouche. Il n'a rien répondu, alors j'ai poursuivi sur ma lancée – tout plutôt qu'un silence gêné entre nous.

— J'adore le Bailly. Du fond du cœur. Mais le jeu n'en vaut pas la chandelle… Tu n'as pas à faire ça.

Ma voix s'est brisée sur les derniers mots. J'étais suspendue aux gestes de Dominik, je me demandais s'il avait compris ce que je voulais dire, s'il savait que je ne voulais le perdre à aucun prix. J'étais terrifiée par l'idée qu'il soit arrêté par la police ou que Viggo se venge d'une manière ou d'une autre. Mais Dominik a fait fi de mes protestations et a orienté la conversation sur ses recherches. Peut-être était-ce tout ce que j'étais pour lui finalement : une source d'inspiration, quelque chose sur quoi se concentrer faute de mieux.

Nous sommes restés au café pendant une heure, mais je n'ai dit aucune des choses que j'avais prévu et rêvé de dire. Dominik n'a fait aucune allusion à nous deux. Je ne savais pas s'il n'avait pas trouvé les mots ou s'il n'avait rien à dire. Peut-être allait-il rentrer chez lui à toute allure pour tout écrire, afin d'alimenter ses personnages, quels qu'ils soient. Est-ce que tous les écrivains cannibalisent leur propre vie ?

Nous avions revu le plan dans ses moindres détails.

Je devais attirer Viggo hors de chez lui, ce qui permettrait à Dominik de s'introduire dans sa maison et de trouver un moyen d'ouvrir la porte blindée. C'était le point qui me chagrinait : j'étais certaine que l'alarme se mettrait immédiatement en route et alerterait le SWAT, qui débarquerait à la minute et l'embarquerait, alors que Dominik était persuadé que le code était simplissime, comme la date de naissance de Viggo ou un-deux-trois-quatre. Il n'avait pas grande estime pour l'imagination des chanteurs de rock.

Une fois notre plan peaufiné, il a glissé le double des clés de Viggo dans la poche de son jean, a plié mon plan et l'a rangé dans la poche de sa veste, puis il m'a raccompagnée à la station de métro de Tower Hill. Il a déposé un baiser sur mon front pour me dire au revoir, et j'ai résisté à l'envie dévorante de l'attirer à moi et de l'embrasser.

Nous n'avions que quelques jours devant nous avant de mettre notre plan à exécution, et j'ai désespérément essayé de ne pas penser à ce que nous nous apprêtions à faire. J'ai passé beaucoup de temps dehors, afin de ne pas mettre la puce à l'oreille de Viggo ou de Luba par mon comportement étrange. J'ai pris le métro de Belsize Park à West End, mon ancien quartier. J'ai vu des films au cinéma *RichMix.* J'ai assisté à des concerts de musiciens dont je n'avais jamais entendu parler dans le bar sous le théâtre, assise au fond, un verre de vin à la main. J'ai laissé la musique submerger toutes mes pensées. J'ai proposé plusieurs fois à Fran de m'accompagner, mais elle a invoqué tout un tas de prétextes pour ne pas venir. Je me suis demandé si elle sortait avec Chris.

Les minutes et les heures se sont écoulées comme des vagues, inéluctables, jusqu'à l'après-midi de l'effraction. J'étais chargée de tenir Viggo et Luba loin de la maison jusqu'à ce que Dominik me téléphone pour me dire qu'il n'était plus chez le rockeur et qu'il était rentré chez lui sain et sauf – qu'il ait ou non retrouvé le Bailly.

— Tu te sens bien, ma puce ? a demandé Viggo comme nous nous préparions pour sortir.

J'essayais de démêler mes boucles plus impatiemment que d'habitude.

— Tu es nerveuse ? a-t-il poursuivi.

— Pétrifiée.

— Ne t'inquiète pas, tout va bien se passer, a-t-il promis en me prenant le peigne des mains. Assieds-toi.

Il s'est laissé tomber sur le bord du lit et a désigné le sol devant lui. J'ai obéi. Je me suis détendue, installée contre ses mollets, et je l'ai laissé démêler mes cheveux comme une enfant. C'était une sensation très agréable et ça me permettait de ne pas le regarder en face.

— Je suis sûr que tu vas être géniale.

Il m'a tendrement caressé les cheveux, et je me suis laissé faire, déchirée par cette histoire. J'avais l'impression d'être Judas en complotant ainsi dans son dos, même si cette idée semblait profondément ridicule, au vu des circonstances. S'il possédait le Bailly, comme j'en étais certaine, j'aurais dû être folle de rage contre lui. Mais il était très difficile de le détester. Viggo était excentrique et un peu fou, mais pas méchant pour deux sous. Il avait tout de l'enfant gâté tellement habitué à toujours obtenir ce qu'il veut qu'il ne réfléchit jamais aux conséquences de ses actes. J'avais du mal à détester quelqu'un pour ce qu'il était; j'aurais été bien hypocrite, étant donné mes propres imperfections.

Luba est sortie de la douche dans un nuage de vapeur, nue et mouillée. Elle n'utilisait jamais de serviette. Elle aimait la sensation d'humidité, ce qui expliquait pourquoi elle passait autant de temps dans la piscine du sous-sol, à folâtrer dans l'eau comme une sirène.

Elle s'est accroupie et a pressé ses lèvres contre les miennes, faisant légèrement courir sa langue entre mes dents et ma lèvre supérieure. J'ai soupiré de plaisir et lui ai rendu son baiser.

Dominik avait bien précisé que je devais agir le plus normalement possible, et les baisers de Luba étaient enivrants. Il m'arrivait de me demander si elle était vraiment humaine, ou si c'était une sorcière dont Viggo usait pour dérober ce qui lui faisait envie.

Viggo, Luba et moi nous rendions au vernissage de l'exposition de Grayson. C'était la première fois que nous nous montrions en public tous les trois, mais j'étais prête, pour les éloigner de la maison pendant quelques heures, à affronter les foudres de Susan au cas où nous serions pris en photo ensemble.

Un vernissage privé avait été organisé quelques heures avant l'ouverture au public. Y assisteraient des collectionneurs, des mannequins et des voyeurs. Luba se mêlerait sans problème à la foule de jolies femmes que je m'attendais à voir, Viggo était un collectionneur réputé, et j'étais l'un des modèles ; y aller ensemble n'attirerait donc pas l'attention de la même manière que si nous étions allés dîner dans un restaurant et avions demandé une table pour trois.

En réalité, j'avais accepté que les clichés de moi fassent partie de l'exposition afin de pouvoir attirer Viggo hors de chez lui.

Quand Grayson m'avait téléphoné à Berlin, alors que je visitais le marché aux puces avec Lauralynn, c'était pour me parler de ces photos.

Au départ, j'avais été flattée : le fait de me photographier moi et mon violon lui avait inspiré une série de nus de mannequins qui posaient avec des instruments de musique. La thématique : sexualité et musique. Mais la flatterie avait rapidement fait place à la crainte : Grayson voulait la permission d'inclure dans son exposition une bonne partie des clichés les plus explicites qu'il avait pris de moi.

Malgré les encouragements de Lauralynn, j'avais commencé par refuser. Il m'avait assuré qu'il les retoucherait de manière que je sois méconnaissable, en transformant même ma couleur de cheveux si caractéristique. Je savais qu'il avait pris les photos de manière que mon visage soit toujours dans l'ombre. Néanmoins, étant donné le public pour lequel je me produisais en tant que musicienne classique, je trouvais ça risqué. Certes, j'étais bien placée pour savoir que le sexe faisait vendre, mais la limite entre ce que les gens trouvaient sexy et ce qu'ils jugeaient offensant était très mince, et j'étais certaine que les photos de Grayson la franchissaient.

Quand j'ai compris que cette exposition était l'occasion rêvée pour éloigner Viggo et Luba de la maison et permettre à Dominik de chercher le violon, j'ai changé d'avis. J'ai rappelé Grayson et lui ai donné le feu vert.

Une partie de moi était ravie à l'idée qu'une salle bondée de gens allait exposer aux yeux de tous des photos grandeur nature de moi nue. Ce n'était pas de la vanité mais du voyeurisme à l'envers, qui déclenchait en moi la même excitation que lorsque je jouais nue pour Dominik ou que je me déshabillais dans des fêtes privées.

Grayson portait un jean, une chemise de couturier à jabot et une veste de costume couleur sable. Ses cheveux étaient lissés en arrière et sur le côté, comme à son habitude. Il m'a saluée en me faisant la bise. Il y avait une très légère attirance entre nous, mais son regard était amical et distant, comme si nous étions des collègues de bureau ou des connaissances polies.

Il a dévisagé Luba avec intérêt, mais plutôt comme un photographe jauge un modèle. Elle était magnifique, évidemment, mais c'était surtout son visage expressif, ses mouvements gracieux, sa capacité à tenir la pose acquise au terme d'années de pratique de la danse et l'éclat presque surnaturel de sa peau qui en faisaient le rêve potentiel de tout photographe.

Viggo nous avait déjà laissées pour aller examiner les photos : il voulait évaluer tout de suite les clichés qu'il aurait peut-être envie d'acheter.

J'ai laissé Luba et Grayson faire connaissance et me suis frayé un chemin à travers la foule pour aller admirer l'exposition. Nous étions à l'avant-dernier étage d'un immeuble de bureaux à Southwark, non loin de la Tate Modern. J'avais participé à une partouze dans le penthouse d'un hôtel non loin, du temps où Dominik et moi ne nous voyions plus et où il m'avait encouragée à explorer mes penchants sexuels. La vue qui s'offrait à moi entre les photos ressemblait à celle que j'avais eue de Londres cette nuit-là quand je regardais par la baie vitrée, environnée par les plaintes enthousiastes des couples qui baisaient derrière moi.

Les lumières du London Eye brillaient par intermittence à ma gauche, bougeant à peine. Les eaux de la Tamise luisaient comme de l'onyx, flèche noire divisant la ville en deux : nord et sud, jour et nuit, sexe traditionnel et plus osé, dominant et dominé… Summer et Dominik, peut-être, si tout se déroulait comme prévu. Le Bailly et lui étaient tellement liés dans mon esprit que je ne pouvais pas imaginer avoir l'un sans l'autre. Je ressentais la certitude née des pressentiments irrationnels : si cette nuit me rendait mon violon, elle me rendrait aussi Dominik.

— Tu as peur de regarder tes photos, ma chérie ? a demandé une voix rauque près de moi.

Viggo avait surgi comme une ombre. Sa voix m'hypnotisait, et je me suis appuyée contre lui sans réfléchir, détendue par ses intonations, comme un serpent répond instinctivement à son charmeur.

J'étais soulagée que les photos fournissent une excuse à mes mains tremblantes, à mes paumes moites et au rythme erratique de mon cœur. Toujours pas de nouvelles de Dominik. L'attente du message que j'espérais recevoir d'une minute à l'autre, m'informant que tout s'était déroulé comme prévu, m'avait transformée en une boule de nerfs.

J'ai acquiescé d'un geste, à mi-chemin entre le haussement d'épaules et une tentative pour me dissimuler en rentrant la tête dans mes épaules comme une tortue cherchant le confort de sa carapace : je montrais plus d'embarras que je n'en éprouvais réellement.

— Tu es sublime, a dit Viggo doucement. J'ai acheté toutes les photos. Viens voir.

Les clichés étaient accrochés en rond autour de la pièce, et une flèche indiquait le début de l'exposition : le tout formait donc une histoire du début à la fin.

Grayson avait photographié des hommes et des femmes, habillés ou nus. Quelques-uns étaient d'authentiques musiciens, ou en tout cas ils en avaient tout l'air, étant donné la façon dont ils étaient assis et interagissaient avec leurs instruments. Je n'en ai reconnu aucun, vêtu ou non.

Le premier cliché représentait un beau saxophoniste blond, en costume, la cravate défaite et les boutons de sa chemise en partie ouverts. Il avait l'air complètement perdu dans sa musique, les yeux clos, la tête renversée en arrière, l'instrument levé. Un autre homme, nu, était agenouillé à ses pieds, apparemment en train de le sucer, même si n'apparaissaient sur la photo ni le sexe du saxophoniste ni la bouche de l'autre. Une flûte traversière attirait l'œil, éclat d'argent sur le sol, près de ses genoux.

La suivante mettait en scène deux femmes enlacées. L'une était assise sur une chaise, l'autre était à califourchon sur elle. Leurs peaux se fondaient tellement l'une dans l'autre qu'on voyait à peine la courbe de leurs seins pressés les uns contre les autres. L'une jouait de la trompette, l'autre contemplait l'horizon, les mains dans les cheveux de sa partenaire.

Nous avons déambulé devant les photos. Certaines étaient sublimes, d'autres juste choquantes. Viggo a longuement contemplé les clichés qui représentaient des femmes en train de faire l'amour à leurs instruments : flûtes traversières, archets, et même une clarinette, qu'elles avaient insérés dans leur vagin. Dans tous les cas, l'œil était invariablement attiré par les visages et les yeux des modèles, dont les expressions allaient du désir à une étrange spiritualité. Sur une photo, une femme était à quatre pattes, ses seins lourds et nus pendants, le visage parfaitement détendu, aussi expressive qu'un meuble, pendant qu'un homme entièrement habillé la frappait avec des baguettes de batterie.

Mes photos étaient regroupées en fin d'exposition. Un petit cartel blanc sur chacune d'elles indiquait « Vendu ». Viggo ne m'avait pas menti, il avait acheté le lot. Elles étaient différentes des autres puisque j'étais la seule à avoir exigé de rester anonyme, et en conséquence seul mon corps était exposé, pas mon visage. Comme j'avais demandé que mes cheveux roux si reconnaissables n'apparaissent pas, il n'avait même pas pu inclure mes lèvres ou la courbe de mes joues : j'étais donc sans tête sur tous les clichés.

Grayson avait cependant réussi à capturer un sentiment de sexualité dans la pose de mon corps, dans la façon dont mes mains tenaient jalousement le manche de mon violon et dont je pressais les courbes de l'instrument tout contre ma peau.

Sur la photo la plus spectaculaire, j'étais assise, légèrement penchée en arrière, les jambes largement écartées, et je tenais le violon juste au-dessus de mon sexe, comme si je venais de lui donner naissance. Mes bras étaient tendus et mes doigts vissés comme un étau. Le violon avait l'air d'être une arme, même si l'on ne savait pas ce que je comptais en faire : me frapper avec ou l'utiliser comme un bouclier. Sur un autre cliché, j'étais allongée sur le côté, le violon contre moi en cuillère comme s'il s'agissait d'un amant. Mon corps était complètement détendu à l'exception de mes pieds, pointés tels ceux d'une ballerine comme si, alors même que j'étais allongée, j'étais prête à m'envoler à tout instant.

Je m'étais attendue à être excitée par le fait de découvrir ces photos en compagnie d'inconnus. Personne ne savait qui j'étais ni que je me tenais au milieu d'eux comme une personne ordinaire pendant qu'ils contemplaient mes recoins les plus intimes. Mais, au contraire, j'ai trouvé ça inquiétant. Privée de ma tête, j'étais réduite simplement à un corps : du sexe et rien d'autre. Pas d'esprit ni de cœur. J'ai compris alors pourquoi Grayson avait placé ces clichés en dernier. C'étaient les plus choquants, même si, contrairement aux autres, ils ne mettaient en scène aucune pénétration ni autre activité sexuelle. C'étaient les seules photos sans visage, sans expression, sans amour, sans affection, sans humanité.

J'ai été saisie d'un frisson, consécutif à une vague de désespoir.

Viggo a pivoté dans ma direction.

— Hé, qu'est-ce qui t'arrive, ma puce ?

Je ne pouvais lui répondre parce que j'ignorais quoi lui dire. De toute façon, si j'avais su quoi dire, je n'aurais pas pu articuler une syllabe entre deux sanglots silencieux.

— Chuuuut…, a-t-il murmuré en me prenant dans ses bras. Allons chercher un endroit tranquille pour parler.

12
Esquisse de Degas

Une fois la porte d'entrée refermée derrière lui, Dominik entra le code de désactivation de l'alarme avec des mains tremblantes et un frisson d'excitation. Il avait d'abord sonné pendant cinq bonnes minutes. Summer avait assuré que la maison serait vide toute la journée, mais comme l'entrée avec effraction n'était pas un de ses passe-temps habituels, il était nerveux et avait préféré le vérifier par lui-même.

Le double des clés fourni par Summer avait fonctionné, la serrure s'était ouverte sans problème. Pour l'instant, c'était presque trop facile.

« 3313RPM »

Pour chaque numéro ou lettre entré, le petit écran digital passait du rouge au vert dans un silence absolu. Le panneau finit par lui donner un feu vert total.

Dominik sourit. Viggo Franck, musicien à l'époque du CD et du téléchargement, avait un mot de passe inspiré par la vitesse de rotation du vinyle. C'était une plaisanterie incompréhensible pour la plupart des gens, mais, au moins, ça avait le mérite d'être plus original qu'une date de naissance ou un événement célèbre, choix de la plupart des gens.

La vaste demeure était baignée dans le silence. On n'entendait que le son doux et diffus de la climatisation.

Il se dirigea vers l'escalier en colimaçon décrit par Summer et descendit prudemment les marches à claire-voie vers les entrailles de la bâtisse.

Il trouva la galerie aérienne, avec ses sculptures et ses installations, semblable à un musée avec ses spots lumineux incrustés dans le plafond blanc, chacun artistiquement disposé de manière à illuminer une œuvre en particulier, gravure ou structure, afin de la présenter sous son meilleur jour, quel que soit l'angle sous lequel elle était contemplée. Les sculptures, de toutes les tailles et de toutes les couleurs, étaient séparées par des lignes nettes, et les tableaux étaient tous alignés au même niveau, formant un ballet de couleurs et de compositions. Dominik reconnut les gravures industrielles de Warhol ainsi que des dessins de taureaux et de nymphes dévêtues tout droit issus du crayon exubérant de Picasso. D'autres œuvres étaient plus classiques : ballerines dans le style de Degas, paysages fleuris à la Van Gogh, formes géométriques dont la modernité ne lui plaisait guère, et d'autres encore. C'était une galerie de trésors, et Dominik ne pouvait que spéculer quant à son inestimable valeur.

Il savait qu'il aurait pu passer des heures dans cette salle et admirer sans se lasser la beauté de certaines œuvres, mais ce n'était pas le moment.

Il quitta la pièce et descendit au niveau inférieur. Il finit par atteindre la salle qui renfermait la piscine basse de plafond, où Summer lui avait suggéré d'enquêter.

Le frémissement bleu-vert de l'eau stagnante attira son regard, et, pendant un instant, Dominik ne put s'empêcher d'imaginer le corps nu et pâle de Summer, parcourant vigoureusement l'étroit et sinueux bassin qui serpentait comme un torrent dans la pièce, ses jambes s'ouvrant et se fermant comme les pages d'un livre, sa somptueuse chevelure flottant dans son sillage, comme une tache de couleur se mêlant à l'eau pour lui donner vie.

Sans parler, bien sûr, de la perfection ciselée du corps de Luba, allongée comme une sirène sur les rochers glissants, humides et gris près de la chute d'eau artificielle. Ah, les histoires que cette pièce pourrait sans nul doute raconter…

Dominik sortit rapidement de sa méditation et chercha des yeux, dans la pièce faiblement éclairée, la vitrine dans laquelle Viggo exposait soi-disant tous ses instruments de musique. Il aperçut, derrière un rassemblement de petites sculptures – objets anciens, nymphes en bois –, une large vitrine fixée sur la moitié du plus petit mur de la pièce. De là où il se trouvait, Dominik voyait parfaitement son contenu : des rangées d'instruments de musique serrés les uns contre les autres, inertes et silencieux. Ils ne semblaient pas avoir été touchés, et encore moins utilisés, depuis des années.

À l'une des extrémités de la vitrine se tenait une rangée de guitares électriques : certaines brillantes et élégantes emprisonnaient la lueur qui émanait de l'eau ; d'autres, mates et rondes, encore plus spectaculaires, se tenaient au garde à vous comme des soldats d'opérette. Sous l'assortiment de guitares électriques, sur l'étagère inférieure, il vit quelques accordéons accompagnés de divers cuivres : quelques trompettes, un trombone et un saxophone. La plupart étaient très abîmés, le métal éraflé et marqué, comme les survivants d'un naufrage. Venaient ensuite deux étagères de violons.

Dominik s'approcha de la vitrine en contournant le bassin.

Quatre violons étaient exposés. Il leur jeta un coup d'œil rapide. Le Bailly n'était pas là. Ils étaient indéniablement magnifiques, patinés par le temps, délicats. Le bois de leurs corps formait de rares mélanges de brun et d'orange, parfois rayés, parfois uniformes. Leurs formes étaient sculptées pour l'éternité. Dominik ne connaissait pas grand-chose aux violons anciens, en dehors du Bailly et des légendes qui l'entouraient, mais il devinait que les instruments qu'il avait sous les yeux étaient rares et sublimes. Une évidente fragilité se dégageait d'eux, comme s'ils étaient trop précieux pour qu'on les utilise, mais Dominik savait qu'une fois qu'ils seraient dans les bonnes mains, il s'élèverait d'eux un son d'une incroyable pureté.

La vitrine n'était même pas fermée : l'une de ses portes était légèrement entrebâillée. Il avait envie de toucher l'un des violons, mais cela ne servirait à rien, puisqu'il ne pouvait pas en jouer.

Une vague d'inquiétude le submergea. S'était-il trompé ? Peut-être Viggo n'avait-il rien à voir avec la disparition du Bailly. Il se souvint soudain d'avoir entendu Summer parler de cette vitrine. Si le Bailly y avait été exposé, elle l'aurait évidemment vu. Le coffre. La porte mentionnée par Luba. La pièce dans laquelle Viggo prétendait conserver ses vieux disques. Dominik contourna la vitrine et aperçut alors la voûte qui surmontait une porte blindée. Il se demanda si cette pièce avait été construite par les précédents propriétaires, ceux qui avaient creusé le sous-sol, pour leur servir de refuge en cas de problème.

Sans trop y croire, Dominik posa la main sur la poignée et tenta d'ouvrir la porte. En vain. Il ne s'attendait pas à autre chose.

À partir de maintenant, il devait se débrouiller tout seul.

Un clavier électronique était incrusté dans le chambranle.

Il s'était préparé du mieux possible à cette éventualité en écumant Internet pour se renseigner sur la vie de Viggo Franck. Il avait noté les dates de son anniversaire, de celui de ses parents, de sa sœur, et toutes celles des événements marquants de sa vie, son premier mariage, ses premiers albums, etc. Dominik pianota la date de naissance du chanteur. Sans succès. Il ne fut pas surpris. Ce système nécessitait en général un code mêlant chiffres et lettres. Sans trop y croire, il tapa les initiales de

Viggo suivies d'une séquence numérique : « 1 2 3 4 5 ». Le clic familier ne se fit pas entendre.

Il donna un coup de pied dans la porte. Elle ne bougea pas d'un pouce.

Tout ça pour rien.

Il se souvint brusquement du code de l'alarme donné par Summer. Il ne fonctionnait pas non plus. De toute façon, utiliser le même code pour deux portes différentes aurait été complètement idiot.

Une pensée lui traversa l'esprit.

Un coffre pour des vinyles.

Des disques.

Le code de l'entrée était : 3313RPM

Dominik sourit.

Viggo était un blagueur.

Il pianota un nouveau code.

« 45RPM »

Il y eut un sifflement sonore, puis Dominik entendit le mécanisme de la lourde porte se mettre en branle. Retenant son souffle, il posa la main sur la poignée. Aucune résistance cette fois-ci. La serrure était ouverte.

Un courant d'adrénaline pure courut dans ses veines.

Il poussa doucement la porte, qui s'ouvrit silencieusement, comme si elle était montée sur un coussin d'air.

La petite pièce était plongée dans l'obscurité. Dominik entra prudemment et tâtonna le long du mur, à la recherche d'un interrupteur. Il n'en trouva aucun près de la porte, mais un néon unique et terne s'alluma soudain – il devait être connecté à l'ouverture de la porte – et gagna en intensité.

La pièce était carrée et aveugle. Le mur le plus éloigné était recouvert d'étagères. Quelques tables basses étaient posées au milieu. Sur les autres murs une demi-douzaine de tableaux et de gravures encadrées étaient accrochés à intervalles irréguliers. Dominik se demanda un instant pourquoi ces œuvres étaient enfermées au lieu d'être exposées comme les autres. Étaient-elles plus précieuses ? Il regarda autour de lui, et son attention fut rapidement attirée par un meuble lourd, imposant et vitré, sur lequel était posé le Bailly.

Il soupira de soulagement.

Il l'aurait reconnu même au milieu d'un tas de violons similaires. Il était unique.

L'instrument tant cherché avait l'air intact. Sa surface reflétait la lumière et projetait sa chaleur dans la petite pièce.

Dominik s'approcha de la table et caressa les cordes du violon. Elles étaient tendues et elles lui répondirent, faisant jaillir dans sa mémoire le souvenir de milliers de mélodies jouées pour lui par Summer. Il se rappelait toutes les circonstances dans lesquelles il les avait entendues.

Il soupira.

L'Angélique.

Au fond, ce n'était qu'un instrument, avec quatre cordes accordées en parfaites quintes. Sculpté dans le bois et tendu de boyaux collés ensemble, en forme de sablier, comme une femme dont les courbes voluptueuses évoquaient pour toujours les formes primaires du désir.

Cet instrument avait pris une place incroyable dans sa vie. Il lui avait permis de rencontrer Summer, avait assisté à leur relation, à leur rupture et à leur éloignement. Il avait été le témoin de leurs joies et de leurs peines, de leur passion et de leur désespoir.

Un violon doté d'une histoire personnelle. Dominik et Summer avaient-ils juste représenté un chapitre supplémentaire dans son histoire inachevée ? Qui viendrait après eux ? Qui prendrait leur place ?

Pourtant Dominik savait que ce chapitre n'était pas terminé.

Il avait retrouvé le violon dérobé. Mais où était son archet ? Pas à côté de lui sur la table. Il n'était pas certain que l'archet soit d'époque : avait-il été fabriqué en même temps que le Bailly et l'avait-il accompagné tout au long de son parcours riche en rebondissements ?

Il laissa de nouveau son regard errer autour de la pièce.

Plusieurs tableaux et gravures accrochés au mur le plus proche de la porte lui paraissaient familiers, comme s'il les avait vus des milliers de fois dans les livres d'histoire de l'art ou les catalogues d'exposition, sans qu'il puisse mettre un nom dessus. Il fit le tour des étagères et de leur bric-à-brac de pierres précieuses, de petites voitures de collection et de poupées en porcelaine, et finit par apercevoir l'archet abandonné dans un coin. Il fit un pas en avant pour s'en saisir.

Au même moment, il entendit un léger sifflement, comme un souffle que l'on exhale. Dominik pivota, cherchant à localiser la source du bruit. Il venait de la porte. Elle était en train de se refermer. Il comprit immédiatement ce qui arrivait et, laissant tomber l'archet, se précipita vers l'entrée bras en avant : il voulait saisir la poignée avant que l'espace déjà rétréci entre la porte et le chambranle ait complètement disparu.

Il échoua d'une fraction de seconde.

— Merde !

Il agita frénétiquement la poignée. Elle ne bougea pas d'un pouce.

Il était enfermé à l'intérieur.

— Putain, putain, putain !

Il jura dans sa barbe, furieux d'avoir été aussi stupide. Il aurait dû trouver un moyen de laisser la porte ouverte, la caler avec quelque chose. Quel crétin !

Il n'était qu'un amateur, voilà le problème.

De ce côté-ci de la porte, il n'y avait pas de clavier sur lequel taper le code avec lequel il était entré ou deviner quel code lui permettrait de sortir.

Il réfléchit à toute allure, essayant de ne pas se laisser gagner par la panique, mais ses pensées formaient un magma confus et délirant. Il ne voyait aucune solution à son problème. Il essaya son portable, mais, comme on pouvait s'y attendre, dans les profondeurs de la maison et derrière une porte blindée, il n'y avait pas de réseau. Quand il se fut calmé et eut retrouvé un semblant de rationalité, il comprit qu'aucun miracle ne viendrait le sortir de là. Il n'avait plus qu'à attendre patiemment qu'un visiteur vienne le délivrer. Probablement Viggo. La situation serait gênante, et il serait certainement arrêté. Dominik imaginait déjà les gros titres de l'article de la rubrique des faits divers – l'incident ne mériterait jamais la une. « Un écrivain sur le retour pris en flagrant délit de cambriolage chez une rock star », ou encore « Le professeur devenu voleur ». Quelle que soit la formulation, elle serait profondément humiliante.

Le seul point positif de toute cette histoire, c'était qu'il pouvait dire à Summer qu'il avait retrouvé son violon. Encore fallait-il qu'il puisse lui parler, songea-t-il. Et Viggo allait certainement mettre le violon en sûreté ailleurs. Quel gâchis !

Il en était là de ses pensées incohérentes quand il se rendit compte que la lumière du néon faiblissait de seconde en seconde. Il jura. La minuterie était connectée à l'ouverture et à la fermeture de la porte. D'un instant à l'autre, il allait se retrouver plongé dans les ténèbres.

Cette découverte fut suivie d'une bouffée d'inquiétude. L'air allait-il suivre le même chemin que la lumière ? Il n'avait remarqué aucun système de ventilation ou de climatisation.

La situation était plus préoccupante que ce qu'il avait cru.

Combien de temps pourrait-il respirer ?

Viggo a ôté sa veste en cuir et l'a posée sur mes épaules. Il m'a conduite vers le bar qui avait été installé pour servir des rafraîchissements aux VIP invités au vernissage. L'endroit était calme : la plupart des gens déambulaient dans l'exposition avec leurs verres. Un homme en costume qui semblait être venu directement après le bureau se trouvait seul au bar. Il buvait à la paille un liquide clair servi dans un petit verre : certainement un gin tonic. Il nous a gratifiés d'un regard curieux – peut-être avait-il reconnu Viggo ou se demandait-il pourquoi j'avais l'air si mal en point – avant de reporter son attention sur son verre. Dans un coin, deux femmes en robe cocktail près d'une table haute lui jetaient des regards en coin. Peut-être se demandaient-elles s'il était célibataire et si cela ne valait pas le coup d'aller le lui demander. L'une était en rose, l'autre en jaune : elles ressemblaient à une paire d'oiseaux exotiques et se balançaient d'un pied sur l'autre pour soulager leurs pieds de la douleur causée par les talons hauts.

Viggo m'a installée sur une banquette dans le coin le plus sombre de la pièce et s'est dirigé vers le bar. Il est revenu quelques instants plus tard avec deux petits verres à whisky remplis d'un liquide ambré et une tasse pleine de glaçons.

— Bois ça, a-t-il ordonné. Ça va te calmer.

J'en ai bu une gorgée et j'ai failli la recracher. L'alcool m'avait brûlé la gorge et laissé un arrière-goût d'essence à briquet, mais, dans la seconde qui a suivi, mes membres se sont délicieusement réchauffés, et, loin de la foule qui se pressait dans la pièce adjacente des photographies, je me suis enfin détendue. Viggo s'est penché vers moi et, d'une caresse du pouce, a gentiment effacé les dernières larmes suspendues à mes cils.

C'est alors que j'ai vu l'heure affichée à sa montre. Il s'était écoulé plus d'une heure depuis notre arrivée au vernissage et j'étais toujours sans nouvelles de Dominik. Il avait promis de m'envoyer un texto quand il aurait réussi ou abandonné sa mission, pour que je sache qu'il ne lui était rien arrivé et qu'il n'avait pas déclenché l'alarme ni été arrêté. Viggo n'avait pas de chien de garde, et Dominik avait prévu d'entrer par la porte. Il n'était pas question de murs à escalader ou de fenêtres à travers lesquelles passer : normalement, je n'avais pas de souci à me faire pour sa sécurité.

Une boule d'inquiétude a cependant commencé à me nouer l'estomac, et, une crainte en chassant l'autre, j'ai commencé à trembler de nouveau. J'étais au bord de la panique, ce qui ne me ressemblait pas du tout.

Viggo s'est penché vers moi et m'a pris la main. Les siennes étaient larges et rugueuses, les ongles rongés jusqu'au sang. Je ne l'avais jamais vu manifester aucune autre forme de stress que celle-ci.

— Dis-moi ce qui ne va pas. Ça n'a rien à voir avec les photos. Tu n'es pas la même depuis que tu es revenue de tournée. C'est à cause de l'homme que tu as rencontré ?

— Dominik ? ai-je demandé, les yeux écarquillés de surprise et d'effroi. Comment tu es au courant ?

Ma propre angoisse donnait à ma voix un ton accusateur.

— Ne monte pas sur tes grands chevaux, ma chérie. Nous faisons ménage à trois, je te rappelle ; je n'ai jamais pensé que tu étais du genre fidèle. Quand elle est en tournée, Luba doit coucher avec du monde aussi. À l'heure qu'il est, elle est en train de séduire ton photographe. Si ce mec t'a fait du mal d'une manière ou d'une autre…

— Non, non, pas du tout. On a eu des problèmes, mais ce n'est pas uniquement sa faute. Personne n'est parfait, et certainement pas moi.

Viggo s'est mis à rire.

— Si on espérait rencontrer l'homme ou la femme parfait, on attendrait toute notre vie. C'est bien pour ça que j'aime en avoir plusieurs à la fois. Elles se complètent. Ça marche. En tout cas pour moi. Et pour Luba. Et pour toi aussi peut-être.

— C'est une façon très adulte d'envisager les choses. Mais les sentiments ne s'additionnent pas aussi facilement, surtout l'amour.

— Tout est question de compromis, a-t-il répondu en haussant les épaules. Et l'amour est le plus grand de tous.

— Je ne pensais pas que les rock stars avaient besoin de faire des compromis, ai-je remarqué, morose.

— C'est vrai que j'ai un avantage sur les autres. J'obtiens presque tout ce que je veux.

Il souriait de toutes ses dents, et j'entendais une touche d'humour dans sa voix. Mais ses paroles me faisaient l'effet d'une douche glacée. Il avait volé mon Bailly, le violon que Dominik m'avait offert et auquel je tenais tant, celui qui me permettait d'exprimer toutes mes émotions. Jouer sans lui ne me procurerait jamais la même chose, et je voulais le retrouver.

— C'est toi qui as volé mon violon, pas vrai ?

Ma question était posée sur un ton calme et neutre. C'était un constat, pas une accusation.

Il a eu l'air surpris mais pas ennuyé. Son absence totale de déni ou de confusion m'a confortée dans mon idée : il n'a manifesté aucune incompréhension ni aucune colère.

— Je ne suis pas certain de comprendre de quoi tu parles, a-t-il déclaré, une expression innocente sur le visage.

— Je dis que tu m'as volé mon Bailly, le violon avec lequel tu m'as vue jouer la première fois, et que tu l'as ajouté à ta collection. Il est dans ton coffre. Avec les autres pièces que tu ne veux pas exposer. Toutes celles que tu as volées. Dans le sous-sol, là où tu assures garder ta collection de disques.

J'étais bien décidée à en avoir le cœur net.

C'est alors que Viggo a agi d'une façon à laquelle je ne m'attendais pour rien au monde.

Il a commencé à pleurer.

En le voyant aussi bouleversé, ma colère a fondu comme neige au soleil. J'avais rarement vu un homme pleurer et je ne savais pas quoi faire. Je me suis penchée et lui ai gentiment tapoté le bras.

Il a saisi son verre et l'a terminé d'une longue gorgée en grinçant des dents.

— Je suis désolé, a-t-il dit doucement. Je pensais que tu t'en ficherais.

— Tu pensais que je m'en ficherais ? ai-je répété, ahurie. Mais pourquoi ?

— Tu l'avais avec toi à la répétition dans cet étui banal. J'ai pensé que tu n'avais aucune idée de sa valeur et que tu ne l'aimais pas puisque tu t'en servais en répétition. Je croyais que c'était un de tes violons de répétition, ou le prêt d'un sponsor, et que tu en avais des douzaines en réserve. En plus, on dit qu'il est maudit. Je t'ai certainement rendu service en t'en débarrassant. Je voulais juste le contempler pendant un certain temps, le tenir en main, pas l'abîmer. Il serait à l'abri dans mon coffre, surveillé, aimé…

Il parlait à toute allure, comme un dément. Ses épaules ont commencé à frémir, comme s'il allait éclater de nouveau en sanglots. J'ai jeté au coup d'œil autour de nous, mais personne ne nous prêtait attention ; nous étions certainement hors de vue dans notre coin sombre.

— Viggo, ai-je commencé sur le ton le plus apaisant possible, comme si je parlais à un enfant, ce violon est un cadeau. De Dominik. J'aime cet instrument plus que tout au monde. De la même manière que j'aime cet homme, ai-je poursuivi, aussi étonnée par ma propre révélation que devait l'être Viggo.

Il m'a regardée et a balayé une mèche brune de son visage.

— Eh bien, a-t-il déclaré en souriant malgré ses yeux rouges, voilà qui règle facilement le problème. Je vais te le rendre.

— Ce serait merveilleux.

C'était peu de le dire, mais sa proposition me semblait si fragile que j'avais peur qu'il ne la retire si je ne disais pas ce qu'il fallait.

— Mais…

— Oui ? a-t-il demandé impatiemment.

— Dominik te l'a déjà volé. Ou en tout cas il est en train de le faire.

— Quoi ? s'est-il exclamé.

Sous le choc, il s'est arrêté net de pleurer.

— J'ai pris tes clés, ai-je expliqué. J'en ai fait faire un double. Je suis désolée, mais je voulais le récupérer à tout prix et je n'avais pas imaginé que tu me le rendrais aussi facilement…

— Tu nous as amenés ici, Luba et moi, pour lui laisser le champ libre ?

— Oui.

— Mais tu ne connais pas le code du coffre.

— Il pensait que c'était la date de ton anniversaire, ou un truc du genre. Il doit toujours être dans ton sous-sol, où il n'y a pas de réseau. Il doit m'envoyer un texto quand il aura réussi ou décidé d'abandonner.

J'avais passé la soirée à regarder mon téléphone chaque fois que Viggo regardait ailleurs, au cas où j'aurais raté le bip qui me signalait l'arrivée d'un texto.

Viggo a posé le menton sur ses mains croisées, perdu dans ses pensées. Il refaisait peut-être mentalement le chemin que Dominik devait parcourir pour réussir son casse.

— Il n'y arrivera jamais. Dans le reste de la maison, pas de problème. Je n'ai pas installé de caméras ou de pièges. Les voisins ne peuvent pas voir qui entre chez moi et, même s'ils le voyaient, ils ne trouveraient rien de suspect puisqu'il avait une clé. Je suppose qu'il n'a pas une tête de malfrat. Tu ne t'es pas mise en cheville avec un voleur d'art, hein ? Peut-être qu'il a récupéré le violon et qu'il est parti avec.

J'ai secoué la tête avec vigueur.

— Jamais de la vie. Dominik est écrivain… Il faisait des recherches sur le sujet pour écrire un roman. C'est la seule chose qui l'intéresse dans le Bailly. Avec moi, j'espère.

— Crois-moi, ma puce, un homme ne commet pas un délit pour une femme s'il n'est pas amoureux d'elle. Tu dois être fichtrement importante à ses yeux pour qu'il se donne autant de mal.

— Je l'espère. Je pense que je serai vite fixée.

J'ai jeté de nouveau un coup d'œil à l'écran de mon portable. Toujours vierge.

— On ferait mieux de rentrer et de lui ouvrir le coffre alors. Il n'est pas armé au moins ? Je ne voudrais pas qu'il me tire dessus sans sommation s'il pense que je l'ai pris la main dans le sac.

— Dominik ne ferait jamais…

— On ne peut pas faire confiance à un homme amoureux. Ça monte au cerveau. Appelle-le, dis-lui qu'on arrive et que je serai content de te rendre le violon. Je t'en donnerai même un autre pour me faire pardonner. Si tu ne me dénonces pas à la police…

— Je n'en ai pas l'intention. Et je n'ai pas besoin d'un autre violon. Celui-là me suffit.

— Je peux te donner autre chose.

J'ai sorti mon téléphone de mon sac et rapidement appelé Dominik. Son numéro était le seul que je connaissais par cœur, il était gravé au fer rouge dans ma mémoire.

Je suis tombée directement sur sa messagerie. Le son familier de sa voix, même sur le bref enregistrement, m'emplissait de désir.

J'ai laissé un message en expliquant que Viggo avait avoué, que je lui avais tout raconté, que nous arrivions et qu'il ne fasse pas de bêtise.

À moins qu'il n'abandonne le casse et ne regagne les étages supérieurs, il n'aurait pas le message. Et, même là, le message pouvait mettre du temps à lui parvenir. J'ai commencé à paniquer parce qu'il n'avait pas décroché. Je n'étais pas superstitieuse – je dédaignais l'horoscope et souriais quand je croisais un chat noir –, mais je me sentirais mieux quand je pourrais voir Dominik de mes propres yeux. Quand il pourrait m'assurer que tout s'était bien passé et qu'il était juste sans réseau ou sans batterie.

Luba était à fond dans la fête, buvant alternativement une gorgée des cocktails qu'elle tenait dans chaque main.

— Si ça ne t'ennuie pas, m'a chuchoté Viggo à l'oreille, j'aimerais mieux que cette soirée reste entre nous.

Nous avons pris congé d'elle et nous sommes éclipsés en prétextant une migraine. Elle bavardait avec la femme en jaune que nous avions aperçue au bar, et elle avait l'air ravie que nous la laissions en compagnie de sa nouvelle amie.

Grayson était en grande conversation à l'autre bout de la pièce. J'ai décidé de partir sans lui dire au revoir. Je ne m'étais pas tout à fait remise de l'effet que ses photos m'avaient fait et je ne savais pas vraiment quoi lui dire.

— Ne t'inquiète pas, m'a assuré Viggo en voyant les sentiments peints sur mon visage. Je lui paierai un bonus pour qu'il enlève tes clichés de l'exposition. Et je les mettrai dans mon coffre pour que personne ne les voie.

— C'est très gentil, ai-je répondu. Je vais y réfléchir.

Nous avons attendu dans l'ombre de l'immeuble que l'une des voitures de Viggo vienne nous chercher. Je lui avais demandé de ne pas prendre sa Buick pour réduire les risques d'être pris en photo tous les trois. Il avait cédé à ce qu'il prenait pour un accès de paranoïa de ma part.

Le froid de la nuit m'a mordu la peau, et j'ai frissonné malgré la veste de Viggo toujours sur mes épaules.

Les mains tremblantes, j'ai sorti le téléphone de mon sac. Aucune réponse.

Où était Dominik ?

Plus il essayait de déchiffrer l'heure au cadran de sa montre, plus l'intervalle entre deux coups d'œil raccourcissait. Le temps semblait s'être arrêté. Dominik savait que c'était psychologique et il s'efforça de ne pas se laisser gagner par la panique.

Au départ, la qualité de l'air resta la même, mais la température ne tarda pas à augmenter. Il déboutonna sa chemise, puis, quand la sueur se mit à dégouliner le long de son dos, il l'ôta et la jeta au sol.

Il essaya de rester sur le qui-vive, à l'affût des bruits en provenance du reste de la maison derrière la lourde porte blindée. Mais le silence était absolu, et il n'entendait que le bruit rauque de sa propre respiration, qui accompagnait le compte à rebours mental qu'il avait entamé vers le point de non-retour.

Seul dans le noir en compagnie de ses seuls souvenirs.

La mort ressemblait-elle à ça ?

Des souvenirs de femmes, des sourires, des regards, des torrents de mots entendus, prononcés, écrits, qui défilaient à toute allure sur le chemin qui conduisait vers la lumière blanche.

Des corps, des visages, des seins, des parfums, des couleurs, des émotions.

Et des regrets. Trop nombreux pour être dénombrés.

Ce qu'il avait fait.

Et ce qu'il n'avait pas fait.

Dominik était assis sur le sol, dans la chaleur de plus en plus écrasante, le précieux Bailly à portée de main, cherchant à s'orienter dans les ténèbres.

L'air se raréfiait-il vraiment ou était-ce seulement une impression ?

Il avait envie de fermer les yeux et de dormir, mais il savait que ce n'était pas une bonne idée.

Il se demanda comment Summer se souviendrait de lui quand il aurait disparu. Comme un idiot qui avait tout gâché ? Il savait que, s'il devait mourir maintenant, il garderait en tête jusqu'au dernier moment l'image de la jeune femme, comme un film qui passerait en boucle sur l'écran de son esprit. Il sourit faiblement. *C'est la meilleure manière de partir*, songea-t-il, en pensant à Summer, la vision de son corps imprimée dans ses yeux pour l'éternité.

Paupières battantes, Dominik crut percevoir un son lointain, étouffé, indistinct.

Il tendit l'oreille, mais n'entendit que le silence. Puis de nouveau un écho éloigné. Son nom. Quelqu'un l'appelait. Il craignit d'être le jouet d'une hallucination, le signe qu'il était en train de mourir, mais le bruit se rapprocha. La voix de Summer n'était pas seule. Il entendit une voix masculine. Celle de Viggo. Ils étaient certainement en train de descendre l'escalier en colimaçon.

Dominik attendit que leurs voix atteignent le sous-sol, et, une fois qu'elles eurent fini de se répercuter sous le plafond bas de la piscine, il cria de toutes ses forces.

— Je suis là ! À l'intérieur !

Des pas précipités coururent vers le coffre.

La porte s'ouvrit enfin avec un sifflement.

La lumière de l'extérieur aveugla momentanément Dominik, qui venait de passer plusieurs heures enfermé dans le noir, mais il reconnut la silhouette floue de Summer et celle, maigre et dégingandée, de Viggo, qui se tenait derrière elle. Il ne pouvait voir leurs visages.

— Dominik! s'écria Summer.

— Je vais bien.

— Tu es sûr?

— Oui. J'ai juste un peu chaud, répondit-il en se rendant soudain compte qu'il était torse nu.

La lumière de la pièce s'alluma puisque la porte était ouverte.

Summer s'approcha de lui. Dans ses yeux se lisait la panique qu'elle éprouvait à l'idée de ce qui aurait pu se produire.

— Je suis désolée, vraiment... Je n'aurais jamais cru que...

Viggo surgit derrière elle, jeta un coup d'œil à sa collection intacte et sourit.

— J'ai l'impression que tu t'es un peu ridiculisé sur ce coup-là, pas vrai mon pote?

Il se retenait pour ne pas rire. Son jean moulant et ses bottes au genou lui donnaient l'allure d'un épouvantail.

— Je te le concède aisément, reconnut Dominik.

— Bon, dit Viggo. De toute façon, tout ça est ma faute. Je n'aurais pas dû voler l'Angélique. Je l'ai vu, là, et j'ai perdu les pédales. Je le regrette. Je ne pensais pas que ça ferait autant de mal à Summer. Je n'ai pas réfléchi aux conséquences...

Dominik enfila sa chemise. La jeune femme se tenait entre les deux hommes, immobile.

— Tu ne m'en veux pas d'être entré chez toi par effraction ? s'enquit Dominik.

— Bien sûr que non, assura le musicien. Je l'ai bien cherché. Summer m'a tout expliqué. Et puis qui a dit que tu étais entré par effraction ? poursuivit-il malicieusement. Tu avais une clé. Tu es mon invité.

Avec un soupir de soulagement, Dominik le contourna pour gagner la piscine, Summer sur les talons.

— Vous n'oubliez rien ? demanda Viggo.

Ils se retournèrent d'un même mouvement.

Viggo tenait le Bailly dans une main et l'archet dans l'autre.

Summer courut vers lui, se saisit de l'instrument et déposa un baiser sur sa joue.

Elle rejoignit Dominik, qui n'avait pas bougé, un pied sur le bassin, et glissa la main dans la sienne.

— Vous avez bien besoin d'une douche après cette course frénétique et ce casse involontaire, non ? Et de vous détendre, cria Viggo dans leur dos. Vous êtes ici chez vous. *Mi casa es su casa…*

— Excellente idée, dit Summer à Dominik alors qu'ils atteignaient le pied de l'escalier en colimaçon. Viens. Il y a une suite pour les invités au dernier étage. Ça ne te dérange pas, hein, Viggo ? cria-t-elle à l'intention de ce dernier.

— Pas le moins du monde, répondit le rockeur.

À peine entrée dans la chambre, Summer posa le Bailly sur une commode et le contempla d'un air rêveur. Elle passa ses doigts sur le bois comme si elle le caressait pour le ramener à la vie, dans sa vie.

Dominik ferma la porte derrière lui et observa la jeune femme. Il se sentait étourdi, un peu vidé. Il savait que c'était l'inévitable contrecoup qui suivait les quelques heures traumatisantes qu'il avait vécues.

Elle finit par se détourner de l'instrument qu'ils avaient enfin récupéré et pivota vers lui.

— Merci, Dominik. Pour tout ce que tu as fait. Je sais que tu as pris d'énormes risques pour moi. Je t'en serai éternellement reconnaissante.

— Merci de m'avoir délivré. Je devais avoir l'air complètement ridicule, assis comme ça dans le noir, enfermé. La prochaine fois, tu embaucheras un professionnel et pas un idiot d'amateur comme moi.

Summer sourit.

Dans ses yeux, sous l'habituelle tristesse brillait une lueur nouvelle. Euphorie ? Soulagement ? Attente ?

La corde sensible de Dominik se tendit.

— Je suppose que je suis fautive, reprit Summer. J'aurais dû mieux surveiller mon violon.

— Certes, acquiesça Dominik.

— Peut-être que je devrais être punie ? suggéra-t-elle d'un ton malicieux qui indiqua à Dominik quel type de sanction elle avait en tête.

— Peut-être. Pour négligence aggravée et actions dangereuses.

— Pour être ce que je suis, ajouta-t-elle.

— Pour être ce que tu es.

Il y eut un bref silence.

— Punis-moi, alors, dit-elle.

— Je pense qu'il est temps de prendre cette douche.

En souriant, Dominik la poussa vers la porte de la salle de bains.

La cascade jaillit du pommeau de douche sur la tête de Summer, aplatissant ses boucles rousses et les rallongeant jusqu'au bas de son dos comme un rideau humide sur sa peau mouillée. Dominik regarda l'eau couler de ses mèches et ruisseler dans le creux de ses reins avant de se disperser sur le délicat renflement de ses fesses.

— Tourne-toi, ordonna-t-il.

Il se savonna les mains et les fit glisser sur les seins de la jeune femme. Ses tétons étaient déjà durs. Il baissa la tête et les mordilla gentiment. Summer se raidit. Il se redressa et se remit à la laver. Les lèvres de la jeune femme étaient légèrement entrouvertes, tentatrices, et dévoilaient la barrière de ses dents blanches.

Il répandit la mousse savonneuse sur ses épaules et le reste de son corps, et la fit pénétrer dans sa peau. Son sexe la caressait tranquillement dans l'espace réduit de la cabine de douche, et l'eau cascadait sans fin sur eux pendant qu'ils tournaient et se retournaient. Il essuya ensuite le savon avec un gant. La peau de Summer brillait dans la vapeur qui les enveloppait. Il passa paresseusement la main entre ses jambes pour tester son excitation, introduisit un doigt en elle puis un second, se pressant en elle. Summer se baissa légèrement pour faciliter la pression de ses longs doigts, pour reconnaître son doigté, la conquête de son intimité, la façon familière dont il reprenait possession d'elle.

— À toi, ordonna Dominik en lui tendant le savon.

Elle s'en saisit et commença à le savonner lentement, sensuellement, avec application ; d'abord son torse, suivi par son dos quand il se retourna, puis ses fesses et le haut de ses cuisses. Pour finir, il pivota pour lui faire face de nouveau ; elle prit son sexe entre ses mains et fit courir le savon sur sa rigidité, le sentant grossir sous ses doigts. Il devint plus dur, plus épais, plus impérieux. Summer s'attarda, orchestrant la montée de son désir, notant le moindre tressaillement, écoutant le souffle saccadé de Dominik au-dessus de sa tête quand elle s'agenouilla devant lui. Elle le massa, le lava, joua avec lui. Elle finit par le rincer avec le gant. À présent, la queue de Dominik était parfaitement rigide. Elle lui jeta un bref coup d'œil comme pour quêter son approbation et approcha sa bouche de son sexe. Elle l'engloutit tout en prenant ses testicules en main.

Même si elle l'avait soigneusement rincé, il avait un goût de savon, et l'humidité parfumée submergea ses sens comme un rideau de pluie.

Ses dents le titillèrent tout entier, de la douceur étourdissante de son gland à la texture de sa hampe, et elle le lécha tout du long, dans une imitation d'avidité et de faim. Dominik remplissait sa bouche tout entière.

Un dernier filet d'eau lui coula sur le visage quand Dominik ferma le robinet de la douche. Il l'agrippa fermement, les mains dans ses cheveux, et la rapprocha de lui pour modifier l'angle de pénétration afin qu'il puisse prendre sa bouche plus profondément.

Summer prit une grande inspiration, pleinement consciente de la dureté du carrelage sous ses genoux.

Elle fit de son mieux pour résister au réflexe nauséeux.

Dominik regarda sa queue disparaître entre les lèvres de Summer et se laissa submerger par la terrible proximité de la jeune femme. Il avait l'impression que les mois d'absence n'avaient jamais existé. Quand elle l'eut avalé tout entier, ses seins se soulevant doucement au rythme d'une brise invisible, il commença à donner des coups de reins, l'ouvrant davantage, l'étirant, sans pour autant lâcher ses cheveux grâce auxquels il contrôlait les mouvements de la jeune femme.

Le reste du monde disparut. Leur univers tout entier était circonscrit dans l'étroite cabine de douche dont les murs en verre couverts de vapeur les protégeaient de ce qui les attendait à l'extérieur.

Il frappa sans relâche le fond de sa gorge, et elle essaya de contrôler ses spasmes. Elle ne voulait pas qu'il arrête. Elle inspirait par le nez le plus d'air possible en contrepoint de chaque coup de reins. Elle savourait son invasion sauvage et l'accueillait dans son corps et dans son âme. Elle priait pour que ça dure éternellement. Remplie à ras bord. Sienne.

Plus tard, quand ils se furent séchés avec les serviettes blanches et moelleuses qui garnissaient généreusement la salle de bains de la chambre d'amis de Viggo, Dominik conduisit Summer vers le lit.

Il ôta l'horrible couvre-lit foncé en chenille et le jeta au sol. Summer laissa tomber sa serviette sur la moquette et se tourna vers Dominik. Elle s'offrait. Elle se souvenait de ses goûts, de ses excentricités, de la façon dont il aimait la prendre quand ils étaient heureux.

Elle grimpa sur le lit défait et s'installa à quatre pattes ; elle pensait que Dominik allait la prendre en levrette comme il en avait l'habitude. Esclave de son propre voyeurisme, il n'aimait pas vraiment la position du missionnaire, préférant regarder son sexe aller et venir en elle.

— Non.

Elle lui rendit son regard. Il l'observait avec des yeux d'acier.

— Dis-moi ce que tu veux, ordonna-t-il.

Elle chercha une réponse dans son attitude. Il était imperturbable, impassible.

Que diable attendait-il d'elle ? Qu'elle lui dise qu'elle le voulait, qu'elle souhaitait désespérément lui appartenir, contre toute logique et malgré ce qu'ils avaient vécu ? Attendait-il d'elle qu'elle abdique toute volonté et tout orgueil ?

— Maintenant, je veux juste que tu me baises, finit-elle par répondre.

Son expression demeura la même.

— Je veux être avec toi… Même si je souffre.

Dans des instants comme celui-là, elle se sentait démunie : les mots ne suffisaient pas à exprimer le tourbillon qui faisait rage en elle. Elle avait envie de lui hurler : *Prends-moi, baise-moi, fais-moi mal, marque mon âme, tatoue mon cœur à l'encre indélébile, fais-moi tienne et bannis à jamais le vide intérieur qui me ronge.* Dans son esprit ces paroles sonnaient juste, mais si elle les prononçait elles auraient juste l'air ridicules, voire dégradantes et humiliantes.

Il ne répondait toujours pas, immobile, impassible. Il la dévisageait et transformait les mots qu'elle ne pouvait pas dire en une langue qu'il comprenait.

— Je te veux en moi. Tout de suite.

En était-elle réduite à le supplier ?

Elle était presque au bord des larmes. Était-ce un test ? Un jeu ?

— Je te veux aussi, finit-il par dire.

Il s'approcha du lit et caressa ses paupières avec une tendresse qu'elle ne lui avait jamais connue, comme le plus doux des croque-morts fermerait les yeux d'une morte, puis l'allongea. Il étendit avec douceur ses membres et se pencha sur elle. Son ombre fut projetée sur le plafond de la chambre comme le crépuscule étendait sa couverture obscure.

Il se positionna entre ses jambes. Elle saisit son sexe et le guida en elle.

— Accepte-moi comme je suis, dit-elle.

Dominik la remplissait magnifiquement.

— Chuuuut, murmura-t-il.

Summer frissonna.

Viggo éteignit l'écran, un grand sourire satisfait sur le visage.

Le couple qu'il avait maté s'était enfin séparé. Ils ne formaient plus une seule entité, une créature à deux dos dont chaque mouvement combinait la grâce des oiseaux en plein vol et la cruauté sauvage des animaux carnivores. Une danse des corps frénétique et extatique avec tout l'abandon féroce des tigres qui se battaient à mort.

Ils avaient refait surface, essoufflés. Ils étaient de nouveau deux. Summer et Dominik.

Évidemment que c'était du voyeurisme. Mais personne n'est parfait.

Viggo était un homme qui savait reconnaître la beauté et qui voulait la garder, la sauver, la mettre sous verre. La collectionner.

Si la beauté possédait une essence que l'on pouvait mettre en bouteille, il aurait été le premier à en acquérir une, chèque en main.

Il avait certes couché avec Summer. Tout seul et avec Luba. Mais la voir baiser avec Dominik avait été tout autre chose. Il l'avait vue s'animer, rayonner, avait observé sa méfiance naturelle et son anxiété disparaître quand Dominik avait pris le contrôle. Elle ne faisait plus qu'une avec sa volonté de reddition qu'elle avait pleinement embrassée. Viggo n'avait jamais été attiré par les hommes, mais voir Dominik prendre Summer l'avait rempli d'une exaltation ineffable.

Il avait la bouche sèche.

Il choisit une bouteille de vieux bourbon dans son bar et s'en servit une large rasade.

— Délicieux, murmura-t-il, à l'adresse à la fois de la douceur rugueuse de l'alcool qui faisait son chemin le long de sa gorge et du souvenir des deux amants à présent disparus de son écran clandestin.

Plusieurs années auparavant, l'idée d'installer une minuscule caméra dans la chambre d'amis avait été une plaisanterie qui avait suivi l'achat et la transformation de la maison par un ami architecte. Il avait l'impression que c'était « rock'n roll » et à la hauteur de sa mauvaise réputation. Il avait ensuite oublié cette caméra pendant des années. C'était Luba, cette femme mystérieuse et élégante, qui lui avait suggéré un soir de la regarder faire l'amour et jouer avec une jeune femme qu'elle avait levée dans une boîte – une punkette avec une larme tatouée sous l'œil. Viggo soupira en évoquant ce souvenir, l'image enivrante de ces deux femmes, leurs courbes, la lascivité de leurs baisers et de leurs gestes, l'avidité, l'alignement géométrique parfait de la lubricité et du désir.

Ce n'était pas l'acte sexuel qui l'excitait mais la lenteur et l'élégance muette des corps joints dans la danse. À ce titre, la vision de deux femmes était beaucoup plus puissante que celle des couples hétérosexuels que ses amis et lui avaient matés pendant les orgies qu'il organisait chez lui. Les invités s'égaraient parfois dans la chambre d'amis, ou étaient fortement encouragés à s'y rendre, sans savoir qu'ils se donnaient en spectacle à Viggo et à ses amis, qui les observaient avec un délice pervers. Mais aucun de ces couples n'avait eu la grâce sauvage de Summer et de Dominik. Ces deux-là avaient un appétit féroce l'un pour l'autre, une passion dont il était presque jaloux, une faim presque dangereuse. Il avait retenu son souffle plus d'une fois, quand l'un ou l'autre s'était aventuré en territoire ennemi, d'un geste, d'une main, d'une pulsion qui allait trop loin, vacillant au bord du gouffre avant de reculer. Viggo n'avait jamais vu un homme et une femme baiser avec autant d'abandon. Il en avait eu la chair de poule.

Après l'incident tragi-comique dans le coffre, il leur avait suggéré de rester. Il savait qu'ils allaient finir au lit sous le regard de sa caméra dissimulée, et la tentation d'activer le système de surveillance avait été plus forte que lui. Il avait presque abandonné, étant donné qu'ils avaient passé un temps fou dans la salle de bains, le laissant penser qu'il avait raté le spectacle. Mais ils avaient fini par émerger, enveloppés dans les serviettes blanches. Ils tournaient l'un autour de l'autre comme des oiseaux de proie affamés, prêts à bondir dans une folie sublime.

Viggo ne regrettait pas de les avoir regardés. Ils n'en sauraient rien et n'en seraient pas blessés. La seule chose qu'il déplorait était de ne pas avoir installé un système stéréo en plus de la caméra.

Il se dit qu'il faudrait désactiver celle-ci. Personne ne pourrait jamais arriver à la cheville de Summer et de Dominik. Rien n'aurait jamais la même intensité. C'était l'apogée.

Il se leva et remit la bibliothèque en place, dissimulant le petit écran.

Dominik et Summer devaient certainement dormir à présent.

Il devrait peut-être faire la même chose, revivre le souvenir de leurs étreintes et s'y plonger. Il se dit que Luba ne tarderait pas à rentrer de l'exposition. La première fois qu'il l'avait vue danser, il avait ressenti la même chose et avait su qu'il devait la posséder. Elle avait accepté tout de suite, même s'il savait pertinemment qu'elle n'appartiendrait jamais à personne et qu'il n'était pour elle qu'une étape supplémentaire sur sa route, pratique, agréable et temporaire. *Mmmmh... Il y a là matière à écrire une chanson*, songea Viggo.

Il descendit dans son studio et alluma le piano électrique. Les idées, les mots, les mélodies naissaient de manière étrange, surgissant de nulle part, sans entraves.

Dominik émergea et se frotta les yeux pour chasser la désorientation qui suivait le réveil dans une chambre inconnue. Ils avaient oublié de fermer les volets la veille au soir, et la pièce était baignée de soleil.

Les fesses douces de Summer étaient nichées contre son ventre. Elle dormait encore, et le délicat murmure de son souffle bruissait doucement.

Il déposa un baiser dans son cou, et elle s'agita un peu.

Il jeta un coup d'œil au cadran de la montre qu'il n'avait pas ôtée. À peine le milieu de la matinée. Il aurait cru l'heure plus tardive.

Summer ouvrit les yeux et lui sourit.

— Tu as beaucoup de choses ici ? demanda Dominik.

— Non, quelques bricoles uniquement. Mes affaires sont chez Chris.

— Je veux que tu récupères tout ici et chez Chris. On ira tout chercher. Tu viens chez moi. Je veux que tu vives avec moi.

— Vraiment ?

— Oui.

Il était totalement sincère.

Summer acquiesça. Elle s'installerait chez lui. Ça n'avait pas fonctionné la première fois à New York, mais elle était prête à essayer de nouveau.

Elle bâilla et roula sur le côté.

— J'ai super-faim. Mais, avant tout, il me faut ma dose de caféine.

— Je suis affamé aussi, renchérit Dominik.

La dernière chose qu'il avait avalée était un petit *pain au chocolat** acheté à la *Pâtisserie Valérie* le matin précédent, avant de se rendre chez Viggo, où les événements avaient dégénéré.

Il s'étira et, s'arrachant à la tiédeur confortable du corps nu de Summer, se leva. Il la contempla, allongée dans le désordre des draps, ses boucles rousses étalées sur l'oreiller. Son sexe frémit. Elle lui sourit.

Il enfila son pantalon noir et lui tendit le tee-shirt blanc qu'elle portait la veille. Elle l'enfila et s'assit sur le bord du lit. Elle attendait qu'il lui tende autre chose, sa culotte ou son jean, mais il n'en fit rien, se contentant de la regarder avec un sourire satisfait.

Summer se leva. Le tee-shirt froissé atteignait à peine son nombril, exposant ses fesses et sa chatte. C'était une forme particulièrement intime de nudité, naturelle mais audacieuse, que l'on adoptait pour se balader chez soi, loin du regard des voyeurs.

— Viens, dit Dominik en joignant le geste à la parole. Allons déjeuner.

— Dans cette tenue ? demanda Summer.

— Oui, répondit-il.

— Viggo est peut-être là. Et les autres…

— Je sais, rétorqua Dominik. Je t'aime comme ça. Et puis Viggo a déjà tout vu, non ? Je suis ravi que les autres te voient nue. Ça m'est égal.

Parce que je sais que tu m'appartiens à présent, se retint-il d'ajouter.

Quand ils quittèrent la chambre, lui torse nu, elle fesses découvertes, Summer demeura un peu en arrière, frissonnante d'inquiétude à l'idée de laisser le Bailly derrière elle. Puis elle comprit qu'il était en sécurité. La foudre ne tombe jamais deux fois au même endroit.

Quand ils entrèrent dans la cuisine, Viggo était assis au comptoir en train de mâchouiller un toast. Il leur jeta un coup d'œil et siffla entre ses dents.

— Ah, nos tourtereaux ! Bienvenue dans un nouveau jour radieux !

Il était torse nu lui aussi, son buste fin et imberbe ressemblant à une page blanche.

— Du café ?

— Avec plaisir.

— Tout frais rien que pour vous, annonça-t-il avec un geste théâtral en direction de la machine complexe que la Nasa aurait pu construire et qui surmontait le plan de travail en granit.

Pendant que Summer et Dominik se servaient, Viggo, après avoir jeté un regard nostalgique sur les fesses de Summer, se leva soudain et quitta la cuisine.

— Attendez-moi les jeunes. J'ai une surprise pour vous.

Il revint dix minutes plus tard et tendit avec révérence à Summer un petit cadre, sous le regard de Dominik.

— Avec toutes mes excuses. Un cadeau. En espérant que tu pourras me pardonner.

À l'intérieur du cadre se tenait un dessin en noir et blanc qui avait l'air très vieux.

Dans le coin supérieur gauche on voyait un couple en train de danser, leurs têtes coupées par le bord du papier. Un peu plus à droite étaient dessinés un violon avec son archet, et le visage d'un homme qui portait une perruque sous son chapeau à larges bords. Un peu plus loin étaient à peine esquissés les cheminées fumantes d'une usine et des voiliers.

— Qu'est-ce que c'est ? s'enquit Summer.

— Un dessin de Degas, répondit Viggo. Il s'appelle *Programme pour une soirée artistique.* Il est très rare. J'ai pensé que tu aimerais l'avoir à cause du violon. C'est un vrai, pas une copie…

— Je ne sais pas quoi dire…

— Ah, encore une chose, l'interrompit Viggo.

— Oui ?

— Ne le montre qu'à des gens en qui tu as confiance.

— Tu veux dire qu'il a été volé ? l'interrogea Dominik.

— Oui, admit le rockeur avec un sourire entendu. Il a disparu il y a des années. C'est une longue histoire, mais disons qu'il a échoué entre mes mains. Tout arrive, tu sais. Quoi qu'il en soit, je pense qu'après ce que je t'ai fait tu le mérites plus que moi.

Dominik comprit pourquoi certains objets étaient enfermés dans le coffre. Ils avaient tous été volés.

— Merci, Viggo. Nous le chérirons vraiment, répondit Summer.

— Je suis pardonné, alors ?

La réponse de Summer fut perdue pour Dominik. Il en était resté à son emploi du pronom « nous ».

13
Le vent nous emportera

Déménager m'a pris beaucoup plus de temps que prévu.

J'avais passé la matinée avec Susan, qui assurait auprès de moi les fonctions d'agent et par conséquent de manager, dans un *Starbucks* anonyme près de la gare Victoria, à discuter de mon avenir. Elle bossait aux États-Unis mais s'était pointée sans prévenir à Londres, agacée de mon silence à ses mails.

J'étais en retard. J'avais dû quitter précipitamment Dominik, que j'avais laissé dans sa maison de Hampstead. Je n'avais pas voulu perdre une seconde de sa présence, et nous avions donc passé la matinée de la même manière que la nuit, et la précédente, et celle d'encore avant. Dans les bras l'un de l'autre, à baiser chaque fois que nous en avions l'énergie. Parfois nous faisions l'amour, lui plein d'affection et de tendresse, moi totalement heureuse de sentir son poids sur mon corps. J'aurais aimé pouvoir arrêter le temps et passer ma vie tout entière dans ce seul instant, à écouter son rire rauque et profond, et à guetter le moment où son regard doux et chaud devenait dur et cruel.

Il me clouait alors au lit en me maintenant le poignet qu'il caressait gentiment quelques instants plus tôt et se mettait à murmurer des cochonneries à mon oreille.

Je ne pensais qu'à ça en enfilant les vêtements que j'avais sous la main avant de me précipiter vers le métro. Je savais que Susan m'attendait déjà.

Elle était tirée à quatre épingles, comme toujours. Qu'elle sorte ou qu'elle prenne un café avec un client, Susan avait toujours l'air professionnelle. Sa robe trapèze était parfaitement coupée, d'un vert lagon qui mettait en relief ses cheveux auburn, accessoirisée avec un énorme collier Chanel en or. Elle était concentrée sur son BlackBerry, ses doigts s'agitant sur le clavier aussi vite que ceux d'un pianiste.

— Tu ne t'es pas réveillée, je vois, a-t-elle commenté, acide, quand je me suis glissée sur le tabouret près d'elle.

Elle m'avait commandé un café. Il était froid, mais je l'ai bu quand même.

— Je suis désolée, ai-je répondu en rougissant. Je n'ai pas d'excuse valable.

— Ça me fait plaisir de te voir, Miss Rock Star, a-t-elle repris.

Cette fois-ci, j'ai eu droit à un sourire chaleureux et à une bise sur chaque joue.

— J'ai appris que tu avais récupéré ton violon, a-t-elle poursuivi.

— Oui ! me suis-je exclamée avec enthousiasme.

— Tu es prête à jouer alors ?

— Plus que jamais.

— Tu m'en vois ravie. Dorénavant, je pourrai ouvrir le journal sans avoir peur de trouver ton nom dans une rubrique inappropriée.

Groucho Nights était redevenu simplement Groucho Nights, sans invités, et même si l'idée de rejouer avec eux ne me déplaisait pas, j'étais impatiente de revenir à mon répertoire classique.

J'ai soumis à Susan l'idée d'un album néo-zélandais, et elle a acquiescé sans problème : les terres australes étaient un gros marché.

Cela avait le parfum de la maison. C'était la chose à faire. J'avais passé des années à errer de lieux en lieux, rebondissant de situation en situation comme une boule de flipper. À présent, j'avais Dominik et mon violon ; pour la première fois de ma vie, je me sentais chez moi. Il était temps de revenir à mes racines, comme je l'avais fait avec l'album vénézuélien lorsque je vivais avec Simón. Mais, cette fois-ci, je voulais m'intéresser à ma propre histoire, pas à celle de quelqu'un d'autre. Je voulais faire du paysage de mon enfance une chanson.

Le Bailly serait le médium idéal. Ce projet était terriblement excitant. La joie que j'avais ressentie en le récupérant s'était rapidement estompée. J'avais oublié mon violon dès que Dominik m'était revenu. J'avais capitulé sous ses caresses, ses ordres, sa voix. J'avais éprouvé tellement de bonheur à le retrouver, à le sentir de nouveau en moi, que j'avais abandonné mon instrument pendant une nuit et une journée complètes, le temps que Dominik et moi fassions de nouveau connaissance.

Quand nous avions été mutuellement épuisés, j'avais saisi mon instrument et immédiatement commencé à jouer. Dominik avait ri en voyant mon expression : en ouvrant l'étui, je ressemblais à une enfant le matin de Noël. J'ai caressé son bois patiné couleur de miel, l'ai accordé et joué le morceau qui était le nôtre, la toile de fond de notre relation, Vivaldi évidemment. J'ai interprété toutes les *Saisons* en pensant aux années qui s'étaient écoulées et à celles qui nous attendaient, à la vie qui coule et s'écoule sans cesse, changeante mais toujours belle et neuve. J'ai terminé de jouer sur les notes légères du *Printemps*.

Ma valise était à moitié pleine, et je n'avais encore rempli aucun carton quand j'ai entendu le grincement de la porte d'entrée. J'ai mis un certain temps à réagir; j'étais assise par terre et je perdais mon temps en nostalgie, soupesant chaque chose avant de l'emballer et souriant à tous les souvenirs que j'avais transportés avec moi de pays en pays.

Chris et Fran étaient là et ne s'étaient pas rendu compte que j'étais entrée avec la clé que Chris m'avait donnée quand j'avais emménagé chez lui. Je ne la lui avais pas rendue puisque officiellement je vivais encore là, même si récemment j'avais passé toutes mes nuits chez Viggo.

De ma position sur le sol, face à l'entrée, j'avais une vision parfaite de Chris et de Fran. Ils étaient étroitement enlacés et s'embrassaient comme si leur vie en dépendait.

J'ai fermé les yeux. Quand je les ai rouverts, ils étaient toujours là. Sauf que Chris avait la main sous le short de ma sœur et que cette dernière, les bras en l'air, se débattait pour ôter son tee-shirt moulant.

J'ai toussé bruyamment, histoire de les avertir de ma présence avant que quelque chose que je ne voulais absolument pas voir se produise. Chris a sursauté et a pivoté, à la recherche d'un intrus.

— Je suis là ! ai-je crié.

— Putain, Summer, tu ne peux pas frapper ?

— Frapper ? J'étais là la première ! Ça t'arrive d'écouter tes messages ?

— Disons que je suis un peu… perturbé, a-t-il répliqué avec un sourire satisfait.

— Je vois ça.

Fran était rouge comme une pivoine. Elle se fichait en général comme d'une guigne des hommes avec qui elle couchait et n'avait jamais été gênée d'être prise sur le fait. Elle avait assumé sans problème sa nuit avec Dagur devant beaucoup plus de monde.

C'était du sérieux.

— Je vois que vous… vous entendez bien.

Fran a fait un pas en avant pour se porter à la hauteur de Chris, qui se tenait dans l'encadrement de la porte de la chambre que Fran et moi avions partagée. Elle a saisi sa main.

— Nous sommes en couple, a-t-elle annoncé. Officiellement.

— Ta sœur est ma petite amie, a confirmé Chris en souriant de toutes ses dents.

Je lui ai envoyé une chaussette dans la figure. Il l'a attrapée au vol de sa main libre sans cesser de sourire d'un air satisfait.

— C'est pour ça que pour une fois rien ne traîne, alors. Je me suis demandé où étaient tes affaires, Fran. Dans sa chambre, je suppose. Et dire que je pensais que tu voulais prendre un nouveau départ.

— Oh, mais c'est ce que j'ai fait, a rétorqué l'intéressée. Mais pas comme on s'y attendait.

J'ai souri. J'étais contente pour elle. Et pour lui. Ils formaient un joli couple, même si l'idée que mon meilleur ami sorte avec ma sœur ne m'avait pas emballée plus que ça au départ.

Lauralynn était rentrée tout excitée d'une session d'enregistrement qui avait duré la nuit entière dans un studio de West End.

— Tu ne devineras jamais pour qui c'était, dit-elle à Dominik en entrant en trombe dans la cuisine, qui était devenu par défaut leur espace commun, après avoir abandonné sa veste en cuir et son violoncelle dans l'entrée.

— Voyons voir. Feu Herbert von Karajan enregistre une symphonie inspirée par les chansons sous acide des Rolling Stones et il a besoin d'un solo de violoncelle psychédélique.

— Tu n'es pas si loin…, commença Lauralynn.

— Et il a fait tout le chemin jusqu'à Shepherd's Bush, juste pour ça, poursuivit Dominik.

— Arrête de plaisanter. Non, l'enregistrement était pour Viggo Franck et les Holy Criminals. Ils enregistrent de nouvelles chansons et ils avaient besoin d'un violoncelle pour l'une d'elle. Leur producteur m'a dit que si la chanson figurait sur l'album j'aurais mon nom dessus !

— C'est formidable, assura Dominik avec un sourire un peu narquois. Je suis très content pour toi.

— Bon, je n'ai toujours pas rencontré le fameux Viggo Franck. Il n'a pas assisté aux sessions. Il n'y avait que ses musiciens. J'ai joué sur ce qu'il avait déjà enregistré.

Lauralynn regarda plus attentivement Dominik. Il avait l'air différent. De bonne humeur, mais légèrement absent.

Ils ne s'étaient pas beaucoup vus depuis qu'elle était rentrée des États-Unis quelques semaines auparavant. Quand il n'était pas à son ordinateur où elle supposait qu'il écrivait, il se glissait furtivement hors de chez lui à des heures indues, comme un conspirateur. Il évitait sa compagnie et ses questions. Lauralynn avait travaillé toutes les nuits, et elle avait supposé que celles de Dominik étaient consacrées à Summer. Elle avait vu les chaussures et les affaires de la jeune femme traîner à des endroits étonnants.

— Tu as quelque chose à me dire ? l'interrogea Lauralynn. Tu n'es pas très causant depuis quelque temps.

— Eh bien…, hésita-t-il. Il s'est passé beaucoup de choses.

— Summer ?

— Oui. Pour faire court, disons que nous nous voyons beaucoup. Nous avons décidé de nous remettre ensemble, je pense.

— Génial ! s'écria Lauralynn avec enthousiasme.

— Nous avons fini par prendre une décision. J'espère qu'elle va s'installer ici. Définitivement. Je croise les doigts pour que ça marche vraiment entre nous cette fois-ci. Nous sommes un peu nerveux, mais on a retrouvé son violon, alors je prends ça pour un bon présage.

— Super ! Vous êtes faits l'un pour l'autre, je le sais depuis le début. Et puis…

— Oui ?

— Ça fait pas mal de temps que je pense sérieusement à déménager. On est de bons copains tous les deux, mais ça n'a jamais été une situation idéale.

— C'est vrai.

— Tout arrive au bon moment. Je suis certaine que tu ne veux pas que je sois encore ici quand Summer emménagera définitivement, n'est-ce pas ?

— Ce serait un peu embarrassant Mais tu as un endroit où aller ? demanda-t-il, inquiet. Je ne veux pas te mettre à la rue.

— Mmmmh…

Les yeux de Lauralynn brillaient, plus espiègles que jamais.

— Quoi ?

— Je pense que j'ai un point de chute.

— Parfait.

— Quelqu'un que j'ai rencontré au studio. La session s'est terminée plus tôt que prévu, on a enregistré rapidement, après seulement deux prises. C'est une amie du groupe, elle est venue en pensant que Viggo était là, mais il avait un rendez-vous avec sa maison de disques. On a fait connaissance. J'ai passé la nuit avec elle.

Lauralynn avait légèrement rougi. *Sa nuit a dû être quelque chose*, songea Dominik.

— À mon tour d'être content pour toi, dit-il.

— Merci, répondit-elle en gloussant comme une adolescente. Je sais bien qu'on n'a passé qu'une nuit ensemble, mais je pense qu'elle est vraiment spéciale. Tu sais comment ça se passe, parfois il suffit d'un regard pour savoir.

— Un regard ou un peu plus, remarqua Dominik.

— Beaucoup, beaucoup plus. Elle vit avec Viggo dans son hôtel particulier de Belsize Park et elle dit qu'il a tellement de chambres vides qu'il ne verra pas d'inconvénients à ce que j'aille vivre là-bas.

— Tu parles de la Russe ? demanda Dominik en ressentant ce curieux sentiment qui s'abat sur celui qui voit toutes les pièces du puzzle s'emboîter correctement.

— Oui, Luba. Celle que tu devais me présenter, tu te souviens ?

— Ah oui, la seule et unique Luba.

— Elle est formidable, n'est-ce pas ?

— Oh ça, pas de doute.

Ce matin-là, Summer avait rendez-vous en ville avec Susan, qui voulait la voir pour discuter de son nouveau départ dans la musique classique avec un retour aux sources, et la possibilité de sortir un album live de sa collaboration avec les Groucho Nights, puisque le concert de Sarajevo avait été enregistré. La jeune femme pensait en avoir jusqu'en milieu ou en fin d'après-midi, après quoi elle avait prévu de récupérer le reste de ses affaires dans l'appartement de Chris à Camden Town avant de revenir chez Dominik.

Ce dernier proposa à Lauralynn de la déposer, elle et ses affaires, chez Viggo.

En sonnant à la porte, il ne put s'empêcher de songer qu'une semaine auparavant il avait utilisé un double volé pour entrer. Il avait rendu la clé à Viggo depuis.

Luba ouvrit la porte.

Elle se précipita sur Lauralynn, qu'elle prit dans ses bras, fit la bise à Dominik et les pria d'entrer.

Connaissant le nombre de combinaisons sexuelles dans lesquelles ils s'étaient trouvés ensemble, Dominik fut surpris par la normalité de la situation. Il avait l'impression que l'histoire tendait vers sa conclusion naturelle. Peut-être que tout était la faute de la malédiction de l'Angélique, songea-t-il amusé.

— Viggo est dans les parages, déclara Luba. Il fera son apparition plus tard, je suppose.

En voyant les deux femmes côte à côte, Dominik fut frappé par leur ressemblance. Il n'y avait pas prêté attention avant. Elles étaient toutes deux grandes, blondes, et bâties comme des Amazones. Luba était moins voluptueuse, mais, en bonne danseuse professionnelle, elle se tenait plus droite, les seins orgueilleusement haut perchés, alors que l'attitude de Lauralynn était plus souple et détendue, ses épaules de nageuse ancrant sa silhouette et ses courbes.

Elles allaient bien ensemble.

Il songea qu'il aurait donné cher pour être une petite souris dans leur chambre.

Lauralynn et lui déposèrent les deux lourdes Samsonite, et Dominik retourna au coffre resté ouvert de sa BMW, d'où il sortit deux cartons dans lesquels la violoncelliste avait jeté à la hâte ses livres et son bazar.

Luba, étonnamment hospitalière, leur offrit du café et des cupcakes, mais Dominik sentit vite qu'il était la troisième roue du carrosse et que les deux femmes attendaient impatiemment qu'il s'en aille. Il s'apprêtait à partir lorsque Viggo fit son entrée dans la pièce. Comme à son habitude, il portait un jean tellement moulant que c'était à se demander s'il n'avait pas passé une demi-heure sous la douche ou dans un sauna pour le rétrécir davantage. Son tee-shirt avait vu des jours meilleurs et comptait autant de trous, artistement placés, qu'une tranche de gruyère.

— Salut, mec, dit-il, décontracté comme toujours.

Il tourna ensuite son attention vers la nouvelle venue.

— Je te présente Lauralynn, annonça Luba.

Viggo dévisagea la violoncelliste puis regarda alternativement les deux femmes.

— Bienvenue, ma puce. J'ai beaucoup entendu parler de toi.

— Tu veux parler de l'enregistrement que j'ai fait pour toi ?

— Oui, ça aussi…, sourit Viggo.

Amusée par les intentions prédatrices du garçon, Luba saisit la main de Lauralynn et la conduisit vers l'escalier qui menait aux étages.

— Je vais te montrer ta chambre.

Lauralynn salua Dominik de la main.

Viggo suivit les deux femmes du regard, un sourire de gamin sur le visage.

— C'est une amie, dit Dominik. Elle est très sympa. Mais si je peux me permettre…

— Oui ?

— Les hommes, c'est pas vraiment son truc.

Le sourire de Viggo s'accentua.

— Mec, il ne faut jamais dire jamais.

J'ai commencé à paniquer quand les meubles sont arrivés.

C'était la première fois de ma vie que je possédais quelque chose d'aussi permanent.

J'avais acheté une armoire, une commode et une psyché sur le site de vente en ligne d'une boutique du Sussex qui faisait des meubles en bois très solides, pas en kit. Neil, le directeur de la boutique qui me les avait vendus, m'avait longuement démontré qu'ils étaient construits pour durer, ce qui n'avait fait qu'augmenter ma panique à l'idée d'être prisonnière de la maison de Dominik sans pouvoir fuir rapidement, une valise à la main, comme je l'avais fait la dernière fois.

Il a fallu quatre hommes pour monter l'armoire le long de l'étroit escalier qui menait à notre chambre, et la seule chose à laquelle j'étais capable de penser en les voyant s'escrimer pour la soulever avec précaution était que je ne pourrais jamais la déménager moi-même. Je me suis calmée : après tout ce n'était qu'un meuble, et, si les choses dégénéraient, je pourrais toujours la débiter à coups de hache et transporter les morceaux plus facilement.

Je me suis sentie immédiatement coupable et, pour la peine, je me suis montrée encore plus gentille avec Dominik jusqu'à la fin de la semaine. Je n'étais pas la seule à souffrir du changement survenu dans nos vies, et il faisait montre d'un calme étonnant, se contentant de hausser un sourcil quand j'ai rangé des piles de romans fantastiques jeunesse à côté de ses premières éditions. Il a refusé de prendre un chat mais a accepté le poisson rouge, à condition que je m'en occupe.

Les choses ne s'étaient pas déroulées ainsi à New York. J'avais su dès le départ que cet arrangement serait temporaire puisque Dominik ne louait le loft que pour quelques mois, le temps de remplir les obligations liées à la bourse qu'il avait décrochée. J'avais considéré notre appartement new-yorkais comme un hôtel, ce qui était là certainement une partie du problème.

Même chez Simón, avec qui j'avais vécu pendant deux ans, je n'avais touché à rien. Je m'étais contentée de mettre mes vêtements dans la moitié de son gigantesque dressing et mes affaires de toilette dans sa salle de bains. Je n'avais jamais ajouté ne serait-ce qu'une photo dans un cadre, et j'avais toujours pensé que je vivais chez lui, pas chez nous.

Mon récent statut de femme en couple a été illuminé par des nouvelles de ma vieille amie Charlotte, dont j'étais très proche quand j'ai rencontré Dominik, et qui m'avait fait découvrir la scène fétichiste londonienne. J'étais sans nouvelles d'elle depuis plus de deux ans, depuis que j'avais quitté Londres en coup de vent pour me rendre à New York.

Elle avait lu un article sur le concert des Groucho Nights à La Cigale, et la présence de mon nom l'avait décidée à reprendre contact avec moi. Elle vivait à Paris et avait épousé Jasper – l'escort boy qu'elle fréquentait plus ou moins quand nous étions copines – après avoir mis au monde un premier enfant qui avait dix-huit mois à présent. Ils en avaient eu un deuxième à peine un an après.

Jasper était l'un des rares hommes capables de satisfaire le vorace appétit sexuel de Charlotte. Apparemment leur liaison avait abouti à quelque chose de plus sérieux. Jasper avait abandonné son job : il s'occupait des enfants tout en faisant des études de psychologie. Quant à Charlotte, elle travaillait pour le service financier de l'ambassade britannique.

Je lui ai répondu que j'étais de nouveau avec Dominik, et nous avons engagé une conversation à bâtons rompus sur le pourquoi et le comment des relations sentimentales, et sur l'effet que cela faisait de se mettre en couple quand on n'avait pas prévu de le faire. Charlotte avait toujours été célibataire, préférant même payer un escort pour la nuit plutôt que de draguer dans un bar. Elle m'avait dit à l'époque qu'elle trouvait ça plus facile et plus honnête. Tomber amoureuse de Jasper, l'escort qui était devenu son amant régulier, était juste un heureux accident de parcours.

« L'amour, a écrit Charlotte, ça te tombe dessus au moment où on s'y attend le moins. »

Les Parisiens, cependant, étaient beaucoup plus ouverts que les Britanniques, et, tout en maintenant un vernis respectable, Charlotte et Jasper faisaient régulièrement garder leurs enfants pour se rendre aux *Chandelles* ou au Cap d'Agde, la célèbre plage naturiste.

« Plein d'échangistes. Ça ne te plairait pas du tout. Contente-toi du jardin des Supplices », a-t-elle répondu quand je lui ai demandé à quoi ça ressemblait.

Je n'arrivais pas à imaginer pouvoir persuader Dominik d'enfiler un uniforme militaire ou une combinaison en latex, mais l'idée qu'il puisse porter des bottes de cavalier et une cravache m'excitait. Il n'était pas fétichiste, et préférait donner vie à ses fantasmes avec pour seuls instruments sa voix et ses mains. Tout le reste pouvait être discuté, mais je doutais qu'il accepte seulement d'entendre parler de draps particuliers ou de menottes, qu'elles soient enveloppées de fourrure rose ou en cuir.

Nous avions ajouté un jouet dans notre coffre. Viggo nous avait envoyé un cadeau de crémaillère. Une baguette magique Hitachi. Dominik l'avait déballée, perplexe, et j'avais été ravie de lui montrer comment elle fonctionnait.

Simón avait appris par Susan que je m'étais remise avec Dominik et il m'avait téléphoné sans prévenir. Il trouvait amusant que je déteste les conversations téléphoniques ; quand nous étions ensemble, il mettait donc un point d'honneur à me téléphoner au lieu de m'écrire, par texto ou par mail, même pour me dire des broutilles comme me demander à quelle heure je comptais rentrer ou de prendre une bouteille de lait dans la petite épicerie coréenne.

J'ai décroché sans réfléchir, présumant que c'était Susan qui voulait savoir comment se déroulaient les sessions d'enregistrement. Viggo m'avait aidée à monter mon propre studio pour l'album néo-zélandais. Je m'y rendais tous les jours pour répéter avec mon Bailly : il fallait que je me remette dans le rythme de la musique classique après ma pause rock. J'aurais trouvé ça impossible avec un autre instrument, mais le cadeau de Dominik me convenait tellement qu'il semblait se mettre à chanter à peine avais-je posé la main sur lui.

— Salut, toi, m'a dit Simón quand j'ai décroché.

C'était sa façon de me saluer depuis toujours, deux mots qui avaient valeur de code entre nous, une entière conversation qui signifiait : « Salut, comment tu vas, je suis à la maison » et une douzaine d'autres choses.

— Simón ?

— Tu ne m'as pas oublié, donc ?

— Comment vas-tu ? ai-je demandé. Tu es rentré à New York ? Tu as repris l'orchestre ?

— Presque. En fait, je ne fais que passer. Je repars définitivement pour le Venezuela.

— Tu vas diriger un orchestre à Caracas ?

— Même pas. Crois-le ou pas, je vais bosser pour le gouvernement. Ministre de la Culture.

— Ouah ! Félicitations ! Tu vas pouvoir officiellement assister à tout un tas de rodéos alors ?

— Chaque semaine. Et je pourrai me gaver de desserts à la noix de coco et au caramel.

— Ça me paraît honnête.

— Tu devrais venir me voir. Avec Dominik, a-t-il ajouté précipitamment. Susan m'a dit que vous vous étiez remis ensemble. Et j'ai suivi toutes tes aventures musicales, évidemment.

— L'année a été mouvementée.

— Ça ferait un bon roman.

La coïncidence m'a fait sourire.

— Dominik est en train d'en écrire un. Il a promis que, cette fois-ci, je n'en serais pas l'héroïne. C'est sur le Bailly.

— J'en étais sûr. Il te donne la musique, et tu lui rends les mots.

— Je n'y avais jamais pensé en ces termes…, mais je pense que tu as raison.

— J'ai toujours su que vous étiez faits l'un pour l'autre. Toi et moi, ça ne pouvait pas marcher.

Il avait dit ça avec chaleur et humour, et je me suis mise à rire. Simón avait toujours raison, ce qui était l'un des motifs pour lesquels nous nous étions séparés.

Parler à Simón m'a apaisée. J'étais contente de constater qu'il avait l'air heureux, parce que, même si c'était lui qui avait rompu, je m'étais toujours sentie coupable que les choses n'aient pas fonctionné entre nous.

Plus j'y pensais, plus j'avais peur de commettre une erreur en emménageant avec Dominik, de la même manière que vivre avec Simón en avait été une. Je n'avais pas le gène de la vie en couple. Je m'étais sentie prisonnière en compagnie de Simón, et j'avais peur de ressentir la même chose après quelques mois de vie quotidienne avec Dominik.

Si ça marchait, la vie commune serait miraculeuse, la réponse à toutes les questions que je me posais, et deviendrait la relation dont je rêvais avec lui.

Mais si ça ne fonctionnait pas, ça détruirait tout ce qui existait entre nous.

Dans son roman, Dominik avait décrit la folie meurtrière de la Seconde Guerre mondiale et en était arrivé à la fin des années 1960, quand Edwina Christiansen était devenue la dernière d'une longue succession d'héroïnes damnées et de propriétaires infortunés du violon maudit.

Edwina était mère célibataire à Hanovre, en Allemagne. Son fils était le résultat d'une liaison malheureuse avec un hippie, quand elle avait une vingtaine d'années. Peu après son retour en Allemagne, elle avait épousé Helmuth Christiansen, un fournisseur maritime à Hambourg, mais le mariage n'avait pas duré. Ses habitudes de vieux garçon et la différence d'âge avaient eu raison de son indépendance d'esprit, et elle était retournée avec son jeune fils à Hanovre, où elle était manager technique et représentante syndicale dans une usine de voitures.

Le violon, dont elle ne savait pas jouer, avait atterri entre ses mains après la mort d'un parent éloigné. Personne ne l'avait réclamé. Elle l'avait rangé dans un placard, ignorante de sa valeur.

Dans l'esprit de Dominik, Edwina ressemblait un peu à Claudia, la jeune étudiante avec qui il avait eu une liaison peu de temps avant de rencontrer Summer. Pouvoir se représenter les personnages l'aidait toujours, et rien n'est plus inspirant que la vie réelle. Claudia était châtain clair mais elle se colorait les cheveux en roux, une teinte vulgaire et artificielle qui déteignait légèrement sur les draps et les oreillers, et l'obligeait à éviter la pluie comme la peste pour que la couleur, qui résistait mal à l'eau, ne ruisselle pas sur son visage.

Dominik avait écrit toute la nuit; une agréable forme de fatigue avait envahi ses membres, et ses doigts étaient lourds comme du plomb tandis qu'il cherchait les bons mots pour décrire la façon dont les cuisses de Claudia se rejoignaient au niveau de son sexe épilé.

Il avait abandonné Summer endormie peu de temps après minuit. Ils avaient fait l'amour frénétiquement, puis elle s'était roulée en boule, épuisée et rassasiée. Elle s'était endormie avec un sourire d'enfant radieux sur le visage. Dominik avait tenté de dormir aussi, mais son esprit et son corps étaient tendus, fiévreux. Il avait quitté la chambre et gagné son bureau, histoire de voir si l'excitation qu'il ressentait encore pouvait être transformée en écriture. Cela avait été le cas, et la nuit était passée à toute allure. Mais la fatigue prenait sa revanche, et il savait qu'il allait à présent être obligé d'aller se reposer.

Il mit l'ordinateur en veille et repoussa sa chaise. Il était sur le point de gravir l'escalier quand il entendit le bruit sec de la boîte aux lettres. Il jeta un coup d'œil à sa montre. Le facteur était bien matinal.

Sans réfléchir, il revint sur ses pas pour ramasser le courrier.

Le mélange habituel de magazines auxquels il était abonné, de publicités et de factures. Et une carte postale solitaire. En provenance de Bali.

Il la retourna. Elle lui avait été envoyée par Edward et Clarissa, les vieux libertins, qui auraient souhaité qu'il soit avec eux « à la fête sans fin ». Dominik sourit. Certaines personnes ne changeaient apparemment jamais. Ils parcouraient la planète en quête de plaisir jusqu'à l'apocalypse. C'était plutôt touchant.

Il posa le reste du courrier sur la table basse et remarqua alors que l'étui du violon de Summer n'était pas à sa place habituelle, dans le coin. Il était sûr qu'elle l'avait laissé là la veille au soir.

Son cœur s'emballa.

Il gagna la chambre à toute allure, montant l'escalier quatre à quatre. Il espérait que, pour une raison ou une autre, Summer aurait pris l'instrument avec elle, même si elle ne répétait jamais à l'étage. Peu après son arrivée, elle avait déplacé tous les meubles de la pièce arrière qui donnait sur le jardin pour en faire son studio de répétition.

Il envisagea toute une série de scénarios catastrophe. Summer était étonnamment silencieuse depuis quelques jours, et il l'avait surprise plusieurs fois en train de regarder dans le vide, pensive. Avait-elle des regrets ? Après tout ce qui s'était passé, pensait-elle réellement que leur relation ne fonctionnerait pas ?

Il ouvrit la porte et laissa ses yeux s'accoutumer à la pénombre.

Il regarda autour de lui. Pas de violon.

Il pivota vers le lit, s'attendant à voir la silhouette de Summer sous les couvertures. Mais les draps avaient été repoussés sur le côté, et le lit était vide.

Le monde s'arrêta de tourner.

Tout s'effondra.

Paniqué, le sang battant sourdement dans ses veines, Dominik parcourut toute la maison et ouvrit chaque pièce.

Elle était partie.

Il était revenu à son point de départ au rez-de-chaussée. Il s'appuya contre la porte pour éviter de chanceler. Il savait – il avait toujours su – que Summer était une femme indépendante. Que se l'attacher par une relation conventionnelle la ferait fuir. Il avait agi stupidement et égoïstement, et il l'avait perdue une fois encore.

Il se laissa glisser au sol, le dos contre la porte. Sa main retomba à côté de lui, et il sentit alors quelque chose de long et de doux sous ses doigts. C'était l'un des archets de Summer, par terre sur le paillasson. Elle avait dû le laisser tomber dans sa hâte de s'échapper. Il ne l'avait pas remarqué plus tôt : le courrier était tombé dessus, le dissimulant. Il n'y avait pas non plus fait attention quand il avait ramassé distraitement la pile de magazines.

Il le caressa en pensant à Summer. Belle, fragile, fière. La femme qu'il aimait. La femme qu'il avait perdue de nouveau. À cet instant, les doigts agrippés sur la seule chose qui lui restait d'elle, Dominik eut l'impression que son cœur se brisait.

Il se rendit subitement compte que l'archet était bizarrement placé.

Il désignait la porte.

Était-ce un signe ?

Il ouvrit la porte d'entrée. La route était calme et déserte à cette heure matinale. Il regarda sa montre. Il n'était que 7 heures.

Sur le trottoir étroit, à quelques mètres de là, il remarqua un médiator en plastique marron.

Il se pencha et le ramassa.

Le logo des Groucho Nights était gravé dessus. C'était un signe cabalistique déniché par Fran dans un bouquin ésotérique et qui avait piqué l'imagination de Chris et de ses musiciens.

Ils en avaient fait fabriquer plusieurs milliers et pris l'habitude de les jeter dans la foule à la fin des rappels. C'était une façon peu onéreuse et très efficace de se faire de la pub.

De l'autre côté de la maison, le tournant qui menait au Vale of Health était plongé dans l'obscurité.

Dominik aperçut un autre médiator sur le trottoir opposé, à quelques pas de la rue, dans la direction du Royal Free Hospital dont l'imposante silhouette se dressait au pied de la colline. Il traversa la route, laissant la porte de chez lui ouverte. Il portait toujours les tongs dans lesquelles il avait passé la nuit à écrire. Deux minutes plus tard, il trouva un troisième médiator.

C'était une piste.

Un message de Summer ?

Il revint rapidement chez lui, chaussa une paire de baskets, prit le premier sweat-shirt qui traînait, l'enfila, attrapa ses clés et ferma la porte derrière lui. Il partit en quête de médiators sur le chemin de la colline.

Tout en marchant, sa mémoire fonctionnait à plein régime. Il essayait de se rappeler dans quel conte, si c'en était bien un – *Le Petit Chaperon rouge, Pinocchio* ou *Hansel et Gretel*, ou bien encore un autre... –, un chemin de petits cailloux – ou était-ce de graines ? – conduisait le personnage dans la bonne direction.

Au début, j'ai trouvé l'idée ridicule.

Je voulais lui laisser un mot sur le comptoir de la cuisine : « Sortie me promener. Viens me chercher » avec une carte et un X qui marquait mon emplacement.

Mais plus j'y ai pensé, plus l'idée a fait son chemin.

Je m'étais réveillée dans la nuit. Il n'était plus là. Son côté du lit était froid et les draps rejetés comme s'il s'était levé en toute hâte. Dominik était toujours ordonné et, en temps normal, il aurait pris le temps de redresser le drap derrière lui.

J'ai immédiatement ressenti une bouffée d'inquiétude. J'ai pensé qu'il s'était réveillé et qu'en me voyant à ses côtés, il s'était senti étouffer et qu'il avait voulu être seul. Je ressentais parfois cette envie, peu habituée que j'étais à la vie de couple. Il avait peut-être cherché refuge dans un hôtel ou chez un ami. Peut-être avait-il demandé à Lauralynn de lui ouvrir la porte d'une des chambres d'amis de Viggo.

Sans lui, la chambre m'asphyxiait. J'avais repoussé les draps et descendu l'escalier sans faire de bruit. C'est alors que j'avais vu la lumière dans son bureau, suivie du faible bruit de ses doigts sur le clavier.

Il écrivait.

La porte était légèrement entrouverte. Je l'avais poussée un peu et l'avais appelé doucement, pour voir s'il voulait un thé ou un verre d'eau, mais il ne m'avait pas répondu.

Sur son visage se lisait cette expression familière, moitié joie, moitié intense concentration, qu'il affichait quand il avait une nouvelle idée lumineuse inspirée par une muse imprévisible. J'ai préféré ne pas l'interrompre.

Je me suis servi un verre de lait et je suis retournée me coucher, mais impossible de me rendormir.

Je suis restée éveillée toute la nuit, en pensant à l'avenir et à ce qu'il nous réservait.

Si nous resterions ensemble. Si emménager si vite avec lui avait été une erreur.

Seul le temps nous le dirait.

Mes yeux sont tombés sur le Bailly, que j'avais laissé dans l'entrée la veille au soir, et mes doigts m'ont démangée. J'avais envie de jouer jusqu'à n'en plus pouvoir, jusqu'à ce que l'épuisement m'enveloppe de son manteau et que je puisse enfin dormir, mais, même avec la porte fermée, je craignais que la musique ne sorte Dominik de sa transe créative et ne le fasse remonter.

J'avais parfois l'impression d'être le joueur de flûte de Hamelin, parce que Dominik suivait toujours la musique du Bailly. Il utilisait le violon comme un baromètre de mes humeurs, et j'avais remarqué que, par réflexe, il vérifiait toujours où il se trouvait d'un coup d'œil, comme pour s'assurer qu'il était bien en sécurité pour la nuit.

J'avais écouté l'histoire de l'Angélique, qu'il utilisait comme matière pour son roman. Le parcours de mes instruments m'intéressait toujours. Je voulais savoir dans quelles mains ils étaient passés et quelles histoires ils avaient vécues avant de me parvenir. Mais je n'étais pas aussi romantique que Dominik, et je le taquinais sur sa superstition.

La personne qui tenait l'instrument entre ses mains avait plus de pouvoir que son instrument, non ?

Même M. Van der Vliet, mon regretté professeur de violon, m'avait toujours dit que le bon musicien pouvait tirer de la musique de n'importe quoi, même d'un élastique sur une scie.

Mais penser au Bailly, aux contes de fées romantiques et aux légendes m'avait donné une idée, qui a fait son chemin. Bientôt j'ai échafaudé tout un plan.

Je me suis rapidement habillée, enfilant la vieille robe en velours noir que je portais encore parfois en concert, celle que j'avais achetée à Brick Lane des années auparavant et que j'avais mise pour le premier récital donné à Dominik. J'ai trouvé ça poétique.

J'ai pris le Bailly et découvert la première faille dans mon plan. Il fallait que je lui laisse un indice. Mais lequel ?

J'ai ouvert l'étui et caressé le bois presque orange, aussi chaleureux qu'un coucher de soleil, en espérant que le violon me donnerait une réponse.

Le violon ne l'a pas fait, mais l'étui, si. La poche était gonflée. J'ai mis la main dedans et trouvé une poignée de médiators portant le logo des Groucho Nights que nous avions l'habitude de lancer à la foule en délire.

Parfait. Comme un chemin de miettes de pain, ils le mèneraient à moi, et pas à une maison en pain d'épices.

Afin d'être certaine qu'il trouverait la voie, j'ai laissé un de mes archets sur le paillasson pour indiquer dans quelle direction j'étais partie.

L'aube s'est levée pendant que je marchais le long de la route qui menait vers le parc. Les braises orange du soleil qui se levait au-dessus de la cime des arbres couvraient le ciel de traînées roses. Je me levais rarement aussi tôt et, comme je n'avais quasiment pas dormi, j'avais l'impression de rêver éveillée, enveloppée d'air froid, des pépiements des oiseaux et du doux bruissement de la brise dans les arbres.

J'ai bien fait attention à laisser tomber les médiators à des endroits que Dominik reconnaîtrait. J'ai emprunté le même chemin que celui sur lequel il m'avait conduite la première fois. J'étais pieds nus, comme alors, et j'ai souri en sentant le sol spongieux sous mes pieds.

J'ai dépassé les lacs, traversé le petit pont près de la zone de baignade et remonté le sentier. J'ai grimacé à cause des cailloux aiguisés et j'ai bien pris soin de déposer un médiator sur un large rocher noir qui se dressait, bien en évidence, au milieu de petits graviers blancs. En arrivant là, il aurait sûrement compris où je le menais. Je n'avais plus pris ce sentier depuis ce jour lointain où j'avais interprété Vivaldi pour lui, mais le chemin était resté gravé à jamais dans ma mémoire, comme une carte au trésor.

J'ai fini par atteindre la pelouse et j'ai soupiré de plaisir lorsque la rosée a apaisé mes pieds meurtris. J'ai marché ensuite sous les frondaisons qui s'interposaient entre le ciel et la terre comme un rideau, avant d'émerger de nouveau à la lumière, non loin du kiosque qui se dressait au sommet de la petite colline verte, tel un arbre fait de piliers en fer forgé et non de bois.

Je n'avais plus laissé de médiators. Dominik saurait où me trouver.

S'il venait. J'étais certaine qu'il le ferait.

J'ai gravi impatiemment les marches en pierre qui menaient à la petite scène, puis j'ai pivoté, le regard errant sur la clairière et les arbres d'où arriverait Dominik.

J'étais seule avec le Bailly, les oiseaux et le parc. Je savais que quelques coureurs matinaux risquaient de faire leur apparition et de perturber ma solitude. Cette idée m'a presque fait renoncer à la deuxième partie de mon plan, mais j'ai résolu de le faire quand même.

Quel intérêt de jouer pour Dominik dans le kiosque à musique du parc, si je n'étais pas nue ? C'était là mon ultime message pour lui.

Peut-être était-ce le résultat de ma nuit d'insomnie ? Toujours est-il que le temps que j'arrive à destination, j'avais pris une décision.

S'il faisait son apparition, s'il remarquait l'absence du violon et la mienne, s'il suivait les indices jusqu'à moi, ce serait un signe que nous étions faits l'un pour l'autre. Je laisserais alors mes doutes de côté à jamais et m'efforcerais de faire fonctionner notre relation.

S'il ne le faisait pas, s'il continuait à écrire toute la journée, ou s'il voyait que je n'étais plus là, supposais que j'étais sortie courir et ne partait pas à ma recherche, alors je le quitterais et mettrais un terme définitif à notre histoire. Je repartirais de zéro. Seule.

Un dernier coup de dé. Je remettais notre destin dans les mains de la fatalité. C'était une chose très « dominikienne » à faire, une chose qu'il approuverait certainement. Et j'étais sûre que ça marcherait, car j'avais fait la moitié du chemin en jouant Vivaldi nue.

Comme la première fois.

J'ai enlevé ma robe, fermé les yeux et entamé le concerto numéro deux, *L'Été.* Ce n'était pas le bon ordre, mais je voulais terminer par *Le Printemps*, parce que c'était un commencement et que ça avait du sens pour moi. Jouer *L'Hiver* en dernier était trop mélancolique.

Les notes ont jailli du Bailly dès que mon archet a effleuré les cordes, et je me suis perdue dans la musique, volant sur ses ailes au-dessus de la lande.

Je jouais les dernières notes de *L'Automne* quand je me suis rappelé les raisons de ma présence. J'ai ouvert les yeux, cherchant Dominik au loin.

Peut-être n'était-il pas venu et que tout ça n'était qu'une idée idiote. Peut-être avions-nous commis une erreur et que le destin me soufflait de partir, de fuir avant qu'il soit trop tard, avant que l'un ou l'autre souffre. Mais, tandis que je jouais, j'ai compris que j'espérais qu'il viendrait de tout mon cœur.

La main qui tenait l'archet a légèrement tremblé lorsque j ai pris conscience de l'ampleur de mes sentiments. J'ai murmuré tout bas une prière à l'intention de Dominik : « Trouve-moi. Viens me chercher. Ne nous laisse pas tomber. » J'ai senti une larme couler sur ma joue et atterrir sur la surface polie du violon. Et j'ai su à cet instant, alors que les notes de Vivaldi s'élevaient dans la brume matinale, que je ne pouvais pas vivre sans lui.

J'ai vu une silhouette émerger de la ligne des arbres à quelques centaines de mètres. Impossible d'identifier quiconque d'aussi loin. Mon cœur s'est mis à battre la chamade quand j'ai cru reconnaître le vieux sweat-shirt aux couleurs de l'équipe de natation de l'université, mais j'ai repoussé l'idée, fermé de nouveau les yeux et laissé le violon m'emporter.

J'ai senti sa présence non loin. L'air s'est déplacé autour de moi quand j'ai entamé *Le Printemps*, la fin de mon récital et le premier mouvement. Il me regardait, planifiant son prochain geste. Ou peut-être écoutait-il simplement la musique.

Il a fini par s'impatienter et a interrompu mon morceau.

J'ai d'abord senti son souffle chaud sur ma nuque quand il s'est penché comme pour m'embrasser. Mais il ne l'a pas fait.

À la place, il m'a gentiment ôté le violon des mains alors que j'arrivais au final et m'a fait glisser sur le sol froid du kiosque.

J'ai ouvert les yeux.

Dominik me souriait largement, une lueur sombre et familière au fond des yeux.

— Mais je n'ai pas fini, ai-je murmuré.

— Vivaldi nous pardonnera.

Et nous avons fait l'amour. À notre manière.

REMERCIEMENTS

Nous voudrions remercier notre agent Sarah Such de l'agence littéraire du même nom, qui a accompli un travail remarquable pour notre roman. Nos plus sincères remerciements à Jon Wood, à Jemima Forrester, à Susan Lamb, à Emma Dowson et à toute l'équipe d'Orion, qui ont tout fait pour transformer cette série en best-seller. Un coup de chapeau à Tina Pohlman et à Allison Underwood d'Open Road Integrated Media. Nous avons aussi une dette envers Rosemarie Buckman de l'agence du même nom pour les ventes à l'étranger ainsi qu'envers tous les éditeurs étrangers qui ont acquis la série, de même qu'envers Hamish et Junzo de l'Agence Anglaise (Japon) et Carrie Kania chez Conville & Walsh. Un dernier remerciement aux relecteurs, aux correcteurs et aux traducteurs qui travaillent sans relâche et toujours rapidement.

La plupart des romans de cette série ont été écrits sur la route, et nous remercions du fond du cœur nos partenaires respectifs, nos familles et nos amis, que nous avons particulièrement négligés pour nous consacrer à Summer et à Dominik, tout en parcourant

Londres, Paris, Bristol, Rome, Berlin, Edimbourg, La Nouvelle-Orléans, New York, Chicago, Avignon et Sitges, avec nos ordinateurs portables et nos iPads.

Un dernier remerciement au supérieur de Vina pour son soutien et ses encouragements en dépit des absences répétées dues à l'écriture, et à toutes nos sources anonymes qui nous ont aidés dans nos recherches.

Ce fut une expérience pour le moins excitante…

Du même auteur chez Milady :

80 NOTES DE JAUNE
80 NOTES DE BLEU
80 NOTES AMBRÉES
80 NOTES DE BLANC
80 NOTES DE NUIT

PAPIER À BASE DE
FIBRES CERTIFIÉES

Le Livre de Poche s'engage pour l'environnement en réduisant l'empreinte carbone de ses livres. Celle de cet exemplaire est de :
400 g éq. CO_2
Rendez-vous sur
www.livredepoche-durable.fr

Composition réalisée par Belle Page

Achevé d'imprimer en novembre 2014 en France par
MAURY IMPRIMEUR
45330 Malesherbes
N° d'impression :
Dépôt légal 1re publication : décembre 2014
LIBRAIRIE GÉNÉRALE FRANÇAISE
31, rue de Fleurus – 75278 Paris Cedex 06

84/8889/4